金門情深

方亞先◎著

以四十年來金門風土民情為素材，描繪居民對親情及友情的呼喚，配合適量鄉土語言，鮮活的將住民生活情景詳實表達。

親情和友情的呼喚

——寫在《金門情深》出版之前

「無巧不成書」，這話用來形容這本書的出版，那真是太貼切不過了。

第一，在去歲九月十日，我遇到金門高中王先正老師，互道寒喧後交談一會兒，他突然提到：「近年來看到你在金門日報副刊上發表不少文章，你對寫作很勤快，可以考慮把所有的文章集結出書，那可是一件非常有意義的事哦」！我笑一笑，這可是壓根兒想都沒有想過的事情，更是一個遙不可及的夢想，我從來沒有寫作計畫，也沒有出版計畫，如何可能呢？

第二，同月十六日一大早，我專程跑到福建省政府去拜望 顏忠誠主席，並將記述千禧年一齊吃飯的那篇文章當面送請陳閱。閱畢，顏主席就說：「我建議你把所寫過的文章集合起來，再經過挑選一下，等到篇幅和數量足夠，可以考慮結集成書，印刷出版。一個人的著作如果能印製出書，那可是很有意義的，一是具有保存價值，才不會東一篇、西一篇，七零八落的；二是紀念價值，自己若翻閱時，可以勾起自己值得回味的往事；三是流傳價值，不但能流傳於社會大眾，而且還能流傳給自己的後代子孫，日後子孫讀到此書時，想到是自己的先人創作，與有榮焉，那可是很值得引以為傲的一件事，你說是不是呢」？接下來，他又帶給我一個驚喜：「如果你決定要出書的話，到時候，你先告訴我一聲，我們省政府來給你贊助一點經費」。我聽了喜不自勝，好比吃下人蔘果，混身舒暢無比，連忙道謝：「感謝主席的指教與鼓勵，我如果能夠結集出書，一定會先向主席報告」。沒想到，在短短一周之內，竟能獲得二位先進及長輩的厚愛與鼓勵，我因此下定決心，即知即行，立刻將所有的文稿集中起來篩選，看看是否足夠付印成書。費時二個月補打電腦，再經過一番挑選和排列，一瞧剛好整整五十篇，九萬多字。列印出來後，我一邊進行校對，一邊連絡台北幾家出版公司可有興趣出版？都說要先看過稿子才能決定是否出版？誰知歷經四個月的等待，全部遭受相同的退稿命運，無一倖免，叫人好不沮喪！

第三，我淡淡的將上述經過告訴老人哥陳長慶，說我想放棄了，就當它是件可有可無的事就算了。不過，陳大哥卻勸我再想想辦法，休言輕易放棄。雖然，書海浩瀚無垠，但都與我們無關；如果我們的文章能夠付印成書，那可是我們一字一句所創作出來的心血結晶，意義非比尋常。一個月後，他告訴我一項好消息，他手邊有一份「個人出版」的訊息，叫我拿去參考和嘗試看看。我借來一讀，原來是「文訊月刊」的封底廣告，便撥電話與「秀威科技公司」聯繫，該公司也是要我寄文稿過去，這時候稿子已經達到六十篇，十一萬字。十天後（本年四月底）秀威公司傳來合約書，原則上同意作個人出版，我簽約後，一切就緒，印刷出書已經水到渠成了。如今順利出版，夢想成真，謹此一併向前述三位對我的厚愛、鼓勵及促成，深致謝意。

傻大姐卻是鼓勵我寫作和發表最用心用力的人，我原本視寫字如畏途的，更甭說去嘗試寫作囉，當然就不會有什麼興趣或專長。但是，她就認定我有能力，應該培養和發揮寫作的潛力，她還特別舉她的好朋友王真真寫作與發表在金門日報的例子，相信我可以寫出好的文章，甚至比她的這位朋友寫得還要好。我將信將疑，勉力一試，寫過幾篇請她指正，她只說好，好，可以去投稿了。想不到，真的在副刊登了好幾篇，這下子，她比我還要開心。至今我依然不懂，她為什麼會肯定我的寫作能力，更進一步會支持我努力從事寫作呢？此外，她對我的朗誦能力也是讚揚有加，她不喜歡看報紙，卻偏愛我朗讀報紙給她聽，猶如聽唱歌一般。我們最常合唱的是那一首在第三士校，接受金門自衛隊國慶閱兵訓練時的晚安曲，「今宵多珍重」：南風吻臉輕輕，……，要再見在夢中。傻妞，沒有妳的肯定、支持和勉勵，我實在不敢去接觸、嘗試和跨入寫作的領域，於今能夠僥倖獲得一絲絲的成績，的確要感謝妳，並和妳分享這一點點的成果。

二〇〇五年五月二十二日 于金門

目錄

第一回　相思雖然不是病，想起來會要人命

時維千禧年六月六日上午上班後，我撥電話予翁美娟小姐曰：「美麗的姑娘，我昨天渾身不舒服去看醫生，醫生說我生病了，我問他是什麼病？他說相思病，是一種心病，只有心藥才能醫治，可找這兒沒有這種藥，藥就在你心中要自己去找」。

所以，昨晚我想了一整夜，直到東方既白，雞鳴五遍，終於想通這味心藥原來就是妳美麗的容顏。因為，自從去年底偶然與妳相見、相識後，迄今已有半年之久未再親睹佳人芳容，如思、如慕，難以忘懷，雖然，時常和妳通電話，仍然無法稍減我對妳的思念，日積月累，相思成疾，就好比西廂記中的張生想念崔鶯鶯一般。

今天，我誠摯地懇求妳抽空與我相見一面，讓我們共進美好的午餐，同飲金門甘醇的美酒。能否治我病痛，解我相思之苦，復我生命元氣，全在妳一念之間耳！

美娟聽完此番真情告白，芳心深受感動，終於排除一切俗務雜事，奉陪我前往湖下

海產店共享美酒佳餚，席間，把酒言歡，水乳交融，互敘衷情。兩人不但住在同一座小島上，而且還在金城鎮同一市區內工作，無奈咫尺天涯，猶如千山萬水相隔，已有半年沒有相見，怎不叫人相思切切情意綿綿？今日一會，稍慰吾心，對她傾訴一番，她也跟我吐露思念之意，只因工作、家事、俗事纏身，不得不睽違時日，暫拋會面談心之樂。依然記得我們第一次餐敘時，談起她是什麼學校畢業的？她很乾脆的回說靜宜大學；再問她修讀什麼學系？她也俐落的答說化科系。我當時就非常疑惑的請教她，靜宜大學是由文學院發展成文理學院，再從文理學院擴展為綜合大學的，但是並沒有設立工學院，當然也沒有開設化工系呀？妳這個化科系到底是什麼東東呢？她聽完笑呵呵地說：「怎麼樣？方亞先，這下子你可找不出答案了吧！這化科系既不是屬於文學院，也不屬於工學院，想不到吧！它是屬於理學院，全文的名稱是：化粧品應用科學系」。趁著今天會晤，我因此拿出一張証書，就此作了一個簡報及未來規劃，真是莫道不成材，還須慧眼識英雄。

論起美娟的儀容和外表，真是叫人回味無窮，雖說美艷稍嫌不足，但是美麗無話說，一張鵝蛋臉就完全呈現出中國女郎的古典美。她的身材高眺，曲線玲瓏有緻，凹凸有韻，三圍纖細勻稱，娟秀的體態，正是多一分則嫌太肥，減一分則嫌太瘦。身高約一百六十五公分，體重大約五十五公斤，確屬標準身材，好比是從模子裡印出來的一樣，更屬標準的衣架子，最適合選購如模特兒一般尺寸的現成服飾。三圍既挺又細且翹，走起路來柳腰款款，上浮中搖下擺，這麼一幅生動活潑、扣人心弦的影像，教人看了之後如何不想她？又怎麼能夠忘得了她？除了儀表觀瞻之外，她的談吐更是令人愉悅，她的音色甜美，音調適中。在交談中段落有序，聽的時候專心投入絕不隨便插嘴，講的時候條理分明全神貫注不會脫離主題，端的是一個不可多得之談話好對象。無論什麼話題，她對於熟悉的可以直接暢所欲言，言無不盡，鉅細靡遺，使得聽者也能獲得很好的常識；對於陌生的也能旁敲側擊圍繞著主題，發表自己的一些生活上或見聞中看法，而使得談話當中增添些許趣味性。自小到大，我們耳聞目睹各級老師都再三強調受教育的重點之一，便是在於改變氣質，我想她可真是當之無愧矣！從小學、中學到大學教育，漫長的十六年學子生涯，已經成功地把她形塑成一個具有良好氣質的女性，在言談舉止中，自然而然散發和流露出來，毫無虛驕或做作之痕跡。所談何事，下回分解。

第二回　交談愉快，互相欣賞

話說上回兩人在共進午餐時，一邊吃飯，一邊忙著談話，一桌子的菜吃不到一半，已經一點半，急著要趕回辦公室上班。我率先打開話匣子說：「企業管理和管理科學在二十年前大行其道，當時即強調溝通的重要性，經過研究發現，在甲、乙雙方溝通中，扮演發表者不一定受歡迎，但是扮演傾聽者卻一定會受歡迎。幾年前，我有機會參與多年的公共事務，出席過很多會議和溝通場合，我親身體驗了說與聽的角色關係，我經常扮演傾聽者，所以受益良多。而且，我也了解到擔任一個團體的負責人，並不代表你的能力一定比其他幹部好；別人意見好、能力好，應該樂於接受，付之施行，其成果則歸屬於整個團體所有」。她馬上接著說：「對，這叫做尊重專業」。二人一開始談話就有交集，彼此欣賞對方的見解，各自伸出一隻右手來，第一次握手，互相道賀。

她說：「獨生子的性格怪異，令人難以親近」。我說：「獨生子的個性難以相處，還在其次，最困難的是，寡母與獨生子的類型，兩人相依為命，融為一體。寡母對獨生子的佔有慾十分強烈，兒子對母親更是依賴性重，百依百順，這種家庭的媳婦最痛苦；婆婆拿他做敵人，丈夫當他是外人。甚至，有時候母子之間還會衍生出特別的關係……」，沒等我說完，她就搶著說：「有時會發生亂倫關係」。二人看法再度交集，第二次握握手。

我說：「三年前春節時，有一位老同事也是老鄰居的黃先生，他的兒女、女婿多數返回金門來過年，他在餐廳訂了一桌酒席款待這些孝子佳婿，全家圍爐歡聚，特別邀請我作為貴賓參加。他的孩子從小就喊我舅舅，那天大家把酒暢敘，天南地北，無所不聊，其樂融融，席中，我偶爾也談談一、二件親身經歷的趣聞，以助談興。未料到，這幾位女婿聽了頓感興趣，便一人一杯輪流向我敬酒，要求我多講幾個故事給他們聽，因此，談話的中心便一下子轉移到我身上來。直到酒醉飯飽，滴酒不剩，我講了十來個有趣的故事，他們個個聽得津津有味，意猶未盡，對我說不要回去，跟他們一起回家，再繼續喝酒聽我說真人真事的故事，這些在書本上可都是看不到的」。所以，我說今天和妳共飲美酒，談話興致正濃，勾起我的此項往事，倒不如把這些所見所聞寫成故事備用。她說：「可是你追蹤人的本事真厲害，我有時候也會感到害怕」。我說：「引起妳的擔憂，非常抱歉，但我保証絕對沒有惡意，也不會做任何缺德的事情」。

她說她有四個結拜姐妹，交情十多年，相處愉快；我也說起二十多年前唸高中時期，有四個死黨的男同學非常要好，整天吃住都在一塊，每人的家裡也鼓勵我們拜把子，但是，我們召開小組會議討論後，決定不要換帖子，彼此互相珍惜友情，日後各奔前程，記得相互照應。她說：「在這四個姐妹當中，有一個和我最要好的在開服飾店，兩個人整天都膩在一塊，好到甚至別人都誤以為我們是同性戀呢」？我回說：「我知道這個人在金城街上開服飾店的非常漂亮，她姓蔡，對不對？而且，我還相信我一定見過她，只是不確定她的店在哪一家而已」。她吃了一驚嚇一跳，說沒錯，她長得漂亮也姓蔡，但是，你又是如何猜到呢？我說只是憑第六感罷了，相信不會有錯。

我又說：「要做為一個傑出的領袖或機關團體首長，的確必須具備一些條件，大約有十項之多，但依最簡單的分類是三大要件，一是能講，二是能看，這二點一般人大都還能做到，至於第三點就很少有人做得到……」，我還沒說完，她又搶先說：「三是能聽」。正是標準答案，二人相視而笑，又有交集，第三度伸出右手來相握。

我說：「妳看，要找到一個人聊天或談心，達到像我們這樣子融洽，多麼不容易呀！妳自箇兒想想看身旁的親朋好友，有沒有一個人能夠與妳談得這麼投機和愉快的」？她回說：「真的沒有耶，除了你以外，不曾有過任何人」。我又說：「這是我們第一次單獨會面，前二次都是一大票人共處，氣氛大不相同。回想起我們第一次的邂逅是那麼的意外和偶然，真叫無巧不成書，無緣不相識呀」！她說：「是呀！你的口才好，文章也好，具備有女孩子所欣賞的才華」。我說外國影星查理士布朗遜和中國影星劉家昌，皆為其貌不揚者，卻能壓倒群雄，獨占花魁，娶回美嬌娘，羨煞天下男人；考其原因，就是他們擁有藝術方面的才華，對美女形成致命的吸引力。俗話說：人不可貌相，海水不可斗量，真是有它的道理呀！

我說：「去年夏天我穿著背心到台南市拜訪一位朋友喻君，在他家用過中飯後離開，到街上叫了一部計程車要去火車站，可是，沒想到這位司機先生一路上緊盯著我問了好些事，令我啼笑皆非。他先問我做哪一行的？我說做工的。他又問做哪一種的？我就騙他說土水的。他嘖嘖稱奇地說，做土水也能做出這樣強壯的體格，就像是海軍陸戰隊的隊員。他又說台南最近正在流行鋼管猛男秀，他載過很多表演猛男秀的客人，雖然他們也練了一身肌肉，但是鬆鬆垮垮的，好比飼料雞一般，遠不及你這般結實有勁，如果你去表演鋼管秀，包管他們混不到飯吃。我說承蒙你看得起，有這麼回事嗎？他說千真萬確，絕對無意欺騙你。而且我也載過很多女客人去看猛男秀，深知她們中意的猛男，就是像你這般結實強壯的模樣」。

我接著又說：「其實早在十多年前，我在台北的一些朋友就說我入錯行了，憑我的條件應該去做特種服務業，準定三年的收入要超過別人辛苦奮鬥三十年，妳可知道他們教我做哪一行嗎」？她立即答說：「星期五餐廳的舞男」。我說正是標準答案，二人會心一笑，第四度拉手。

我說：「我有個同學一表人才，英俊挺拔，在政府機關擔任首長，太太又漂亮又甜美，也在公家機構任職，真是郎才女貌，天造地設的一雙璧人。可有一天晚上我到他辦公室喝茶，他卻心平氣和，態度誠懇，毫無一絲酸味地告訴我，他老婆親口向他說過她很仰慕我。乍聽之下，令我相當錯愕，實乃平生所未曾有過的錯愛，我算是哪一棵蔥呀？真教我不知今夕是何夕？要論儀表、財富、權勢及社會地位，我自知沒有一項能跟他相提並論的，怎麼能博得他那如花美眷之過獎呢？可是，我從來都不敢問他貴夫人厚愛我何處之有」？

我問：蘇格拉底為何會成為一位知名的哲學家呢？其故是：他的老婆跟他談話不投機，兩人雞同鴨講，牛跟馬哭不同調子，因此，他只好自己同自己講話和討論。我說：「我今天遇見妳，注定這一輩子做不成哲學家」。她問何故？我答以：「因為我和妳談話投機又投緣，所以無法自箇兒去思考哲理呀」！

末了我問起：「我所寫的那一本小說第一章，妳看了有何指教」？她說：「我看完後臉紅心跳，你寫得太露骨了」。我說：「我的寫法是完全呈現事實，所以描寫生理上的反應與心理上的思維，不作任何保留。這是一本愛情小說，並不是純純的愛或老夫子式的愛，但是，讀者起先一看都會誤以為是色情小說，因為，它精采的內容可以媲美北港香爐人人插。書名：《一生只愛一個男人》，用意就是描述一個女人錯失真愛，造成終生悔恨的悲劇」。新科縣議員，看下回分解。

第三回　首屆縣議員，金門新權貴

一九九四年三月一日，金門縣第一屆縣議員在新建落成啟用的議會大廈議場內宣誓就職，從此為金門地方自治歷史開創新頁。十七位新科縣議員就此踏入金門最高的民主殿堂，當天宣誓後隨即選出第一屆議長王水彰、副議長歐陽彥木，議員個個顯得意氣風發，神采飛揚，昂首闊步於縣府官員及各界來賓之前。金門民眾也都拭目以待，靜靜觀看新科議員的問政表現如何？果然不久，縣議員在定期大會輪番上陣，點名官員上台接受質詢，議員把握機會爭先為民喉舌，反映民意及民間疾苦，質詢內容無所不包，質詢語氣犀利尖銳，端的不是蓋的，唬得縣府官員人人戰戰兢兢，無不善盡答詢之責任。

同年夏天的某日中午，任職於金門縣議會的薛芳盛兄，其令尊大人薛自然伯父八十壽誕，在中南海餐廳為父親祝壽並宴請親朋好友，席開十幾桌。酒過三巡之後，到場的十多位縣議員一齊逐桌敬酒致意，禮數週到。我和國民黨金門縣黨部幾位朋友同桌坐在角落邊，本想禮尚往來，相互敬酒之後，便可各自歸座。當議員們走到我們這一桌敬酒時，我們一同站起來迎接，其中有認識的互相打個招呼，問過寒喧，就舉杯互敬。誰知縣黨部組長董華安突然向議員介紹我說：「這位是薛先生，在金門電信局服務」。害我意外的趕緊點頭哈腰不迭，可是這些議員聽完面無表情，轉過頭就要離開，華安又繼續說：「薛先生為現任薛氏宗親會理事長，是全金門最年輕的理事長哦」！這幾位議員一聽，馬上停下腳步轉過身來，帶著一臉狐疑，雙眼盯住我上下打量了一會兒，我只好含笑點頭以對，當中，一位山外選區的議員，更跨前一步問我：「你這麼年輕，真的是薛氏宗親會的理事長嗎」？我答說：「沒錯，我在今年二月初接任的，還請議員多多指教」。他等我說完，立刻要敬我一杯，我就和他一塊舉杯同乾。等他們離開回座後，我就問華安說：「你何必跟他們提宗親會的事呢？人家是金門眼前當紅的炸子雞，政治上的新科權貴，多尊重他們一下才好」。他回說：「雖然他們有機會、有能力當選議員，的確來之不易，但未必就能選得上宗親會的理事長，我說的也沒錯呀！你看他們之中有誰當選過理事長呢」？

我認為議員的職責，一方面是制衡縣政府暨所屬機關的施政，二方面是為民喉舌，反映民意及民眾的好惡，三方面是審查預算，為人民看緊荷包，不使政府輕易浪費民脂民膏。不過，這只是政治原理中的一部份而已，在實際政治運作上，有許多權力的角逐和資源的分配，並非局外人的小縣民所能知曉或接觸得到，又何須我們去操心呢？

回想起金門實施地方自治的歷史，真是道路崎嶇，充滿坎坷不平。雖然，鄉鎮長、鄉鎮民代表及村里長選舉行之二、三十年，縣長及縣議員選舉迄今已有十年。但是，在一九九二年底金門正式解除戒嚴，終止戰地政務之前，所有行政首長及民意代表的選舉，並不能真正落實地方自治或直接民權。此因在戰地政務時期，實施軍政一元化，而且，還是以軍領政，軍事方面設金門防衛司令部，由司令官總綰軍令，政務方面設金門政務委員會，主任委員由司令官兼任，金門縣長由委員兼任，不設縣議會，縣長承司令官之命監督鄉鎮政事。此種政務結構只是仿照台灣地方自治的形貌所建構的一種試驗戰地政務而已！究其實，一切還是以司令官為馬首是瞻，尚非真正以人民做主的地方自治。直到廢除戰地政務之後，緊接著在次年底上場的第一屆民選縣長才是真正還政於民的開端，隔年的第一屆縣議員選舉和同步舉行的鄉鎮長選舉，正式開啟還政於民的地方自治史。

所以，初嚐民主政治果實的首屆縣議員，也不無代表著金門人終有一日當家做主、揚眉吐氣的意味。隨著縣長及鄉鎮長等定期改選，金門民主政治亦將逐步深化，更何況，政黨競爭已經在金門出現，假以若干時日，金門鄉親的政治素養必將跟著提昇。選舉話題，下回分解。

第四回　選舉真好，社會祥和

今年（二〇〇一）又逢選舉年，再過半年就要選舉第五屆立法委員及第三屆金門縣長，訂於十二月一日投票。明年初選舉第三屆縣議員及第八屆鄉鎮長。所以，現今社會上各階層、各行業及街頭巷尾，人們所談論最熱烈的話題，非選舉莫屬，檯面上已表態參選者不乏其人，檯面下在鴨子划水積極運作合縱連橫者所在多有，且看年底之選舉，竟是誰家之天下？

猶記得一九九一年選舉第二屆國民大會代表，應選二席，參選者四人的行情依序為陳一、吳君、楊君、陳二，形成二搶一的局面。就在投票的前一周深夜，親戚楊君自台灣來電為其宗親楊候選人拉票，我就慨然允諾，即於次日早上修書一封略述選舉策略，端在擠下排行第一之吳君，並附上捐款一千元聊資鼓勵。中午便接獲楊君來電致謝不已，語帶哽咽地告知其競選總部已陷入人疲馬困之窘境，士氣跌落谷底，瀰漫失敗主義，早上接到來信傳閱之後，全體工作人員為之士氣大振，確立競選方向信心倍增。開票後果然不出我的意料，陳一高居榜首，楊君取代吳君進榜，陳四包辦末座。

話說選舉真好，平常辦不通的事情，到了選舉時候都能辦得通。每逢選舉季節大家都來攀親帶故，大套交情，候選人更是鞠躬哈腰，禮數周到，送禮請客，最後更是送上「走路工」新台幣若干元。選民則是個個眉開眼笑，備受尊重和禮遇，社會上一片祥和融洽，又添加幾分喜氣洋洋，好像是逢年過節一般，誰人不說選舉好，巴不得年年都來選，人人都有餘。

九二年的第二屆立委選舉定在十二月十七日投票，該次選舉對於珠山及薛氏族人特別具有深遠的意義，造就了珠山的第二春，名揚金門全島。因為同年十月三十日在金門電信局的一場慶生會聚餐中，經由我當面向金防部司令官葉競榮將軍報告：「金防部化學兵基地所在的珠山大樓，乃我們薛氏宗親會所有之產業，自從建造落成以來，一直供軍方無償使用四十多年，能否請司令官派人來與薛氏宗親會討論使用事宜」？當場，即蒙司令官允諾。沒想到未及二個月便傳來好消息，在投票前一周薛芳世兄來電通知我，珠山大樓已經點交歸還完畢，村人欣喜若狂。我知道這又是拜選舉之賜，所以說選舉真好。

翌年，我到高雄出差完畢返金時，朋友劉彭先生剛獲高雄縣長余陳月瑛拔擢升任兵役科長，專程趕到小港機場送行，並致贈豐富的禮物給我。在候機時劉君談起他曾經當選擔任過大寮鄉長，任滿後進入高雄縣政府服務多年，深切了解地方上形形色色的政治人物，告訴我若要參加選舉，應該選擇中央級民意代表或各級行政首長，因其問政或執政空間較為寬廣，才能施展抱負與實現理想，此番經驗之談，猶如啟蒙教育。但是，自忖自己何德何能？又非政治家族背景出身，膽敢自不量力？

次年的某一天晚上，我到同學吳君家中飲茶聊天，不意，吳君突然岔開話題提議：如果你要參加選舉，我非常認同與支持，樂意贊助捐款，雖然能力有限，數額太多不敢講，但是至少十萬、八萬一定做得到。我笑笑，難以接口，心想其生涯規劃中尚無參選之事。更何況，如果將來真的投入選舉，吳君此張支票能否兌現？不無疑問！須知輕諾必寡信，古有明訓。開空頭支票者比比皆是，反正又不會坐牢。

又一年的某一日，我打電話予金城鎮公所之朋友李君詢問：現任金城鎮長為第幾屆？未料，李君不答反問說：你是不是要參選鎮長？我連忙否認，告以只因前日同事聊天談起鎮長的屆次，大家不甚了了，莫衷一是，所以才會跟你請問。直到二年後的春節，我到李君家裡拜年，並詢以此次兩人的對答內容，因何有此問法？他說：現任鎮長幹了一屆四年，能力不好，表現不佳，以你的學歷、經歷及能力都比他強得多，你若參選不難獲勝。

去年三月，我到高雄拜訪朋友劉元周先生，劉君年長我十三歲，官拜陸軍中將剛退役，兩人睽違十五載，首度重逢會面，細述各人生活與經歷。沒想到劉君突然話鋒一轉說：「老弟，如果你要參加選舉，要如何、如何經營選票，不管老少，不論美醜，一人一票都是相同的，這叫票票等值」。我聽完嚇了一跳，趕忙說：「大哥，對不起，讓我先打個岔。政治和選舉都不是我的興趣和最愛；但是，真人面前不說假話，我只是對政治有點兒關心，不排斥和不冷漠，或者也不排除在適當時機會加以考慮而已」。在交談中我是聽的多，說的少，更未曾提過有意參選，真不知他此話是從何說起？

夏天，我到朋友陳君辦公室拜訪，談到金門縣議會開定期大會，議員質詢中提到縣府有多位一級主管加入親民黨一事，並且已經有人宣佈參選下屆縣長。陳君突然問我：老弟，你是不是想參加縣長選舉？面對此問，真不知如何答起？又今年初我到黃君家中及辦公室道賀其榮升新職，黃君連著二次追問：你是否要參加縣長選舉？令人難以回答，只能應用外交詞令回應。

談到選舉，有一項議題鮮少有人提出討論，那就是：「如何對待選民及候選人」？相信大家皆有相同之生活經驗，選舉季節一到，家裡的信箱每天塞滿了候選人的文宣，辦公室的桌上也堆滿了五花八門的宣傳品。然後候選人到辦公室拜訪，到家裡按電鈴拉票，每個人的生活步調或多或少均會遭受到干擾。選民對於上門的候選人當然沒有好臉色，而對方也清楚自己並不是受歡迎的角色，致意後就抽身走人。

所以，身為候選人或助選員切忌挨家挨戶去按人家門鈴，不論其大門是打開或者關閉，只要投入文宣就好。假如恰巧在大門口遇見選民，首先應向主人點頭致歉，再遞交宣傳品，同時並請其惠予指教和支持，此乃教戰守則第一緊要之事，千萬切實遵行。當進入機關、團體或公司、行號之辦公室，見人就先點頭致意，請予指教和支持，同時遞交文宣，或者，按照辦公桌安靜地分發。

相對的，當候選人到達自己家裡或辦公室，首先，不應擺出臭臭的臉色令人難堪，也不要出言不遜得罪人家。其次是待之以禮，拿他當做客人或朋友來看待，並招呼他飲水或休息，能如此，豈不是賓主盡歡嗎？何樂而不為呢？這是我一向對於候選人的做法，並因此而獲得一次意外的豐碩成果。將軍何許人耶，且看下回分解。

第五回　沒穿軍服，誰能小覷

一九九九年四月十九日，我立於台北市博愛路與長沙街口搭乘計程車前往松山機場，在車子後排坐定時，司機回頭瞄了我一眼，看得出他是個很精明能幹的漢子，年約三十出頭，待他再回過頭去開動車子，便開口說話：「先生，我看你的樣子，肩膀上一定是掛著星星的」。知道他的意思係指我是一名將軍，我笑一笑，假裝正是那麼一回事的答說：「嗯！這你怎麼知道呢」？他一聽料想猜中了，接著說：「先生，我看得出來呀，因為你的體格魁梧強壯，是標準的軍人啊！而且，你的精神抖擻，英姿煥發，所以你的階級一定很高」。

其實，我哪有資格掛星星？我只有參加過金門自衛總隊的年訓二十多年而已，肩膀要掛個上等兵恐怕都不夠資格喔！大概司機先生一方面是因為我從博愛特區出來，此處乃全國軍事重鎮和高級將領雲集之地；另方面是凜於我的陽剛體格與堅毅精神，再參酌年齡層，所以，推論我是將軍階級，誰知不然！雖然結果錯誤，但其推論仍然相當合理。心想既蒙錯愛，自不便掃他人之興，我就尋思如何與他交談一番，反正陰天打孩子，閒著也是閒著嘛！

當車子由凱達格蘭大道將要左轉中山南路時，剛好正對著國民黨中央黨部大樓，我便開口道：「這棟國民黨大樓本身蓋得堂堂正正的，偏偏大樓前的廣場要聽信地理師的風水說，在兩邊加蓋兩堵護牆，象徵兩隻手臂守護著黨部，莫名其妙，真是太豈有此理了。依我看民主政治不外政黨競爭，爭的是選票也是民心，自古以來得民者昌，失民者亡，於今依然如此，道理相通。身為政黨領導人要重視的是民心之向背，關心的是人民之好惡，要跟群眾站在同一立場上，這才是正途，才是從政之道，其理至明；而今不此之途，反倒專好於風水之庇蔭，猶如香港商界之崇信地理師之言，其已走入旁門左道之路，豈不明顯乎」？他老兄一聽此論，連番點頭稱是，並加申論國民黨執政數十年，弊端重重，積重難返，每次選舉過後，都把黨務革新叫得震天價響，最後還不都是淪為口號而已，毫無改進。

我表示贊同他的觀點和說法，他也同意我的觀察和想法，一路上兩人交談十分愉快，最後，他問起我明年第十任總統大選，哪一方較佔優勢？我說：「明年大選勝敗的關鍵只有一項，那就是連宋合或是連宋分？如果連宋合則篤定當選，不用開票就可以等著領取當選証書；若是連宋分則三強鼎立，勝負難分，人人有希望，但是個個沒把握，不到開票結果出爐，不能預知由誰勝出」！他聽完頻頻說有道理，有道理，的確簡單扼要，直指核心，說完車子已到松山機場，我問他說：「老板，車資多少錢」？他一口說免了，免了，他要請客。我就說他：「兄弟，我們做生意賺幾個錢還不都是為了養家活口，哪能說免就免？我又怎麼能夠讓你吃虧呢」？說完，我一看碼表是一百七十五元，就拿了二百元遞給他，交代他零錢不用找了，他收過錢後連聲道謝不已。省主席宴客，看下回分解。

第六回　福建省主席請吃飯，心裡像十五隻吊桶

二〇〇〇年的六月二十一日下午，我接到一張來自福建省政府的請柬謂：「訂於六月二十二日晚上六時三十分，假金瑞飯店，敬備菲酌，恭請　台光，省主席顏忠誠謹訂」。這張帖子只說出時間、地點，卻沒有提到事由，但是，我猜想大約是為了歡送金防部司令朱凱生將軍榮升國防部聯訓部主任之故吧。

自從接到這張請帖的同時，我的內心裡也好比是接到十五個吊桶一般，七上八下的，渾身不自在起來。看官，你可知道是為什麼嗎？因為，我想自己在飯局上可能會被主人刮鬍子。又為什麼會挨主人刮鬍子呢？請仔細看分明便曉得答案了。

第二天晚上六點二十五分，我提前到金瑞，省主席已先我一步到達了。我毫不意外，此因守時是軍人明快作風的本色之一，我們顏主席官拜陸軍中將，是所有金門人從事軍旅生涯當中，階級和職務最崇高者，曾任金防部司令官及陸軍副總司

令，功業彪炳。金門人無不以他的成就為傲，稱之為「金門的光榮」，實在是當之無愧。省主席立於餐廳內包廂門口迎客，握手致意後，便邀我入內就座，房間內共擺了兩桌，主人及客人已經到了一半以上，大家都很準時。六點三十五分開始上菜，顏主席坐主桌，主客本來是朱司令，因為沒有接到命令，無法出席，所以，主客臨時改為金門地檢署蔡檢察長。省府秘書長曹常順坐次桌，招呼來賓，每位來賓的席次，主人事先都安排好了，在各人的席位上擺了一張名牌，上面寫著來賓的機關名稱、職務名稱及姓名，大都是中央駐金單位或縣級機關首長，連鄉鎮長都沒有份。只有我的名牌最特殊，既沒有機關，也沒有職稱，僅有「薛先生」三個字而已，也就是說，我是唯一以老百姓身分參加飯局的，我在心裡頭偷笑了一下。

菜上三道後，省主席從他的座位上站起來，端著酒杯，走過來我們這一桌說：「歡迎各位貴賓蒞臨今晚的餐會，感謝大家的捧場，我敬各位一杯，並請多喝幾杯水酒」。說完，乾杯到底，我們也一齊舉杯同乾為敬。主席返回主桌後，本桌座中台電公司經理張成泰，就提議我們在禮貌上也應該過去向主人敬酒表達謝意，大夥同聲贊成，一起舉杯起身到主桌向顏主席敬酒致謝，乾杯後大家都返回自己的座位，唯獨我留下來沒有回座。

我站在省主席面前，自個兒又倒了一杯酒說：「主席，我要再敬你一杯」。顏主席二話不說，一口就答應了，加滿酒後，舉杯和我一塊兒乾杯。然後我就說：「報告主席，我有一件事情要向你道歉。本月十九日金門晚報刊載那篇文章『試論福建省政府委員之函』，並非出自我的本意，而是晚報社長陳秀霞的誤會，才造成擦槍走火刊登出來的，請你包涵」。說完後，我心想準備挨人家刮鬍子吧！誰知主席的回答，完全出乎我的意料之外，他說：「薛兄，非常感謝你」。我嚇了一驚，怎麼會是如此說法呢？我連忙問為什麼？他說：「你寫的那篇文章非常好，我看了之後很喜歡，內心裡也很希望能夠刊登在報紙上，讓社會大眾明白。可是，我又不便向你啟口，恐怕外界誤會是我去找你來寫這篇文章的，所以，從六月三日文章寫好到十九日報紙刊登，我一直都沒有打電話給你。直到十九日刊登出來，我看了之後如釋重負，非常高興，所以要謝謝你呀」！我聽完也跟著笑起來說：「這原是擦槍走火，卻造成誤打誤中，歪打正著囉，真是有趣極了」。談完話，我才回到自己座位。

可我回到座位時，對面的張成泰經理就說了：「這位薛先生的文筆是很不錯的，我看過他的幾篇文章，都寫得很好哦」！我趕忙說不敢當，實在是文不成章的。沒想到，坐在我左手邊的地檢署書記官長孫國粹也接著說：「薛先生對法律和規章都有深入的了解，更難能可貴的是，他富有正義感，勇於仗義執言，是非常少見的」。我拉了他一下說：「國粹兄，哪有這回事，我並沒有講過什麼話語呀」！更沒料到，我右手邊的省府委員謝炳南也跟著說：「薛先生這麼年輕就這麼了得，將來必然是屬於他的時代，正是所謂長江後浪推前浪，一代新人換舊人啦」！連著三位長官與長輩的謬獎和溢美之詞，實在擔當不起，讓我慚愧得無地自容，也回答不出什麼話來。

這場飯局是我有生以來，所參加過無數次餐會中，最令我難以忘懷的一次，其一是，省主席的官階為特任官，與部會首長同級，文官最高階也不過是簡任第十四職等，還低於特任官。其二是，我的心情變化鉅大，猶如洗了一場三溫暖，本以為會被主人責怪的，未料到，反而是受到主人的道謝，這來回的變化，相差何止十萬八千里！其三是，在全部客人當中，我本是最不起眼，也是最微不足道的，卻偏偏得到許多人的愛護與過獎，真是愧不敢當。所以，特地為文記述此次飯局，聊以自娛吧！留言板出鋒頭，且看下回分解。

第七回　縣政府留言板，言人所不敢言

金門縣政府自從設立網站後，無論金門本地鄉親或旅外鄉親，凡是關懷金門鄉土者，莫不為之雀喜萬分，咸認為縣政府跟得上網路時代的來臨，無不經常上網去一窺縣府的真面目及便民服務項目，此一網站真是政府與民間一條最佳的溝通橋樑。其中，最受到縣民青睞的，當首推「頭家開講」此項單元，又稱「金門縣政府留言板」，不論居住於金門、台灣或世界各角落，均可藉由上網，一吐肺腑之言，由於留言者不須註明真實姓名，所以，留言者無不視之為言論自由的指標。殊不知，言論自由固為憲法所保障之基本權利，但是言論責任仍然不可豁免，此乃該留言板當初設計之小小疏漏。不過，也有少部份發表者勇於採用真實姓名，以示負責，絕不躲在暗處偷放冷箭，或對他人做人身攻擊，其中之一便是金城鎮鎮民代表會主席——楊志人。

楊志人在縣府留言板的首篇文章是「談政治」，時間為千禧年七月十五日，他開宗明義即指政治是一種藝術，也是一種投資。真是一針見血，直探驪珠之論。次篇為「社鼠」，藉古諷今，譏刺金門政壇上社鼠橫行，縣議員每月批了多少公關酒轉賣牟利。之後，他每周幾乎都有一、二篇文章貼在留言板上，一年下來將近百篇，其數量之多，幾佔頭家開講的百分之八十，捨楊氏之文章，其餘幾無可觀或可讀者；其筆鋒犀利，猶如美國銼刀一樣，銳利無比，無人敢攖其鋒。他更有一度在留言板上大打筆戰，以真名回應匿名之群起攻擊，並發揮強大的戰地兒女精神，以一當十，越戰越勇，到後來圍攻者紛紛退出戰場之外。論戰之後，因此吸引更多上網人口，一睹楊君文章之雄偉，與金門政壇之眾生相。待看過之後，讀者無不佩服其觀察暨評論金門政治人物入木三分，深得精髓，似此評述文章，實為金門所僅見，除楊氏外不復有第二人。是故，有位仁兄就在留言板上寫出眾人的心聲：「不到北京不知道自己官小，不到海南島不知道身體不好，不讀楊志人文章不知道讀書少」。

同年三月十八日為第二屆總統大選日，從上年底起在台灣各地，開始陸續成立為數頗眾的宋友會、扁友會及連友會等。金門首先成立連友會，陣容壯盛，聲勢浩大，集全島精英於一會。然而，楊志人單槍匹馬，出錢出力，自行創立宋友會，當時眾人皆以異類視之，嘲笑他不識時務；可是他不為所動，不改初衷，直到開票結果出爐，宋楚瑜囊括百分之八十二的選票，得票數為一萬九千九百九十票時，扁連只得百分之十八的選票，社會大眾才驚嘆楊氏的政治眼光精準獨到、超人一等，深知民意之所在，因而再度奠定他的政治評論者地位。烏坵何在，下回分解。

第八回　發現烏坵嶼，看見高丹華

自從台灣電力公司在一九九八年初公佈核廢料處置場，最優先選擇場址為烏坵時。我心想烏坵鄉必將步上蘭嶼之後塵，投訴無門，拒之不可得，烏坵人從此揮之不去的夢魘勢必如影隨形，但是又何奈！可是，當我還來不及知道烏坵位在何處仙鄉，卻已經從電視和報紙上看到烏坵人的抗議和怒吼，堅決反對核廢料進駐他們的家園，拒絕家鄉淪為核廢料的墳場。想不到烏坵人表現得比蘭嶼人更勇敢，不愧是戰地兒女的精神，因此，我為他們喝采，並寄以深深地期盼，但願有志者事竟成，能夠成功地捍衛自己的鄉土。

隨後，我馬上發現到揮舞這項保鄉愛土運動大旗的旗手竟是一位烏坵土生土長，名叫高丹華的女性，她持續在各大報紙的論壇廣場、讀者投書裡發表訴求，表達她捍衛家鄉及批判決策缺失的尖銳筆調和文章。然後，她單槍匹馬出席各種會議，據理力爭並大聲疾呼，要求政府重視烏坵住民的意志和生存權益，用力衝撞政府部門而毫無顧忌，猶如具有三頭六臂之無敵女金剛一般，令我每每為之捏了一把冷汗，替她擔心不已。

但是，螳臂擋車並非毫無力量，而且，她還渾身是勁，將個人的力量發揮得淋漓盡致！雖然，政策的執行已經環環相扣，步步緊逼，看來，烏坵終究難逃核廢料墳場的宿命了。不過，上有政策，下有對策，高丹華眼見單打獨鬥難敵排山倒海而來的壓力，立刻改弦易策，發起成立「烏坵鄉公共事務協會」。結合當地少數人口及旅外多數人口，群策群力，集思廣益，首任理事長為高建中，總幹事為高丹華，於是，將抗爭行動從游擊戰一變轉為組織戰，士氣高昂，火力旺盛，戰鬥力為之大幅提昇。

當烏坵人展現團結的力量後，台電的選址作業反而漸趨銷聲匿跡，雖然已經派員完成烏坵的探勘工作，但二年多來，仍然遲遲不能拍板定案，其緣故當與烏坵人反對的態度有關吧！易經云：害以生恩。如果沒有核廢料，世人哪裡會知道烏坵鄉劂何處？世人又哪裡會曉得高丹華何許人也？時勢雖能造就英雄，英雄亦能乘勢而起，二者實為一體之兩面。

金門縣文史工作協會成立於二〇〇一年八月二十五日，在成立大會上相互介紹、交換名片時，接到一張高丹華的片子，我一看立即抬頭連稱：久仰大名，如雷貫耳，今天還是首度見面。她雖然姓高，但是個頭並不高，倒很嬌小玲瓏，真是道地的一名小女子嘛！並且，她也曾在一九七四年進入金城國中第十一屆就讀三年，其同窗有黃雅芬及盧彩娥等人。大會重頭戲便是選舉理、監事，她實至名歸地獲選為理事之一，可見得其受肯定的程度。接著，她隨即在十二月底出版生平第一本書籍《發現烏坵嶼》，該書圖文兼備，文情並茂，並於次年一月五日及六日分別在台、金兩地召開發表新書記者會，至為圓滿成功。台灣美女上門，且待下回分解。

第九回　颱風的夜晚，美女找上門

猶原是落著小雨的暗暝，就在一九九六年的秋天，賀伯颱風即將登陸金門的前夕，金門縣政府發佈新聞：第二天停止上班、上學。颱風侵襲之前，低氣壓籠罩全島，空氣為之凝重，令人心胸煩悶不適，是故，我到晚上便早早洗澡上床吹冷氣，享受那徐徐吹來的清爽涼意，的確不亦快哉！

不料，到十點左右，妻子進房來說：「你妹妹帶著一位小姐來指名要找你，叫你下樓去見她」。心想這麼晚有事要找我的女人，只要撥個電話來說一聲就行了，何須親自跑一趟呢？就回說：「妳跟她們說我已經睡覺了，請回吧」。妻子下樓去了半個鐘頭，又折回來說：「那個小姐說非見你不可，你就下去吧」！我想這位小姐也真會纏人，說不得只好會一會她，趁早把她打發回去吧。

等我下樓到客廳遠遠一瞧，站在妹妹身邊那位小姐好漂亮，滿臉笑盈盈地望著我，可是不認識呀！她問：「認識我嗎」？我答：「不認識」。她說你靠近一點再仔細看分明，我走近她約一公尺左右再看，就說：「咦！妳這個人我認識的，肯定認識妳」。她說：「那你猜猜看我是誰」？我馬上閉起雙眼用心思索，不到三分鐘便睜開眼睛說：我想到了，妳住台南市，她說正是；我說住成功大學宿舍，她說沒錯；我說姓盧，她說不對，我說不姓盧就是姓王，她說正是。我也想不到自己的記憶力這樣好，居然能夠記得住二十二年前僅僅在台南認識一個月的女孩子，她只比我小二歲，也很佩服我的頭腦。事先沒有任何線索和蛛絲馬跡，我竟能認出她的來歷，兩人相見歡，只因妻子在旁虎視眈眈，所以不敢上前擁抱她。只能邀請她到街上吃個宵夜，談談往事，問她留個電話及地址，以便日後好連絡，可是，她卻只肯留下手機號碼，我立刻判斷她的婚姻一定有問題。第二天她就回台南了，隨後當我和她連繫詢問近況時，她果然提到婚姻出問題，目前正在談判簽字離婚的階段。

翌年夏天，我再度遇到一位令人難忘的陌生人，某天下午，我要到街上一家朋友的雜貨店，剛到店門口，迎面碰到從店裡面走出來的一位小姐，匆匆一瞥，隨即擦肩而過。但是，僅此一照面，我就看出這位小姐非常面熟，相信是認識的，當我步入店內，便跟老闆娘提到：「剛剛從妳店裡出去的那位小姐很面善，我相信應該跟她相識的」。老闆娘立即道：「你當然認識她，她是你們讀金門高中時候的女教官姓李啊」！

我一聽便丟下老闆娘，立刻轉身衝出去在街上攔住她說：「李教官，我認識妳，一九七一年我讀金門高中一年級時，妳擔任女教官。當年妳的臉蛋美麗，身材嬌俏，英氣勃發，迷倒全校的少男學生。第二年妳離開後，便沒有機會再與妳相見，如今闊別二十五載，妳的模樣、身材和以前完全相同，一點也沒改變，歲月未曾在妳身上留下任何痕跡。所以，我才能夠看出眼熟，今日重逢，真是不亦快哉」！她說：「我現在教官已經退休，在師大推廣部上班，有機會再聯絡」。欲知酒店遊魂，且看下回分解。

第十回　警察手底遊魂，盼望救星駕臨

說到酒店，愛好此道者頗不乏人，自從金門開放觀光後，業者自台灣引進此行至今已有四、五年光景。平常，也曾聽過同事、朋友提起過出入此店之種種傳聞，曉得是往火坑裡砸錢的玩意兒，沉迷此道者，還有人栽在這上頭，落得傾家蕩產，妻離子散的下場。

一九九七年初，金門縣政府宣示掃黃政策，指示警察局強力掃蕩，務必將色情業趕出金門，規定公教人員凡是涉足酒店被查獲者，嚴予懲處；一時之間警察人員雷厲風行取締消費客人，公教人員被查獲處分者，時有所聞。六月三十日中午，我與四位同事聚餐小酌，餐畢返回上班，不意，其中三位仁兄酒後興致高昂，驅車前往尋園酒店。並來電話要我們二人同往尋樂，我本不欲前去，奈何他三人一直輪番來電再三相激，非去不可，費時一個多鐘頭，把電話打得都快要燒焦了，沒奈何，我二人說不得只好捨命陪君子，誰叫咱們是兄弟呢，好歹敷衍他們一下，胡亂作樂一番吧！

三點正，我們五人又聚在一塊，並和五、六位坐台小姐猜拳飲酒，正當酒酣耳熱之際，不出十分鐘之間，包廂房門突然被人打開，說時遲，那時快，已經閃進來三位警察先生。坐台小姐嚇得個個花容失色，群鶯亂舞，飛出房間外，房內只留下目瞪口呆、難以置信、臉色發青的我們五個難兄難弟。我想慘了，第一次做賊就被警察捉到，更慘的是，這件事若報到老闆那兒，我們只有捲舖蓋走路，回家吃自己的份，真夠衰！

警察隨即關上房門堵住唯一的出路，叫我等拿出証件查驗，而且，他們看我們其中有二位穿制服的同仁，就知道：「你們是某某單位，跑不掉的，把証件拿出來吧」！我們面面相覷，看三位警察無一相識，料想是保一總隊從台灣來支援的人員，套不上任何交情，又無路可閃，注定在劫難逃。真是呼天天不應，叫地地不靈，除非有奇蹟或救星出現。警察一疊聲地催促交出証件，我們無人敢交，交出去只有死路一條，如此催了十多分鐘，更讓我們站立不安，度時如年那麼難捱，空氣也好似凍結凝固一般。最後，我實在忍不住這種氣氛，首先投降，就說：「我拿好了」。

我從皮夾裡拿出一張機車駕駛執照交給對面的警察，這位先生接過駕照仔細看過，唸了一遍我的名字，正是我。詎料，這位警察先生突然閉起雙眼冥想了一會兒，自言自語地說：「這不是某某宗親會的理事長嗎」？我一聽語氣不同，似乎有所變化，其他四位同仁立即異口同聲的接口說：「是呀！是呀！他就是現任宗親會的理事長」。這位先生聽了才睜開眼望著我說：「你就是某某人哦」！我馬上接著說：「不錯，某某人就是我」。我心想，到了這節骨眼，伸頭也是一刀，縮頭也是一刀，總要顯出一點兒男子漢的氣概來，反正二十年後又是好漢一條，隨便你愛砍哪裡就砍哪裡吧！

萬萬沒有想到，這位警察竟然把駕照交還給我說：「你們到櫃台去買單離開吧，不要留在這裡，我們也要收隊了」。想不到一場天大的災難，就此冰消瓦解，化作無形，而這位神奇的救兵不是來自別人，正是我自己，令人絕倒矣！

酒店業者見警方施展鐵腕掃蕩，客人紛紛走避不敢上門，店家生意一落千丈，難以為繼。又逢金門觀光業大幅衰退，各行各業叫苦連天不迭，因此透過各種管道向金門縣政府反映，要求暫緩執行掃黃政策，以免打擊從業人員之生機，進而更加深金門經濟之惡化。一年後，金門當局也能接受此項意見，因而，警方執勤態度頗見改變，消費者亦逐漸上門光顧，不再上演官兵抓強盜之戲碼。

隔年春天，我邀宴十多位同事及朋友赴官澳小吃店午餐，酒醉飯飽之後，部隊解散各自帶回。不料，其中二位仁兄提議到尋園酒店續攤，曉得他們常到此店，我本無可無不可，只因不便掃他二人之興，便點頭應允了。進入包廂後，由他們點台叫小可、幸子和安安坐台，一字排開坐在沙發上喝酒、猜拳、唱歌，霎時熱鬧非凡。小可坐右側，安安坐中間，幸子坐左側在我身旁，我低聲問她：「幸子，妳貴姓呀」？她回說：「我姓林，大哥，你貴姓呢」？我輕聲答說：「姓某，草字頭的某」。

沒想到，那邊小可啪的一聲，突然站起來對著我說道：「你是某某人，某某宗親會的理事長」。我大吃一驚，今天是第一次和她見面，而且，我的朋友並未向她們介紹我的名字和身份呀！她是如何得知呢？我即刻向她招招手說：「小可，妳請過來這邊坐，我們聊聊」。她隨即坐到我身邊來，我問她：「小可，我們以前從沒見過面，妳是怎樣知道我的名字以及身份呢？妳是否經常看金門日報」？她說：「我們這裡沒有金門日報，我讀書不多，沒有什麼知識，所以必須多看、多聽，以便增加自己的常識」。我說：「妳這種做人的態度我十分贊同，我也是不斷的在學習各種做人、做事的常識，但是，怎麼會跟我扯上關係呢」？她說：「我每次陪客人出去吃飯應酬，都會很留心聽客人之間的談話，增加自己的見聞。我曾經聽客人提起某某宗親會的理事長叫某某人，而且，還不止聽過一次而已，所以，剛才我聽到你說姓某，我馬上聯想到你的名字和身份」。哦！我的天呀！人怕出名豬怕肥，我居然這麼出名到名聞酒店來了，真是怪哉！過新年鬧新娘，且見下回分解。

第十一回　鬧新娘把戲，客人笑嘻嘻

一九九九年農曆大年初二上午，我偕同內人回娘家到沙美向叔叔嬸嬸拜年，中午順道轉往官澳內子小表妹家，吃她的喜酒。她已於過年前在台灣完成婚禮，趁著過年返鄉歸寧省親宴請親戚朋友，正值新歲伊始，大地一片回春，到處喜氣洋洋。

喜宴席開數十桌，待酒過三巡，菜上五道之後，村長楊永民即陪同新郎及新娘出來逐桌敬酒致謝，等他們來到我這一桌時，新人舉杯就要喝酒，我立刻站起來制止說：「慢著，且不要喝酒。我先請問村長剛才說恭禧大家新年快樂，但僅是如此敬酒，我們有啥快樂」？村長道：「不然要如何做才會讓大家快樂」？我說：「那很簡單，反正也是他們平時經常在做的事嘛！現在就請二位新人當眾表演一下嘴對嘴的接吻，讓我們欣賞欣賞技術好不好」？

話畢，現場響起一陣如雷的掌聲和叫好聲，新人頓時羞紅了滿臉，不敢則聲。

村長想了一會兒，轉過頭去要求二人照辦，於是，兩人二話不說，隨將手上酒杯交予伴酒者，面對面擁抱，口對口接吻起來，霎時，全場爆出一陣又一陣的掌聲及喝采聲，更有人笑歪了脖子，接吻完畢後再繼續敬酒。

又過了三道菜，因為新娘子的父母不在，便由大哥大嫂代表出面敬酒，照樣還是村長帶隊開場，這一回剛到第一桌時，不用我開口，大家無不異口同聲起哄著說：「有例照例，老新郎和老新娘也要接吻後才能敬酒」。只見二位兄嫂毫不猶豫地，滿臉通紅照樣當眾抱著接吻完再逐桌敬酒，全體來賓無不報以熱烈的掌聲，個個笑歪了嘴，好不有趣唷！鬧新娘一石二鳥，連老新娘也不能倖免。

鬧新娘俗稱「滾新娘」，專指戲弄或捉弄新娘子的把戲，大都是新婚之夜，在洞房裡戲耍新婚夫婦的遊戲。在鄉下嫁女兒，因為在中午之前便將新娘子送出門，宴客時只有家長出面敬酒致意，場面雖有喜氣但很冷清；若是娶媳婦，有新郎、新娘、家長敬酒，場面顯得喜氣洋洋又鬧烘烘的，而最熱鬧有趣的壓軸好戲，當屬喜宴之後的鬧洞房，也就是在洞房裡滾新娘。等到喜宴散席送走客人後，送不走的客人反而會迫不及待簇擁著新人早早進入洞房，好接受她們的擺佈，戲弄的項目中最常見的就是要求新夫新婦當眾摟抱、接吻等親熱戲。由於早年很多新人在成婚之前，連小手都沒有拉過，要她們玩親親，多數人都是臉紅耳赤、手足無措，卻又不能夠拒絕客人的戲弄或要求，最後無不一一照辦，才能哄得客人滿意地離開洞房，好讓一對新人攜手共度一刻值千金的春宵。驚艷才華，下回分解。

第十二回　才華橫溢令人驚艷，有幸相遇十分欣羨

一九九五年夏天，我應邀到金門國家公園管理處，聽取珠山細部計畫期中報告，由李養盛處長主持，各課室均派員出席，共有二十幾人，我是唯一的居民代表。作報告的是皓宇工程顧問公司的總經理汪荷清小姐，當時她身懷六甲，大腹便便，即將臨盆，雖然行動略顯不便。但是，簡報卻非常出色，報告人的國語不但標準，而且，還溜得很，再看她的五官和輪廓，我猜想是外省籍；報告中對於工程專業術語運用非常順暢，我心想是科班出身，哪個普通大學土木或建築系畢業的吧。簡報完當場接受各項提問，汙君皆能迅速予以回答如流，毫不遲疑或停頓；我只提出二點意見，一是珠山大潭水質惡臭烏黑，建議考慮作污水處理，以恢復往昔清澈之潭水；二是村中各種桿線密佈，仰望天空猶如籠罩於一片蜘蛛網之下，建議將所有電力、電信管線予以地下化，還我晴朗的天空。她即席回答都非常敏捷、專業，

無懈可擊。

於是，我當場突發奇想，日後我若參加選舉，她可是超級助選員的人選，非請她拔刀相助不可哦！會後，和她交換過名片我就走了，她也要急匆匆的趕搭飛機回台北。

隔年，她陪台灣大學城鄉研究所夏鑄九教授帶著一批外國學者專家二十多人，到金門考察城鄉議題，有一站排在珠山薛氏家廟，要請我接待並接受訪問，我一諾無辭。學者們坐在家廟院子休息並以英語發問，汪君與我站在廳堂上，先用英文和他們詢問後，再用國語向我提出問題，經我回答後，她再用英語立即將答案告訴他們，如此約進行二個小時後結束。我才發現汪君的英語能力一如她流暢的國語，心想這怎麼可能呢？她如果是讀工程，就不會讀外文啊？

次年，春節過後的第一個上班天，例行性地，大家都在忙著用電話拜年。我偶然想起只有二面之緣的汪君，便撥電話向她拜年，這可是兩人第一次通電話。我跟她說我對她有三點印象：一是國語講得溜，二是專業能力強，三是英語流暢，但是第二點與第三點有矛盾的地方。當天，她談興正好，就告訴我她的老爸是河南人，大學唸台大園藝系，我說這二點都不出我的所料，但是何以英文那麼好呢？她說在美國唸書住了好幾年，我說難怪啦，那妳在美國唸什麼學校？她說在加州柏克萊大學唸碩士，哈佛大學唸博士。我一聽，嚇了一大跳，我說：「乖乖隆的咚！原來妳是女強人耶！我真是好大膽，居然敢把妳看扁了」。

她說：「先生，我對你也有印象哦」！我說怎麼可能呢？我可不像妳，既沒有傲人的學歷，又沒有什麼本事。她說：「老兄，我把學歷都完全告訴你了，那你呢？唸那一所學校呀」？我說：「我是堂堂福建省立金門高中畢業」，其實我故意把國立空中大學的學歷暗槓掉，是因為高攀不起，自慚形穢。她聽完頗為失望的說：「啊！你是高中畢業嗎？可是我聽你談話的態度與內容，應該不止這樣的程度呀」！因何拒絕寫書方，且待下回說分明。

第十三回　不寫書方，自己吃虧

我從小學讀一年級開始學習寫毛筆字，由於當時社會貧窮，物質匱乏，紙張、墨汁的品質都欠佳。書寫方式由上往下、由右向左。不過，由上往下寫沒有問題，但是換行由右向左寫卻有不便，因為墨水未乾，手掌會沾滿墨汁而模糊了已經寫好的字跡。為了免除此一困擾，我便事先計算好字數和位置，改從最左邊第一行寫起，換行便由左向右寫，因此，手掌就不會再沾上墨水，寫了半頁非常順手和滿意。

正當自己在為此項創意高興時，老師走近一看說，寫書方一律由右往左，你怎麼敢不遵守規定倒著寫呢？我說由右往左會沾滿墨汁、弄髒紙面，改成由左往右便不會了。他一聽膽敢不服從老師的指示，挑戰權威，非同小可，立即從講桌上拿來一根藤條，叫我站好伸出雙手，每隻手掌狠狠地抽打三下。雖然很痛倒不在意，但是否定我的創見，我非常不服氣，把老師暗幹在心裡，發誓以後絕不肯再寫書方，一概交給同學代勞，一直到唸完高中畢業十二年，我就從來沒有再寫過毛筆字。

可是，我發現賭氣的結果，自己倒楣，連鉛筆字和鋼筆字都寫不好。遇到考試更痛苦，答案背得很齊全，就是寫不到一半，筆桿抓得緊緊就是寫得慢、寫得難看，又寫到手痛不止，寫字的速度遠不及同學的一半。如果遇到測驗題的科目，毫無困難，如果是問答題或申論題，我就慘了，從來無法答完考卷，真是虧大了。

進入社會工作，我深切瞭解自己先天的缺點，唯一彌補之道，就是要結交書法好的朋友，以濟自箇兒的短處。在金門電信局全體同事當中，有一位鄭玉琴小姐寫字最快又最漂亮，大家公認第一名，此外，她的頭腦冷靜，思考又敏捷，正是我最中意的對象。他日我如需要秘書人員，她鐵定是不作第二人選，所以我時常和她保持良好的友誼。

她家住在我家隔壁幾間，家庭環境良好，年紀跟我相當但尚未結婚，我有四個孩子，經濟負擔很重，往往到每月下旬米缸就空空如也！哪有錢買水果，尤其是貴族食物的蘋果，從來也捨不得買一顆，她偶爾有一、二次把家裡多餘的蘋果帶來送給我的孩子，人人有份，喜得小子們個個眉開眼笑，道謝不止。可惜，老婆在一旁觀看非常刺眼不悅，總認為她別有用心，是衝著我來的。待她回去後，就開始指桑罵槐一番，醋勁十足，不可理喻。因為說來話長，我也不想解釋我的理想，此其一。她的身高很迷你型，不過一百五十公分左右，至少矮我二十幾公分，如此天龍對地虎，試問如何搭調？根本是多慮了，此其二。

過了幾年她離職赴台北另行高就，我心中常感些許落寞，只因人才難覓更難得呀！直到最近幾年電腦大眾化以來，我趕快加緊學習，正好可以用來彌補我的短處，感謝現代化、人性化的電腦，使我沒有後顧之憂耶！工人與工會，看下回分解。

第十四回　電信工人，管理工會

我只不過是一介小小的電信工人，出生於金門縣鄉下農村的珠山，既沒有什麼顯赫的家世背景，也沒有什麼傲人的學歷專長。身為一個電信小工，不過是謀得一份工作，出賣勞力，賺取一份收入，圖的只是養家活口而已。

一九七四年夏天，我自福建省立金門高級中學畢業，從新頭碼頭搭乘登陸艇，俗稱「開口笑」的軍艦，一路上顛簸搖晃不已，費時二十四個鐘頭抵達高雄港十三號碼頭。準備參加大學聯考，寄宿於高雄縣路竹鄉的東方工專宿舍。七月一日及二日考大學聯招，四日及五日考軍校聯招，考完試後離開東方工專，轉赴台南市成功大學宿舍，借宿於最小的妹妹之處，預訂八月初出發前往台北參加北區大學夜間部聯招。

當我唸高一時，依高中聯考成績編班，在一年級八班三百多名學生中被編到第七班，是倒數第二的班級，常懷自暴自棄的念頭，所以很少讀書。我和同班同學梁國棟及蔡再傳三個人都一樣，書包裡裝的全是滿滿的武俠小說，不論上課或下課，手上拿的和看的也全是小說。可是，受到國文老師倪阿嬌不斷的好言相勸，以及英文老師羅紹仁不停的苦口勸學，勉強拿起書本隨便讀一下。不過，英文成績總是考不及格，頂多從四十分進步到五十分而已。

雖然，我逐漸對文學有點兒興趣，卻不願意走這條路，此因文人大都窮困潦倒，難以維生嘛！而且，為了將來考大學的機率，理組的錄取率較高，大學夜間部的錄取率更高，應該能考上夜大吧。所以，在高二分組時，我便放棄文組，改唸理組。在台南等候期間，本以為考上夜大的機會很高，誰想到，臨出發之前，突然接到一封家書謂：金門電信局正在招考人員，已替我辦妥報名手續，機會難得，須即速返回應考。不得已，只好打消原訂計畫，束裝回到故鄉應考，考完試後，我評估一下其他應考人的實力及自己的表現，肯定我一定能夠考取。放榜後，果然不出自己所料，是金榜題名。便於同年十二月十四日，二度乘坐登陸艇，到達高雄後，再轉搭火車前往台北，在十六日於台北電話局正式報到入局，接受職前訓練一年，同時，也加入電信工會為會員，成為名副其實的電信工人。

人的一生往往是冥冥之中自有定數，讀到高三時，我原本打算第一志願是報考陸軍官校，第二志願是台灣北區夜大，而且，依當時自己的條件與報考環境，應該很篤定可以考中，誰知不然，二項志願一概漏空，卻走上人生第一份工作，真是始料所未及。不過，就在考取電信局工作之前幾個月，我的平生首次求職，即遭否決。當我從大學聯考落榜兼失業的陰霾中，想到每日呆在家裡吃白米飯的窩囊，必須趕快找尋一份工作賺錢養飽自己的肚子。因為，當我高中畢業時正值飯量最大，一餐要吃乾飯八、九碗；稀飯則超過十碗以上，我只需扒四、五口就吃完一碗，妹妹在一旁又添一碗給我埋頭苦幹，不勝計數。

正當我在想著找工作的事，剛好遇到在金門縣物質處上班的宋錫顯先生，就向他說出我的需要，懇求他的幫助。他說成功加油站恰好有二個加油工出缺未補，他回去跟副處長報告，看看能否錄用我？過二天他捎來好消息，說副處長考慮進用年輕人，但須經過他親自面試之後始可決定。隔日，我和另一位同學一起前往面試，應對進退之間毫無失禮或差錯，心想應該沒有問題吧！自認我們年輕力壯，又能吃苦耐勞，也不計較待遇的高低，加油工是難不倒我們的。想不到，一周後宋君卻帶來令我們失望的消息，他說加油工沒有我們的份，改用別人。我說我們那天面見副處長時規規矩矩的，並沒有失禮或犯錯呀！為何不用我們呢？他說：「你們倒是沒有犯什麼錯，怪只怪你們的學歷太高，會造成管理上的困難。因為，加油站管理員的學歷連國中都沒有畢業，而你們的學歷是高中畢業，雖然，初上班你們會樂於接受管理和指揮。可是，往後日子久了，你們就會越來越不容易接受指揮調度，管理員到時也會拿你們沒輒的，所以，還是請你們另謀高就吧」！

當日聽完頗不服氣，以為是副座的推卸之詞罷了。直到自己進入職業市場工作十多年，以及讀過「企業管理」及「組織原理」之後，才知道領導統御的重要性，此番顧慮實是一針見血的經驗法則，當時沒有錄用自然是正確的決定。

我本出生農家子弟，有幸得能進入電信局工作，真的是運氣很好，自當努力學習工作技能，正是所謂躬耕於金門電信，苟全性命於亂世，不求聞達於社會也。加入工會是權利，可也是義務，最大的義務，便是每月定期繳交會費，最大的權利，則是每三年選舉一次理、監事。盡義務是從來不曾缺席，享受權利只有投票選舉權，還沒有被選舉過，如此情況歷時十五年有餘。直到一九九〇年暮春三月，金門電信工會預訂六月中旬改選第三屆理、監事的選舉氣氛逐漸浮現，同事間不時有人提起工會選舉的話題，終於引起我的注意和興趣。於是乎，我便出面邀約了七位同仁共進午餐，舉行午餐會報，商議一起登記參選理事，等到當選後，看看能夠進入幾席，再來協議推舉常務理事人選，一舉攻下工頭的寶座。此次工會改選競爭激烈，理事有九席，而登記參選者多達二十人，形成二搶一的局面。選舉方法是限制連記法，連記人數為二分之一，開票結果，大失所望，我們這一票人只擠進兩席，無力問鼎工頭，本想放棄了。但是，開票的另一項結果，是我以個人的品牌與力量，勇冠三軍，奪下得票的榜首，因此，我深深感受到多數同仁對我有著深深的期許，我實在不應該辜負大家的期望，雖然明知不可為，仍願勇往向前邁進，毅然決然的宣佈參選常務理事到底。未料到，在我表態之後，選情一夕之間發生鉅大變化，有三票轉向支持我，我得到五票，已經超過半數，鐵定當選工頭，投票結果，我以五比四勝出，當選為具有濃厚勞方色彩的常務理事。資方代表人乃金門電信局張局長廣勤，他所一手規劃和輔選的人選被我擊退，張局長面對敗選變天的結局，仍然保持很好的民主風度，當面向我道賀，我也感謝他。

七月一日，新舊任常務理事交接，我的前任，也是我的先進和前輩，好意提醒我兩件事，他說：「第一，你的任期三年，必須先有一個心理準備，要在郵局存款三十萬元應付開銷所需」。我答說：「我知道這個角色要出錢又出力的，這叫作花錢學功夫。可我沒有這麼多的錢，我會儘量節省開支，預備十萬元的支出」。他又說：「第二，你是僥倖當選工頭，如果沒選上，自局長以下的那些主管，一定會讓你死得很難看」。我回答：「我已經當選了，這是鐵的事實，是任何人都無法推翻的事實。我深切瞭解有三項法寶在手，我讀過工會法、勞動基準法及勞資爭議處理法，沒有人能動得了我一根汗毛。我又嫻熟電信人事規章，要鬥法、鬥智或鬥力，我都願意接受任何挑戰或戰鬥，電信局儘管放馬過來，我代表電信工會迎戰，絕不閃避，誰怕誰，烏龜怕鐵鎚」。

我一接任工會職務，金門電信局內立即充滿了一股山雨欲來風滿樓的低氣壓逼人而來，事業機構與工會之間，箭拔弩張，情勢有一觸即發的可能。勞資雙方都預見得到將會有一連串的衝突引爆，全體同事也都在屏息拭目以待。有位主管好心勸我要慢慢摸索，等到半年後再提出我的主張和構想。可是，我不要空等待，更不願意蹉跎，否則，半年以後我的銳氣形將喪失殆盡。我只花了兩天的時間，就看完所有的工會檔案。接任後第三天，號角聲響起，戰鬥意志升起，我採取全面出擊，開始提出各項主張交涉。雖然，在電信局的層級體制下，局長下有課長，再下有班長，最下層是職員，為四級制，而我只是小小的職員，也就是名副其實的工人階級。依照行政程序，班長是我的頂頭上司，就已經足夠吃定我了，更何況是課長！然而，當我由工會選上理事，還起不了任何作用，但是，當我再選上常務理事，情況完全不同，這項工會職務所具有的份量及影響力，我十分清楚和明白，它擁有的力量強大到相當於半個議會的實力。所以，公務員及教師不得組織工會，其故端在此處，公務員協會與教師會，是無法和工會相提並論的，真箇是小巫見大巫。因為，工會和事業機構是兩個互相對等和平行的單位，雙方的負責人自然也是平起平坐的，此所以，我交涉的對手只有局長一個人而已，其他的主管通通靠邊站，無權坐在談判桌上。以往，電信工會的表現過於軟弱，十分的空間僅僅發揮到三分，聊備一格而已。我不願意充當花瓶角色，決心拓展工會應有的空間和舞台，即使不能達到十分的程度，至少也要讓它翻上三番。

我提出的第一項主張，是要求調撥一部機車，由工會使用，並且，要每個月照樣支領駕駛津貼，局長很快就指示管車部門照辦。第二項，為辦理會務需要時間，我上午照常在原工作單位上班，下午則脫離工作專心處理會務，服務全體會員，老闆也指示人事部門照辦。可是，不到一個月的時間，就有人向局長打小報告，老板馬上找我去問話，為什麼下午上班時間我跑去山外，也到了沙美。我答說確實有去沙美和山外，但我是去辦理會務，不是去玩耍的。他問我辦些什麼會務，我說我是工頭，要辦什麼會務，只有自己最清楚，不需要向你報告的。你只要管好你的電信局就可以了，我管好我的工會，不需要你來多費心啦！從此以後，他沒有再過問我的行動如何，其他人也不用再打小報告了。第三項，工會的辦公室必須專用，不應該兼做主管假日輪流值日之用，值日可以改在值夜室輪值。但是，張局長堅決不同意，雙方僵持了三個多月，為了突破僵局，我下定決心，猶如吃了秤鉈鐵了心。在十月九日，一天之內連發三張公文催討辦公室，措詞強硬，志在必得，不得手絕不善罷干休。十月底，我召開第三屆第四次理事會議，總會首次，也是三年中唯一的一次派出上級指導，陸鴻銘理事蒞臨金門，列席會議指導。陸理事參與工會多年，學養俱豐，是工會的前輩，也是我們請益的對象。在會中，他詢問我可有遭遇到任何困難，需要他協助的地方？我跟他說，為了辦公室，我連發三張公文索討未果，並把公文底稿拿給他過目，他看完也吃了一驚，說電信工會四十個分會當中，從來沒有任何一個常務理事的作風如此強悍的，他叮嚀我說從事工會事務，要懂得預留三分力量保護自己，以免吃虧。我曉得他的一番善意，但是，我的決心和意志完全一樣，絕不動搖，最後，老闆終於屈服，在十一月中旬歸還工會辦公室。第四項，要求定期召開局務會議，工會要參加開會，才能切入事業的中心，老板拖了半年，直到十二月才召集會議。我在會議中最後一個舉手發言，全面批判和指責電信局的種種缺失，一口氣發言三十分鐘，只講了一半而已。局長坐在主席位子上受不住，鐵青著臉站起身來制止我的發言，他說這是開局務會議，並非鬥爭大會，難道說電信局樣樣都是做錯了，只有工會做對了嗎？我說事實就是如此，何況，我的發言是先舉手，經過主席同意後才講的，任何人都不能停止我的發言權，包括你主席在內。不過，現在已經超過下班時間很久了，我可以同意結束發言，但要把我的發言單全部列入會議紀錄，主席只好答應了。局務會議紀錄必須影印三十份陳報南區電信管理局備查，南管局所有一級主管都看到了這份紀錄，非常驚訝！所以，次年三月五日我出差到高雄，很多長官都來請我吃飯，要看看我是何方神聖，有沒有什麼三頭六臂，居然這麼兇狠！連續兩天的飯局和酒席，我都準時出席，面帶笑容，了無懼色。第五項，要求組織人評會考核人事升遷及年度考績，工會要參加，方能參與權力核心的運作，反映基層員工的意見，局長也是拖了半年多才指示成立，我便有參與人事考核的機會。第六項，是主管們最頭痛，也最怕我提出來的問題，卻是我一定要提出來和追究到底的問題，那就是機房值班違反勞基法的賠償問題。我再三再四的提出違法損害的賠償要求，主管則一再迴避這項賠償，我誓言不達目的絕不罷休。第二年三月八日在屏東墾丁公園開會，休息時間，南管局李局長志仁，官等為簡任第十二職等，是金門電信局局長的頂頭上司。特別召見我們三位來自金門的員工，詢問我們對金門局有什麼意見，其他兩人都說很好，沒有意見。我則答說：「我非常不滿意，關於機房值班違反勞基法，造成我們權益受損，已經構成勞資爭議要件，事業單位非賠錢不可。否則，到了五月一日，我一定要到金門地方法院去控告金門電信局違法的事實，那將會對電信事業的形象與局譽造成極大的打擊和傷害，難道你忍心看到那一幕場景出現嗎」？他說會加以考慮。三月中旬，南管局發出最速件公文，指示立即辦理賠錢事宜，總計賠了六十多萬元了事，我得到七萬多元，很有成就感。

我漂亮出擊，全勝而歸。發動凌厲攻勢，虎虎生風，節節勝利，高奏光榮凱歌，達成艱鉅任務。正式宣告工會自主的時代已經來臨，絕不是擺在桌子上的花瓶用來點綴，更不是任人擺佈的一具傀儡而已。歸還珠山學堂，且看下回分解。

第十五回　珠山大樓，歸還珠山

薛崇武先生，是珠山大樓的催生者之一，更是珠山大樓的創建者。民國三十六年，崇武先生受珠山薛氏族人之付託，經由菲律濱薛氏宗親，在僑居地馬尼拉、宿務、衣里岸等地發動勸募興建故鄉「珠山學堂」的建校基金，承蒙旅菲薛氏華僑踴躍捐輸，合計募得美金二萬多元。三十七年十月，由珠山小學董事長薛崇武與廈門雲燦營造商王文彩簽訂建築珠山小學教室及禮堂工程合同，並於同年十月十日國慶日鳩工動土興建，歷時一年多落成。新校舍巍峨壯觀，美侖美奐，為一棟二層樓混凝土建造之洋樓，村人因稱之為「珠山大樓」，是當年金門縣最嶄新、最宏偉、最漂亮的校園。

三十八年底，中國大陸蒙塵，錦繡河山變色，淪入共黨之手，國軍數以萬計轉進金門，部隊陸續進駐珠山大樓，據為師部、軍部所在地。珠山村民創建有成，近在咫尺，卻無法擁有該大樓，直教人無語問蒼天！一直到七十八年春天，金門縣薛氏宗親會成立，才能夠登記珠山大樓之校地，並於同年領取該土地所有權狀，然而，一晃眼已經過了四十個年頭。自從軍方佔用該大樓後，就一直以所有人自居，自由處分及管理該校地，反而把真正的主人拋諸九霄雲外，置之不理，該地由軍部改為金西師幹訓班，再改為金防部化學兵基地。我們珠山居民不但不能夠主張產權，更不能進入我們心愛的大樓一看究竟，因為，軍方將大樓劃為軍事區域，在四周設置鐵絲網等障礙物，又派駐衛哨，全天候荷槍實彈站崗，令居民不敢越雷池一步。

七十八年春天，我就在金門縣薛氏宗親會成立大會上提案，案由是：「為開闢本會公共財源，應先爭取珠山大樓之產權，再設法與軍方使用單位交涉，俾能落實產權及收取租金」。此案獲得大會決議通過，交由理事會積極處理，可是，歷經三年多，毫無進展，我也一直耿耿於懷，牢記在心中。直到八十一年十月下旬某一天，我們金門電信局黃局長水慶，告訴我金防部司令官跟他說，電信局如果有辦慶生會活動，請通知他，他將會撥空來參加。黃局長說司令官此話不知道是真的還是假的？我說應該是真的，他說何以見得？我就說，我在本月中旬剛到台北參加國民黨中央社工會主辦的講習，知道黨中央已經下達輔選第二屆立法委員選舉的動員令，各輔選單位已經開始啟動運作了。司令官不止兼任金門政委會主任委員，同時還兼任金門縣黨部特派員，是縣黨部主委的頂頭上司，自然是負有輔選的責任，不能置身事外。我當時擔任金門電信工會常務理事，主辦慶生會聚餐活動，會餐訂於十月三十日晚上六時正，在電信局內舉行，請黃局長出面邀請司令官蒞臨參加。當晚六時正，葉司令官競榮將軍準時出席，率領金防部六位長官暨縣黨部黃主委廷川大駕光臨，蓬蓽生輝，席開七桌，司令官坐主桌主客，我與黃局長充當主人接待貴賓。席間，酒過三巡，我即當面向司令官報告謂：「珠山大樓乃我們薛氏宗親會所有之產業，自從建造落成以來，一直供軍方無償使用四十多年，目前為金防部化學兵基地，請司令官能否派人來與薛氏宗親會討論使用事宜」？當場，即蒙司令官允諾，指定由我和黃主委逕行討論，再由黃主委向他作報告。隔日，我就到縣黨部拜會主委，他說：「昨天司令官已經到珠山看過現場了，他預備將化學兵基地內的人員及裝備遷走，把大樓交還給你們。但是，尋找適當場地安頓這些人員及配備，需要花一點時間，你稍為忍耐一下，不要去催他」。我答以四十年都過去了，不差這一年半載的時間，我們願意等待。我內心裡對司令官此種劍及履及、軍人本色的明快作風，欽佩不已，不僅是軍事家，更具有政治家的風範。

八十一年十二月十日上午，珠山薛芳世兄來電通知我，珠山大樓駐軍已將所有人員及裝備遷出，並行點交歸還建築物及土地，全體村民欣喜若狂，大快人心。珠山大樓歷經四十多載的淪落，終於能重回薛氏宗親的懷抱，真箇是不亦快哉！讓珠山村人能夠無愧於菲律濱鄉僑的捐輸之功，也無愧於崇武先生肇建之功也！感謝司令官葉競榮將軍的德意，有如山高水長。感謝立法委員選舉，選舉真好。我接到消息後，立刻奔往縣黨部，當面向黃主委道謝，並請主委轉達珠山薛氏族人對司令官的感激與感恩之意。黃主委說：「金門全島此種軍佔民地的情形，所在多有，各地民眾紛紛反映要求收回。不過，都還不能妥善解決，唯獨你們珠山首先圓滿歸還，如此一來，將會形成往後軍方處理的模式，產生骨牌連鎖效應，這的確要感謝司令官的成全。雖然說，並不全都是因為選舉之故，但是關於選舉，還請你轉告你們宗親，投票支持本黨提名的立委候選人吳成典」。我說：「我一定會通知全體薛氏宗親，票票集中投給吳成典，以報答葉司令官的德意」。果然，到了十二月十七日投票後，在金城鎮八個村里開票結果，吳成典在七個村里敗北，只有在薛氏宗親聚居的珠沙村是唯一獲勝的，可見得我們薛氏族人並沒有食言背信。司令祭祖，下回分解。

第十六回　將軍祭祖晉匾，珠山無上光耀

民國八十九年的冬至日很特別，跟往年不同。印象中農曆的冬至一向都是落在國曆的十二月二十二日的呀！可是，它卻偏偏提前一天定在國曆的十二月二十一日，事實如此，不由得人不相信。然而，更特別的是，冬至日的珠山來了一位將軍貴賓，也是薛氏宗親，那便是現任金防部司令，陸軍中將薛石民司令，於當天上午十時三十分大駕光臨，星光閃閃。薛氏諸位長老身著長袍馬掛，莊嚴隆重地率領全體族人列隊恭迎於珠山村入口處，燃放鞭炮聲響徹雲霄，表示熱烈歡迎之意。然後在眾長老引領下，步行抵達「薛氏家廟」之前的廟埕，仰望家廟屋簷下橫掛著一幅紅布條，貼著金字「金防部司令薛石民將軍祭祖晉匾」，喜氣洋洋，合族同慶。家廟大開中門，迎接貴賓進入廳堂，開始祭祖，悉依古禮進行，由族老主持，薛司令親自主祭，然後晉匾，司令晉獻後交由宗親即時懸掛正廳上方，匾額通體鮮紅，雍

容華貴，亮麗非凡，漆著二個金字「將軍」，典禮肅穆莊嚴歷時一個鐘頭完成，薛司令和全體宗親逐一握手問候並合照后，因另有要公先行驅車離去。這場祭禮真是薛氏族人的一大盛典，也是珠山村的無上光榮。薛司令是江蘇人，掌理金防部未及半載，選在冬至日到珠山薛氏家廟祭祖、晉匾，意義不同凡響，顯見得血濃於水的氏族之情，木本水源之誼，這就是中國人的傳統美德，到底五百年前也是一家人。

個人有幸曾於八十三年至八十七年，進入薛氏宗親會為族人服務四年，除了與全體理、監事共同致力於建立組織運作，健全財務透明，更注重連絡宗親情感，增進宗族福祉。並不侷限於金門為已足，更推及於台灣、澎湖、南洋以及大陸之聯繫，由近而遠。首先，珠山薛氏旅居台灣之族人，在薛崇武先生的倡議下，於七十六年假台北縣中和市發起成立「金門薛氏旅台宗親會」，崇武先生並膺任首屆理事長，其成員從台灣頭到台灣尾都有，旅台宗親因此能夠齊聚一堂，共話鄉情。越二年，金門縣薛氏宗親會也跟著組織成立，兩會之間保持密切關係，並於八十四年三月二十五日，在珠山召開兩會第次一理、監事聯席會議，除了聯絡台、金兩地血緣宗親感情外，便是討論主題：建立兩會之溝通管道及相互支援模式，從此奠定良好的互動基礎。其次，在八十五年初，透過管道先與高雄縣茄萣鄉的薛氏文教基金會聯絡上，再經由茄萣和高雄市左營的薛氏文教基金會建立聯繫，互相交換薛氏族譜及會務資料，大家擁有共同姓氏祖先，情同一家。同年八月，我專程遠赴澎湖內垵村拜訪源自珠山薛氏第十三世薛仕乾的族裔，尋找分枝，內垵也是薛姓居民群居的聚落，如同珠山一般，雙方的族譜前五篇文章內容完全一樣，其昭穆輩份的排序也完全相同，可見得血脈相傳，自然是情同手足，見面份外親切。

每次從台灣返回金門，到家後的習慣是先喝杯茶，並順便看看當天的「金門日報」，這次也不例外，很快地看完新聞後預備要合起報紙時，偶然間瞥見社論裡有一篇很長的題目，定眼一看是「金門各氏族應該組團到台灣尋分支」共有十五個字，好長喔！標題挺鮮活的，一睹為快吧！文章從中國人重視傳統倫理談起，中華文化的傳佈，由中原到南方，過金門再到台澎，金門成為大陸與台灣之間的中繼站，台閩一家的史蹟斑斑可考，系出同源。沒想到，如今在台灣卻出現排斥金門的謬論和聲浪，比如說金門撤軍論，究其原故在於兩地人民缺少往來和了解，解決之道，可由金門各氏族以根源的立場組團到台灣尋找分支，以增加同宗、同源的了解及增進親密的關係，庶幾可以消弭彼此間的間隙與隔閡。立論非常精闢獨到，見人所不見者，並且具體可行，讀完深感佩服。尤其是，其看法與個人的做法，不謀而合，殊感訝異，難道說這是：英雄所見略同嗎！因此，忍不住當場撥電話到報社經理部，待對方接聽後便稱讚今天的社論寫得非常好，很有道理，請問是出自何人手筆？對方問起何姓名？個人據實報出名姓，他說是你喔！文章正是他寫的，他是李先生。哦！原來是總編輯，相識的嘛！接著在電話中提出個人已經付諸實施的行動和結果，他頗感興趣當即邀稿作為該文的回應，無奈筆者文章欠學不敢承諾，只說他日若有所心得再作報告。如今事隔四年餘，回憶當年，聊以還債吧！信不信地理師，還看下回分解。

第十七回　信不信地理師由你，靈不靈光當場試驗

做生意投資大事業者，無不希望一切順順當當，一帆風順，招財進寶，創業穩定有發展，將本求利，大發利市。所以，在開工前或開業前，大都會重金禮聘地理師到公司或工廠定格局排風水，至於是否靈驗，局外人則不得而知。

做長官的也盛行此道，走馬上任後的第一件事，就是請來地理師到辦公室調整風水，趨吉避凶，是否靈驗，在他離職後倒是可以做一番論定。

一般市井小民，則是到卦攤占卜，問問何時事業有成，婚姻何時有緣？等而下之的村夫村婦，請不起地理師和算命師，只能到廟裡去燒香拜佛，祈求神明保佑一家大小平安，即是最大的心願。對於看地理，常聽長輩的告誡：不可不信，不可盡信，尤其是不可鐵齒。聽後一知半解，似懂非懂，叫人家要信，又叫人家不要太信，真是模稜兩可，信與不信端在個人的認知之間耳。

我原本鐵齒，不來這一套，可也不反對別人去求神問卜看風水。自認勤儉奮鬥過一生，足夠安身立命就可以。既不追逐名利、權位及財富，也不想預知未來的人生是順境或逆境。一切盡其在我，成敗、得失或吉凶悔吝，在非所計。

十年前，我買地自建房子，自己設計建築圖樣，聘請土木包工業按圖建造，為了自行設計，我跑遍全金門上百棟的建築中新屋去觀摩，參觀同事及親朋好友已建好的新屋數十棟，自己畫圖達一百多張才定稿。有蓋過房子的朋友再三給我警告：佛廳的格局不能犯「桶盤」的錯誤，否則，後果非常嚴重的。桶盤的意義，是佛廳的寬度大於深度。

我很鐵齒，執意要把佛廳改成桶盤，至於後果如何，且拭目以待，我願意一肩承擔。但是，我敢於作此改變，是有所本、有些道理的。因為，桶盤的緣故是來自於傳統閩南式建築規格，我自小出生及長大於閩南古厝，深知佛廳專為供奉和祭祀列祖列宗及神明的所在，是一棟房子的重心。因為閩南古厝的格局是橫式，寬度大於長度，一進叫一落。所以，佛廳不能再採用橫式，必須改採直式，長度要大於寬度，違反此一寸白的規格就叫桶盤。但是，在金城鎮裡國民住宅是連棟式的，房子長十三公尺寬七公尺，形式是直條式而非橫式也，與古厝的基本格局相比，兩者剛好相反，古厝的佛廳規格自然也不能適用於國宅，其理至明。

雖然房子已蓋好入住，一家大小平安無事，我仍將這項疑問擺在心底，留待日後有機會再就教於地理師。五年前，終於有次機會，知道同鄉地理師薛芳坤兄在台灣頗負盛名，也深受台金兩地宗親的信任，恰巧返金，我自小與他在村中相識，便請他到舍下飲茶敘舊，到家後先引領他到三層樓逐樓參觀，最後到四樓的樓梯間，是作為佛廳使用的。我只靜靜地帶他參觀，也不動聲色，一路上他總是東張西望，看高看低的，我知道他在看什麼玩意兒。

看完後才回到一樓客廳奉茶，我輕輕的問他說我這間房子的風水有沒有什麼缺失？他回說風水很好，沒有任何缺失，最好的地方是佛廳外面有一大片陽台，那是陰陽交接的場所，日月精華集氣和磁場交流的場地，再好沒有了，主人丁興旺，財氣聚集。我又問他佛廳是不是桶盤呢？他說不是，沒有問題。聽他這一講，我心中擱了好幾年的一塊石頭終於可以卸下了。

一九九五年春天三月百花盛開季節，鄉村到處鳥語花香，我在珠山活動中心召開台、金兩地薛氏宗親會第一次理、監事聯席會議。當天下午旅台宗親二十多人搭機返金，我們派車、派人前往接機，下榻於珠山大飯店。當時浯江飯店尚未開幕營業，珠山飯店的設備豪華、服務親切、庭園景緻雅觀、還有草皮花園以及游泳池，俱屬全島首屈一指，珠山飯店生意因此非常搶手喔！宗親們抵達後，我便陪同他們漫步參觀飯店全景，人人讚不絕口，深表欣慰，看到宗族產業讓租與業者經營得如此氣派堂皇又頂尖，真是與有榮焉。

但是，其中有一位地理師的宗親，在台灣及南洋一帶素來享有盛名，聲譽興隆。他看完後把我拉到一個無人的角落對我說：「我告訴你一件事，有關於這家飯店的風水問題，只跟你一個人講而已，但你必須保証不告訴任何人，我才要和你說」。我說：「我做人最守承諾，絕不食言，我答應你絕對不會告訴第二人，你請講吧」！他說：「我看這家飯店的風水有問題，非常不利，到三年後的虎年就會倒閉，不信你等著瞧好了」。

三年來我信守諾言，從未跟村人、長老、其他人或理、監事透露過此事。直到一九九九年農曆正月初九「天公生」，我依照往年之例到太武山登山拜佛，下山返回辦公室，撥了一通電話向珠山飯店會計小姐吳佩蒂拜年，隨後便談起此項風水往事，我說：「去年是虎年已經過去了，珠山飯店也沒有倒閉，現在還不是經營得好好兒，可見得是一派江湖術士之言，不足為信」。

沒想到，吳君很冷靜地回我一句：「薛先生，那位地理師說得沒錯，那件事情正是發生在去年，飯店等於倒閉了」。我驚問道：「發生了什麼事」？她答以：「珠山飯店去年召開全體股東會議，結果所有董事全部撤資，只剩下董事長一個股東而已。因為，飯店如果賺錢，股東越少越好，分配利潤越多；但是珠山飯店歷年來虧損累累，股東越多分攤越輕，現在股東全跑光了，只剩下一個人，如何支撐得下去？隨時都會宣佈倒閉的，眼前只是硬撐而已，可是撐得越久，賠得越多呀」！哦！原來如此，這位地理師的道行還真厲害，不但能看出端倪，尤其能看出未來的時間點，能不相信風水師嗎？

同年春天某日，我在珠山喜宴上和古岡地理師董金定先生同桌用餐，他年長我二十多歲，平素很愛護我、誇獎找，每次到他家，他的度量恢宏，凡是有好菜、好酒，總是捨得拿出來招待身為晚輩的我。席中，他說自己也會給人家看面相，於是，同桌的人紛紛要求他看面相，回顧以往及預測未來主何時吉凶如何？看完後每個人都說看得準、說得準，最後，他順便要替我看相，我當場婉拒說：「我知道你看得很準確，但是，我的記憶力很好，過去的我統統知道，未來的我不想知道。我認為也堅信事在人為，凡事只要盡其在我，無須預知以後的吉凶悔吝和得失成敗」。

次年的春天，我在自家巷子口跟鄰居林國安聊天，談到一半，來了一部計程車停住，下來一位司機年約五十餘歲，精明幹練的模樣，他和林君熱烈地討論好一會兒，我靜立一旁也聽不懂他們談話的內容。直到半個多小時才告一段落，林君就為我們作介紹，跟他說這位是鄰居，在中華電信公司工作；跟我說吳君白天開計程車為業，晚上在金門晚報寫稿，寫一個專欄講風水問題，非常受讀者歡迎，也會看面相。

這時候，我很自然的伸出右手準備和他握手，他也立刻伸出來握手，甫一照面，他就滿臉訝異地對我說：「你這個人有企圖心，你是有所企圖的」。我笑笑說：「你看走眼了，我只是公司裡的一名工人而已，日子過得平淡、平常、正常，哪有什麼企圖可言」！前年，正是我離開宗親會事務一年餘，交際應酬極少，生活逍遙得很，升官沒有我的份，發財也不會有我的份，我有啥好追求的？我又有何企圖可言呢！後悔什麼，下回分解。

第十八回　後悔總在吃虧之後，偏偏時光不能倒流

人說：不聽老人言，吃虧在眼前。我在三十歲時就是不肯聽老人家之忠言勸告，過了四十歲吃大虧，悔不當初，但是為時已遲，已經悔之不及矣！

往年我常到同學鄭易明家中與其尊翁鄭炳章先生問安，聆聽教益，受益匪淺，鄭老先生年長我三十多歲，他好意提醒我說：「人到三十歲已經步入中年，身體狀況不比二十幾歲的青年那樣有本錢，要開始注重身體的保養，不能恣意揮霍體能，才能保持健康的身體」。我聽過毫不以為意，自認為和二十歲的思想、身體與精神初無二致，本錢雄厚。照樣我行我素，飲酒過量，熬夜打牌，日以繼夜，殊無節制，任意透支體能和精力。

十年後到了四十歲那一年，我馬上驚覺體力、體能急速衰退，直如江河日下，大不如從前，果真應了俗話：「人若到四十就不行」。檢討原因，端在於起居生活

沒有規律，飲食沒有節制，歷經十年損耗後，終於嚐到苦果；更在於沒有聽信鄭老先生的教誨，不把保養身體當一回事看待，活該自食惡果。

鄭老先生醫術精湛，遠近馳名，大家都暱稱「阿豬伯仔」，鄉下婦女和小孩最常到鄭府看診，皆能藥到病除，活人無數。當我年屆三十五歲那年，不知什麼緣故，我的雙腿內側突然感染搔癢，痛苦不堪，更要命的是連陰囊都癢得受不了。老婆就問我是不是到外面偷吃所留下來的痕跡，我說沒有的事，男人要到外面去偷吃先決條件必須有錢，我每個月所賺的薪水統統交給妳支配，除了繳互助會會款外，零用錢不過一、二千元而已，妳完全清楚，我哪有錢玩這些花錢的玩意兒？除了妳之外，並沒有碰過第二個女人，我敢保証絕對不是感染性病。她將信將疑，就陪我到衛生院求診，醫生診斷是皮膚病而不是性病，可是，跑了一、二個月的醫院和擦藥，還是不見效果呀！沒有醫好，看她的樣子還是半信半疑，我非但皮癢難過，心裡這份苦楚更是有冤無處說啊！我想既然求診於西醫無效，不如改求中醫治療看看，我就帶著妻子到阿豬伯仔家去求診。他看過我的患處和舌頭，又給我把過脈，沉吟好一會兒才說：「我替人家看病，最擅長的是婦科和小兒科，多數看過一次抓過藥就能治好，少數頂多看二、三次一定會治得好。但是，我最不喜歡看皮膚病，蓋因有些病症只在表皮而已，病灶卻在內臟五腑，很難下手治療，就像你今天這個病連西醫也束手無策。不過，看在你跟我家阿明同學二十年，也經常到我家來玩，我特別破例為你醫治，只是，要經過幾次用藥確定何種病，才能徹底治好」。經過三次的用藥都無效後，最後診斷為「赤白遊風」，對症下藥內服外敷之後不過二周，終於藥到病除，順便証明了我的清白，感謝阿豬伯，大恩不足以言報。

但是，與此恰恰相反，另一件後悔的事，卻是誤聽老人之言。三十五歲以前，不論寒暑，我洗澡一律用冷水沖洗，到了冬天，除非室溫在九度以下我才不洗澡，採取乾洗了事，在十度以上我一概洗冷水澡，非常痛快！十六度以上直接用臉盆沖洗，毫無困難，十五度以下，必須先做十分鐘的熱身體操、伏地挺身、仰臥起坐，讓體溫上升若干度，用以禦寒，再用臉盆冷水沖洗。此時，因體溫高於水溫，冷水一淋，起初渾身一陣哆嗦，全身冰涼，身上隨即冒出白煙來，煙霧繚繞，體溫急速下降，只好咬緊牙關硬撐，繼續沖下去三、五分鐘，體溫又見回升，開始用力搓洗身體，十分鐘完畢。經過一番冷水沖洗後，身上已自然具有抗寒能力，我便赤身露體僅穿一條內褲到客廳休息，這樣子，至少可以支持三十到六十分鐘之久，第二天也不會受寒或感冒。

由於打籃球常常扭傷腳踝，要到棺材店請老闆陳圓先生用國術幫我推拿，一次約需十分鐘就好。陳圓叔年長我二十幾歲，又是熟識的老鄰居，從來不肯收取一文半毛，每次推拿時，他總是告訴我要養生有道，他說：「人到中年，體力日衰，最需要講究保養，注重養生術。鬮如洗澡時，秋天和冬天一定要用熱水，切不可以用冷水，以免傷害健康，即使夏天也要用溫水。我自己健康良好，別無訣竅，就是養成此種正確的洗澡習慣」。

我聽他再三、再四告誡，不敢掉以輕心，何況，他又是一名練家子，國術那麼好。不是說不聽老人言，吃虧在眼前嗎！我考慮之後，決定從此改變洗澡習慣，不再洗冷水澡了，倒也沒有任何不適，年復一年，便習以為常了。可是，多年後，突然發現我的體能嚴重衰弱，抵抗力減退，經常感冒發燒。仔細檢討生活起居，並無異常地方呀！唯一不同的只是洗澡習慣改變而已，洗完澡不再感到通體舒暢，還必須趕緊穿著上、下衣褲，不再能夠享受裸體所帶來的快樂，余之病矣！知錯認錯能改，再看下回分解。

第十九回　知過能改近乎勇，問世間能有幾人

一九九九年三月四日，我專程前往高雄探望多年不見的老朋友和好同事多人，出發時攜帶六十瓶「蔣公百歲誕辰紀念酒」，擬具一份拜訪名單，預訂致送每人兩瓶「百歲酒」，聊表誠意。事先打電話請同事盧兆薰先生接機，上車後我告訴他：「我預訂停留四天後回去，要拜訪的人數大約有三十位，所以，白天到辦公室，晚上到對方家中去，如果你能蹺班最好，要不然就請假幫我開車找地址」。

他說沒問題，可以二十四小時奉陪，也不用請假，並且告訴我說：「你去拜訪人家，應留心細聽對方的談話，不要只顧著自己搶著說話。因為，扮演發表者不一定受歡迎，但扮演傾聽者一定受歡迎」。我一聽甚表佩服：「盧兄，想不到你對於人情世故這麼練達熟悉，我真是有眼不識泰山，感謝你的指導，並請你多多指教」。這是我有生以來第一次這樣大規模訪友，從前沒有經驗，也沒有把握此行能

否順利？

第一站及第二站我獨自下車登門拜訪，雙雙撲空，只有留下名片及兩瓶酒便走人。下午上班時到第三站分公司老闆的辦公室，舉頭一看，我的天呀！只見會客室裡密密麻麻坐滿了二、三十人在等候接見，我如排隊等候，相信輪到我的時候恐怕都已經下班啦！我馬上找到機要秘書駱惠美小姐送上一份見面禮，要求她特別安排讓我插隊，只需十分鐘就足夠。她雖然不認識我，但看到我送上一份禮物，就笑咪咪的對我說：「這是送給我的嗎」？我說：「當然是，還請妳笑納，不要嫌棄才好」。隨後，她即進入辦公室安排，不到五分鐘就告訴我說：「現在老板辦公室裡沒有客人，你可以進去了」。盧君陪我進去，照面後，老闆一臉愕然，我趕緊遞上名片向他恭賀榮升新職，並提及七年前某場飯局中的一面之緣，他問今日來此何為？我回答如此如此、這般這般，他聽完後就說怎麼會這樣子呢？談完我們立即告退，盧君稱讚我說你剛才對機要秘書這一招真是高竿。我說在家裡時已經做過沙盤演練，想要見到大官的面，就必須通過他的機要秘書這一關。

第四站轉到某位長官處，官等不過是區區簡任十職等，想不到我不認識他，他反而是認識我的，我也跟他說如此這般，但他的反應完全不同於老板，語氣強硬。我聽了光火，當場給他一頓訓話，整整訓了他一個小時，他聽完目瞪口呆、臉色鐵青回道：「薛先生，你的口才很好，一進門來就說個沒停，你提的人物有名有姓，有頭有臉，你的交遊廣闊……」，沒等他講完，我就打斷他的話：「還要加四個字『神通廣大』，信不信由你」。他又說：「你對自己也很有信心」。我說：「我就是這個調調，不服氣的話，你可以試試看呀」！

接下來探望劉彭先生，是位剛退休之高雄縣政府兵役科長，聆聽他談論高雄縣內的政治人物及政治派系。離開後盧兄對我說：「剛才你同劉先生談話中，犯下三項錯誤，一、你老是搶著發言，害他講話不順暢。二、在拜訪中應以對方為主、為尊，切莫提到其他身份和地位比他還高的人物，以免把他比下去。可是，你提起的朋友身份地位都比他高，讓他感到很沒有面子，覺得不受尊重。三、在連續的拜訪中，也不可以將上一個行程及人物，或下一個行程及人物告訴對方，以免對方認為你在炫耀交際廣闊。但是，你提及前面去探望何人，下面又將拜訪何人，這些與他毫無相關，他都沒有知道的興趣」。我聽了恍然大悟，原來自己犯了這樣多的錯誤，我立刻跟他說：「盧兄，你說的對，都是我的錯，我一定會改正，謝謝你的不吝指教」。

下一站拜訪劉元周先生，官拜陸軍中將剛退役下來，與他闊別十五載，首度重逢，互道寒喧後，洗耳恭聽他的種種見聞及經歷，我是聽的多，說的少，沒有再犯剛剛的錯誤。劉君曾經擔任過台中師管部司令及彰化榮民服務處處長等職，都參與過輔選工作，對政治人物上台前與上台後的嘴臉有深刻的了解。沒想到劉君突然話鋒一轉對著我說：「老弟，如果你要參加選舉，要如何、如何經營選票，不管老少，不論美醜，一人一票都是相同的，這叫票票等值」。我聽完嚇了一跳，趕忙說：「大哥，對不起，讓我先打個岔。政治和選舉都不是我的興趣和最愛；但是，真人面前不說假話，我只是對政治有點兒關心，不排斥和不冷漠，或者也不排除在適當時機會加以考慮而已」。在交談中我並未曾提過有關參選之意，真不知他這話是從何說起？

回到盧兄家中，我們就開始討論劉君何出此言？盧兄說不知其故，倒是我想了一會兒想到答案說：「我知道了，劉君犯了一個毛病，叫做『職業症候群』，也就是職業病。好比剃頭師傅看人的第一眼，一定是先看人家的頭髮，剪得好不好？地理師看人的住宅，必定是東張西望，看人家的風水好不好一樣。劉君輔選經驗豐富，抬轎子抬多了，看人就看誰適合坐轎子參加選舉」。

在隨後幾天的訪程中，我仍然偶有錯誤情況發生，盧兄照樣給我指正，我照舊認錯從不辯解，而且必定改正。到了八日結束行程返金，盧兄送我到機場，在候機聊天時，盧兄對我說：「老弟，這四天來我都跟你在一起，才發現到你與眾不同呢」！我說：「我哪有什麼地方與眾不同」？他說：「這些天我常跟你說，你哪裡說錯話，做錯事；可是，你從來沒有否認，也沒有找任何理由辯解，不但認錯，而且立即更正，像你這種修養與氣度的人，我還是生平第一次遇見呢」！我回答：「我這個人很簡單的，我沒有傲人的家世，也沒有過人的學歷和能力，我的同學、同事、朋友中，比我好、比我能幹的人多的是。所以，我很平凡、平常，自然正常，如此而已。凡是指正我的錯誤者，我都非常感謝與樂意改進，我的態度是聞過則喜能改。何況，你指正我的錯誤，乃是出於一番好意和愛護我的本意，以免因為犯錯而自己吃虧。我改過後受益最大的還是自己呀，我並不丟臉，更不生氣呀」！

九日早上在街上吃過早點，我臨時起意想到台北再走一趟看望朋友，回家後又帶了三十瓶百歲酒出門，請同事蔡勝和先生接機專責接送。第一站及第二站雙雙落空，只好留下名片及酒改天再打電話來聯絡。第三站到總公司，蔡君問我找誰？我說找陳董，他又問陳董你認識嗎？我回答：「開玩笑，全體公司有三萬五千名員工，誰不認識董事長陳堯呀？不過，他可能不認識我」？他納悶的說：「你說他不認識你，那你憑什麼去拜訪他」？我說：「他雖然可能不認識我的人，但是，他應該會認識我的名字呀」！他還是感到不解，滿臉的疑惑。

可是車子已到公司，下車後坐電梯直上十樓，董事長辦公室外頭有一位機要秘書徐淑琴小姐擋著，我遞上名片說要找妳們陳董，她看一下名片說：「你跟陳董有約嗎」？我回說：「沒有，我從金門過來，剛下飛機，剛到」。她說：「我們陳董是在，但他不一定會見你哦」！我說：「我知道，他們這種大官是不隨便見人的，不過，我請妳幫我把名片送進去，他要不要見我，隨便」。徐君便把名片送進去，我們二人就立在會客室等待，只一會兒功夫，就看見陳董拿著名片出來，一邊走著，一邊唸著二次我的名字，然後說這名字好熟哦！這時候，蔡君轉過頭來深深看我一眼，好像我剛才說的話蠻像真的耶！

當他跨進會客室，抬頭看到我一眼就認出來了，馬上說：「啊！原來是你」！我說：「是啊！陳董，我們有好幾年沒有見過面了」。他招呼我們就座喝茶，他的官等為簡任第十四職等，是最高階的文官，又是我們的大老闆，我不便先開口，須等他問話，他說：「今天怎麼有空大老遠跑了來，有事嗎」？我說：「小事，小事一樁」。他說：「小事打個電話來說一聲就好了，幹嘛還要老遠跑來這一趟呢」？我說：「陳董，打電話歸打電話，當面講歸當面講，又不同呀！而且，也能夠順便來拜望你啊」！他道：「你說得也是，那麼是什麼事呢」？我就把一份兩頁的書面資料呈交給他，他馬上打開細讀，讀畢說道：「這怎麼可以呢？我的個性也是嫉惡如仇，我一定會交辦下去」。我就說：「好呀！陳董，那你就好好辦吧」！接著陳董又說：「不過，這種事情交辦下去，大都也是不了了之的」。蔡君立即接口說：「那都是你們官官相護嘛」！

正事談了二十分鐘結束，接下來開始天南地北閒聊了一個鐘頭，我對陳董說：「金門營運處的人事升遷很沒有道理耶！有一位同事蔡水田先生是海洋大學電機研究所碩士，高考電機工程及格，在金門服務四、五年，學歷、能力都是最好的，人緣也好，人人誇獎。可是，每次升遷從來沒有他的份，反而是那些條件差的人獲升，簡直是蹧蹋人才嘛」！他聽了很有興趣，要我再講清楚蔡君的姓名，他會交代南區分公司副總經理鄭貴龍儘快提拔他。離開會客室後，我先到其他辦公室打電話回金門，告訴蔡君我向陳董推荐乙事，請他靜候佳音，他聽了也很高興。當我們離開公司後，蔡勝和兄就責怪我，跟陳董講話怎麼可以用那種語氣，沒大沒小的，說什麼叫他好好辦吧！我說我講話向來很率直，不喜歡拐彎抹角，他年紀那麼大，見識與肚量自然也大，根本不會與我計較的，何況，陳董也沒有不高興呀！還陪我們聊天談了一個小時。偶然相遇，下回分解。

第二十回　相逢有如夢中，明眸皓齒識荊

九九年夏天我到高雄出差完畢返金的前夕，同事盧君約我去一家日式卡拉ＯＫ店唱歌。店中只有一位老兄坐在吧台邊唱著日語歌及台語歌，聽他唱得不錯，我們倆人毫不吝嗇給予熱烈的掌聲；當我們唱完，他也同樣給我們鼓掌，互相加油。盧君就近遞上香煙略作攀談，那位仁兄因而興致高昂，要老板娘打電話叫柔柔過來陪他。

不到一會兒功夫，店口玻璃門輕輕推動走進來一位美麗佳人，此女臉蛋姣好，略施脂粉、口紅及眼影，身材苗條又勻稱，態度優雅閒適，年約三十多歲，正是成熟嫵媚兼而有之，風韻楚楚動人，深深吸引男人不捨的目光。自從進門來就安靜地坐在那位老兄身旁，唱了一首節拍輕快的日語歌，音色甜美，嗓音悅耳正如黃鶯出谷一般，那位仁兄拍完掌自箇兒說：「我的阿娜達唱得真好」！隨即從口袋裡掏出

皮夾來數了十張千元大鈔，擺在她面前，她只望一眼毫不在意，過了好一會才收進自己的皮包裡。

趁著那位老兄上洗手間的時候，我馬上端了一杯酒站到她面前對她說：「柔柔，妳的歌唱得真好，我敬妳一杯」。她深感驚訝，問我如何曉得她的名字，我故作神秘的笑而不答，我喝完以後她也乾了，我便遞上名片順便問她的手機號碼，她毫不猶豫地抄下名字及號碼。然後，她問我一句話，換我吃了一驚，她說：「先生，我們很面熟，曾經在哪裡見過面吧」？我回說想不起來，沒有印象耶！她接著說：「你去年是不是有去過七賢三路的明日帝國」？我說：「沒錯，我就去過一次，那一次我們有十個同事作伴去過，叫了很多小姐坐台，坐在我身邊的小姐叫元元，我還記得，但沒見到妳呀」！她說她就坐在元元的旁邊，所以記得我，真巧，也真虧她好眼力，佩服得很。

次年秋天我到高雄出差，下午三點鐘公幹完畢，盧君帶我到一家新開幕的舞廳跳舞，這玩意兒我不會，純粹是開洋葷，去看看世面的。舞廳裡黑壓壓一片，伸手不見五指，還要有人拿手電筒帶路，只找到一副座位坐下後，才慢慢適應裡面的光線，只見舞池裡擠滿了雙雙對對、摟摟抱抱的男男女女，我們點了小竹、小卉坐台和陪舞。盧君說下午是茶舞時間，鐘點最便宜，所以客人最多。

泡了二個小時後，我們就離開出去吃晚飯，到了八點又轉去酒店唱歌，沒想到進來坐台的小姐竟然有一位是下午在舞廳見過的小卉，頓覺有緣又有趣，就摟著她親吻她的臉頰，逗得她笑嘻嘻的。隨後，我又親吻著她的耳朵及耳垂，沒想到，她的反應跟剛才完全不同，又推又拒又哀求我不要碰她的耳朵。

我實在搞不懂為什麼？偏要把她抱得緊緊地，用我溫熱的嘴唇吻著、輕咬著她的耳垂及耳朵，她掙不脫我的雙臂，也逃不開我的嘴唇，只見她過不了幾分鐘就臉紅耳熱、氣喘咻咻、四肢無力，我仍然持續著親吻她，不到十分鐘，她就開口說：「我受不住啦，我已經達到高潮了」。然後，整個人軟癱在我身上，一動也不動。至此我才明瞭，原來她的全身最敏感區就在耳際，我親眼目睹這一幕，不禁為之莞爾。過馬路闖紅燈，還待下回分解。

第二十一回　台北市過馬路，找不到第二人

九九年夏天我到台北休假幾天，照例先要到博愛路機房和那一票老同事、老兄弟吃喝玩樂一番，才能夠去看別人或做別事。撥電話予李炳耀先生問候，他年長我約三十歲，任職電信總局長，以最高階文官，簡任第十四職等退休，約我次日中午一起用餐，翌日，我立在博愛路邊佇候，他果然乘坐一輛黑頭大轎車準時抵達，好像是克萊斯勒的牌子吧！他的司機下車來為我開啟後座的車門，讓我和李總同坐，寒暄過後我跟李君說我個頭高大，坐車子必須進口車才舒服，就像這款車子，他聽了笑一笑。

車子駛進一條巷子，停在一家兩側都是落地玻璃窗和玻璃門的一樓西餐廳門前，司機下車先為李君拉開車門，再繞過來為我啟開車門。當司機送我們到餐廳門口時，李君從口袋裡掏出一疊紅色的百元鈔票約十多張遞給他，他卻不肯收，李

君好言勸他收下，自己找個地方吃午飯。推門進入餐廳時已有服務生，在等著引領我們就座，李君挑了一副面對巷道的座位落坐，我則坐於他對面，背對著巷道。李君點了一客紐西蘭黑胡椒牛排，我也跟他點同樣的，餐點一道道上來，我們也聊起一道道的話題，從人生、朋友、家事、國事、社會事，無所不包，交談十分熱絡愉快。

我說：「二十多年來，我在台北市步行過馬路，有一個習慣，當我遇到第一個紅燈時我會停下來等候綠燈才通過。但是，當我通過綠燈需要左轉時便會遇到第二個紅燈，這個時候我是不會停下來等候綠燈的，我一定要闖紅燈，蓋因靜者恆靜，動者恆動嘛！站在第二個紅燈前，和站在第一個紅燈前給我的感受截然不同，我覺得是浪費時間，猶如浪費生命一般」。他笑一笑對我說：「那你的運氣真好」！其實，我瞭解他尚未說出口的第二句話應該是說：居然沒被車子撞死！

我立刻更正說：「我不是運氣好，而是動作好」。他說此話怎講？我說：「我從小喜愛打籃球，打了三十多年，深知打籃球的二項要領，一是眼睛的觀察力要準確，二是手腳的爆發力要敏捷。所以，我用在過馬路即使闖紅燈，亦是綽綽有餘，當我在川流不息的車潮中找到一絲空隙，我便當機立斷穿梭而過，前面的車子我讓它通過，後面的車子就要讓我通過。二十年來我對自己的觀察力及爆發力一如當年準確和敏捷，歲月未曾稍減我的精神和體能，因此，我闖紅燈過馬路，從來沒有被車子撞到過」。他聽完哈哈大笑說：「台北市絕對找不到第二個人，像你這樣子過馬路的。你就好比是泰山到了城市一般，此因泰山強壯，又不肯遵守交通規則之故」。

雖然，我憑著身體上的動作敏捷可以輕鬆穿越台北市區道路，不過，我越來越感受到心理上對台北市的疲倦。何以如此呢？我慢慢思索每次進出台北市的過程，無非是搭機抵達台北松山，但是，一出機場放眼望去，盡是滿坑滿谷、川流不息、疾駛如飛的汽車和機車塞滿道路，這一幅街景馬上提醒我這可是台北市，車輛壅塞如沙丁魚般的台北市哦！上車以後感覺彷彿身體中的腎上腺開始加速分泌腺素，原本從金門帶來的逍遙閒散心情瞬間消失無遺，代之而起的是跟車子行駛速度一樣加快的情緒。到了地頭，見到了人，辦完事情後打道回府，最後，帶著滿身疲憊前往松山機場，直到登上飛機總算能夠舒一口氣，告訴自己終於要離開台北市了。等到飛機在金門天空下降，只要看見滿地的綠色樹海，我的疲勞便會豁然一掃而光，步出尚義機場，坐上回家的車，不論車速快慢如何，我就會立刻回到原來的我，悠閒和瀟灑的神情自然寫在臉上和身體上，這便是我進出台北市的心路歷程和寫照。
有一回，我和老同學葉漢談在台北一起吃飯聊天，他在台北工作、生活了二十幾年，我就問他對於台北生活的感想如何？他頗有感慨地說：「台北只是一個工作的城市，除了工作以外，還是工作」。我看他一臉無奈的神情，自己多少也有一些領悟。品種改良，下回分解。

第二十二回　人種作交換，符合優生學

話說三十年前后浦市區內某處鄰居人家，白天，因家裡男人出外工作謀生，孩子到學校上課，婦道人家便相約左鄰右舍牌友玩玩幾把四色牌，藉以打發時間，並探聽各家各戶的人物動靜。

某日午後，牌友四人早早上桌打牌，旁邊尚有四、五人觀戰，年齡均在五十歲左右，多數為婆婆級，家事自有媳婦料理停當。牌局進行中，邊打牌邊聊天，說說笑笑，時間過得輕鬆逍遙。其中，一位牌友突然對著另一位年紀最大的牌友問道：「嬸仔，妳兒子生了四個女兒都不小了，將來少不得會有很多人上門來提親，到時候，賺到四份聘金禮，還勝過妳兒子辛苦工作好多年的收入哦」！老人家回說：「這時代養女兒是賠錢貨，即使收了人家的聘金，還不都是折換成嫁妝陪嫁出去，哪有賺頭呀！可不像四、五十年前我們那個時代，男人要討老婆光是付一筆聘金，女方一家便可以坐吃十年以上，男方則須賣力工作十多年才能還清娶妻的負債」。

另一位牌友卻提出一項有趣而尷尬的問題，她說：「孀仔，怎麼鄰居們都說妳的四個孫女兒，長得一人一樣，姊姊不像妹妹，妹妹不像姐姐。而且，看孩子的長相，既不像父親，也不像母親，真的很特別，到底是像什麼人呢」？大家一聽，平常擱在心裡狐疑的問題，不曉得今天會不會有答案？頓時，全場鴉雀無聲，屏息以待回音，只聽老人家不急不徐的回說：「換種、換種也不錯嘛」！聽完，眾人均為之莞爾！

其實，這也是歷史因素所造成的某些特別現象之一，因為，自從一九四九年起，大批軍隊陸續從中國大陸轉進到這個彈丸之地的金門小島來，僅僅在一、二年之間就湧進十多萬之眾，而當時全島的居民也不過在五萬左右，軍、民的比例大約是二比一，當時金門是一片兵荒馬亂、動盪不安的景況。軍人的吃與住因此成為駐軍當局最關切的問題，在吃的方面，軍人相對地要比民眾優渥許多，除了主食固定有米和麵粉不虞匱乏外，副食均有經費可以逕赴市場採買果菜與雞鴨魚肉。然而，在住的方面卻遠遠不足所需，只有就地安頓，首選即是公共建築物，例如學校、祠堂以及寺廟；其次是構築野外碉堡或挖掘坑道；最後是民宅。在金城市區內，不但學校教室內、祠堂寺廟內睡滿了軍人，連走廊上、屋簷下也是當作大通舖，軍人睡得滿地都是。在鄉下村莊裡，屋主通通要集中睡在一、二個房間內，把騰出來的房間及佛堂跟客廳，讓給部隊作為住宿之用。如此軍民混合雜居一處，道德藩籬盡失，昔日「海濱鄒魯」之令名美譽為之蒙羞，一年半載下來難保不會出現一些匪夷所思的事情，更何況，這種情形連續長達十年之後，才結束此種軍民同居共住的現象。這麼長的時間會發生多少令人不可思議以及或明或暗的狀況，民眾之間也或多或少會以口耳流傳出來。

自民國以來，金門本是一個僑鄉，島民的生活富裕，大都倚靠僑匯的供給無缺。但是，從一九三七年中日戰爭爆發，日軍隨即佔領金門，來自南洋地區的僑匯為之中斷，從此居民生活必須自力更生，自給自足。抗戰八年終於贏得艱苦卓絕的勝利，南洋的僑匯也隨之逐漸恢復舊況，島民的生活水平漸復舊觀。詎料，不過短短四年的光景，更大的災難又降臨小島和住民身上，國共內戰導致數量龐大的軍隊轉進浯島，僑匯再度斷訊，居民生活從此陷入最困苦，經濟最蕭條的年代。貧窮是各家各戶的普遍現象，飢餓更是成人與小孩的共同景象。人民的三餐盡是安薯簽和地瓜湯，下飯的菜不過是一些自己耕種的蔬菜與花生，頂多加一點豬油而已，根本都吃不到米飯和麵食，更遑論豬肉或雞肉。所以，成人大多數面帶菜色，身子骨瘦巴巴的，小孩就活像是瘦皮猴似的，全身只見到皮包骨。缺少金錢的貧窮，人們還可以照樣活得有志氣有尊嚴，所謂人窮志不短矣！但是缺乏食物的飢餓，已經沒有人能夠維持那麼一丁點兒的尊嚴了！身處當時飢餓的時代，為了取得食物和維持生命的存在，面子、骨氣與尊嚴，都只能拋諸腦後去了。所以，有些家庭因而發生此類換種的情事，只好用一床棉被蓋過，實在是不足為外人道也！巧人遇上巧事，且待下回分解。

第二十三回　無巧不成書，說來也真巧

說來也真巧，聽到才知道。話說千禧年七月七日，正當農曆五月十七日，為金門城古地城隍爺六一四周年聖誕，當日下午我把自撰之工會及宗親會兩文影印封好後，先打電話予金門城呂梨貞小姐告以下班後欲前往貴村莊，將順道送上二篇拙文，敬請惠予批評和指教，並請告知府上地址。她說完住址，馬上邀請我晚上到她家吃拜拜，同她老公葉君小酌幾杯，席設阡湖餐廳。

待我到達葉府時，她和老公葉長德兄一齊接待我，請我坐下喝茶，才告訴我這件湊巧的事，她說：「早上我到城隍廟燒香拜拜後，順便到廟口那堵新砌的捐款芳名錄石碑上瀏覽一下，一眼就在第一行捐款十萬元的位置上看到你的名字，所以，我今天一直在想這個名字的人到底是不是你？但是，萬萬沒想到下午就接到你的電話，這事怎一個巧字形容呀！因此，我正想問你那個名字究竟是不是你本人呢」？

我答以：「沒錯，那可是貨真價實、如假包換的我，不過，這項小小的捐款不敢驚動任何人，並沒有什麼人知道」。她又說：「真難得，你又不住在本境內，卻也這樣熱心地方事務」。

我回以：「此事起因於三、四年前，我和金門城北門的陳世宗先生相識、相熟，承蒙他對我愛護有加，經常邀請我吃飯、喝酒、打牌。為了答謝他的厚愛與真誠，我便請問他在古地城隍廟重建委員會中擔任何項職務？他說是常務監事，我說那可是很重要的職務呀！僅次於主任委員，高於總幹事的。我說我來籌劃一下，衝著你的面子，捐獻一筆款子予重建會。到了前年初，我籌措到九萬元，下班後撥電話與陳君說將要送捐款到他府上，請他通知主任委員前來當面收款。臨出門前，他來電說能否將捐款湊成整數十萬元呢？我說沒問題，就是十萬元。到了他家喝茶坐等，他說主任委員今天感冒身體不舒服，天氣寒冷不便出門，已改請總幹事過來；他又說剛剛要求我把捐款湊成整數，給我增加負擔，真是不好意思。我說不會，不會，我的本意也是想用整數，只是我很喜歡這個九字，易經上說：九為最高之數。皇帝之所以稱為九五之尊，就是來自易經。而且，現今很多商品買賣的訂價，多數不用整數，反而常用三九九元或九九九元，蠻有趣味的！他才恍然大悟說，哦！原來還是有學問，不是隨便訂的。稍後，陳國林村長兼任總幹事前來收款，深致謝意。我就跟他說：沒什麼啦，這二年來承蒙二哥也就是陳君，對我照顧有加，常常請我吃飯、喝酒。曉得他在重建會中擔任常務監事這麼重要的職務，所以，藉此略盡綿薄之力，聊表感謝之意，還請不要嫌棄才好」。

她聽我說完，便接道：「喔！原來這中間還有這段緣故，看不出你對人情世故很練達的嘛」！我說：「沒有的事，那是妳不吝嗇誇獎別人。我記得上上個月報名電腦班，每周二、周四晚上在國立空中大學金門學習指導中心上電腦初級班，教師是鍾台武先生，他教我們視窗九五的文書處理。第一次上課時，我手上剛好帶了一篇自撰的文章影印二十份，下課休息時間，我不自量力就分送每位同學參閱並請指教。有些人看了不置可否，有些人連看也不看就塞進皮包裡，唯有妳，看完後馬上給我很多誇獎，雖然是過獎，我還是由衷的感謝。讓我又開心，又興奮，所以每一次上課，我都會分發一篇文章在各位同學的電腦桌上，歡迎批評指教。沒想到，第二周我就掛彩了，于六月四日晚上騎摩托車在湖下路上自己滑倒，摔得鼻青臉腫。

因為不肯放棄這次難得學習電腦的機會，所以便帶傷去上課，大家看我滿身是傷，深表同情，都來關心我詢問原因。我說騎機車自行摔傷的，眾人不禁異口同聲說一定是酒後駕車的原故。我說天大冤枉，我雖然經常喝酒，但是出事那天晚上偏偏沒有喝酒，如果有喝酒，說不定就不會摔倒了。在療傷止痛和學習電腦期間，我便決定要寫四篇文章用來打發時間，今天已寫完二篇，特地送來請妳過目和指正，另外二篇日後如果寫好，我也會送來敬請欣賞和指教」。個人淺見，下回分解。

第二十四回　小小淺見，不無道理

一個組織運作的好壞，組織目標能否有效達成，其領導人佔百分之八十的責任，幹部及基層只佔百分之二十。但是，領導人的首要之務，便是啟用人才擔任幹部，授權由幹部放手去施為，自己則承擔全部的成敗責任。人才決定組織的成敗，領導人又決定人才的前途。所以，領導人必須善用人事升遷制度，對於傑出人才能夠完成特定任務者，不惜破格拔擢起用，若起用後無法達成特定任務者，應予降調原職。要整頓或改革一個組織，其先決條件，必須是領導人握有充份及完整的人事權始可，最好是能獲得上級的授權與支持，或者是採行地方自治方式產生領導人。

擔任一個機關首長，首先，需要了解該機關特有的組織文化，凡是良好的可以保留，凡是不好的一定要改善。用人唯才唯德，適才適所，考核從實，是人才可以不次提拔或破格拔擢，是劣材立即整頓，甚至，不惜降調以樹立威信，建立公開、公平、公正、合理、和諧的工作環境及工作關係。尤其是民選行政首長，承受選民的付託與責任，更應該全力以赴，建設地方，服務鄉親，造福鄉里。

身為一個組織領導人，必須具備堅強的意志力，知人善任，並應懂得敦厚待人，不應對人尖酸刻薄。做為領導人，其身若正，不令而行；其身不正，雖令不行。領導統御是一門藝術，先立工作倫理，再行工作紀律。信賞必罰，紀律存焉；否則，有功不賞，有過不罰，綱紀無存。

一個機關如無良好制度，但有良好首長，不妨，此為人治色彩；雖有良好制度，卻沒有良好首長，不行，此為群龍無首。由此可見，建立良好制度和選拔良好首長同等重要，方能相得益彰，達成組織目標。

政治是很複雜，但政治很重要。況且，政者，正也。所以，政治即是以正道來治理，用正道來管理眾人之事，不能使用旁門左道。要用正道來贏取選票，而不是用高明的騙術騙取選票。否則，上行下效的結果，只會使社會走上虛偽和欺騙的風氣，這如何使得呢？

一個組織中的優秀人才，應該讓他出頭，提供他發揮才能和肯定自己的舞台。

利己利人，這才是創造雙贏的策略，有利於人才自己的發展，更有利於組織的發展。否則的話，如果他回過頭來攻擊他所屬的組織，很難有人能抵擋得住他，那將會對該組織造成極為嚴重的傷害。例如，李勝峰之於李錫琨，趙少康之於黃大洲，宋楚瑜之於連戰。

擔任一個組織的領導人，有時必須忍辱負重，顧全大局，以組織利益為優先考慮，置個人好惡於度外。一個機關首長用人得當，組織與個人均蒙其利，並具有良好的示範作用，作為其他人學習的對象。若用人不當，則個人與組織均受其害，且為錯誤之示範，徒令其他人起而效尤。因此，首長對於人事升遷案，務必慎重其事，切不可草率或存有私心，甚至，如無適當人選，寧缺勿濫。寫作理論，下回分解。

第二十五回　淺論散文之創作，期待方家之指正

此處所謂散文，專指白話文而已，不及於文言文之類的文章。創作散文之二大要旨，一是通順，二是流暢。通順者，指文字意義明白易懂，就是要寫得有夠白話，而不隱誨、艱澀難明，此可謂之信；流暢者，指詞句流利曉暢，便是要讓讀者易於閱讀和朗誦，而不遲滯阻塞，讀不順口，此可近於達。當文章具備這二大要旨後，再加以潤飾，即能達到高雅的境地。

文言文講究用詞高雅，言簡意賅，擅長引用典故，寓意深遠，藉以引申其含義。相對地，白話文較注重平鋪直敘，有話直說，說箇清楚明白，期使文章的傳佈達到口語化、大眾化及普羅化。綜觀二種文體，各有其優點，也互為其缺點，但文言文適用於古代與農業社會，白話文適用於現代與工商業社會，大概也屬於時代潮流的趨勢吧！

白話文為表達一個完整的意義，所使用句子的長度，往往是文言文的二倍到三倍以上，所以一個句子的長度少則四、五字，多則達一、二十字者，所在多有，一般而言，以十個字左右組成的句子最為常見。句子是段落的靈魂，段落是文章的核心，因此，寫作文章的重點，自然要落在句子的功夫上面。文章的結構，是集字成句，連句成段，再合段成文，如此而來。

散文之創作要領，約略有以下五項：

一、文章之內容：此為表現文章的血肉所在，最為重要，不但要言之有物，而且要對該項人事物或現象觀察入微，見解獨到又精闢，從而使得文章發揮功效，一則對讀者具有感染力，二則對作者具有迴響力。

二、文章之修辭：此為表現文章的骨骼所在，甚為重要，著重在遣詞用字，尤其是表達獨特之字詞或句子，常能形成該篇文章之代表作，膾炙人口，令人不時吟哦再三，例如：「天要落雨，娘要嫁人，隨她去吧」！文句和內容兼備，方為文章中之上選，堪稱為文情並茂。

三、善用標點符號：標點符號的作用，是分斷句子，舒解語氣，須加以熟悉應用。

逗點不宜連續太多，以連續十個以下為當；句點不應連續太密，至少須間隔一個以上的逗點為佳；引號內最後一個句子的標點符號，應以落在下引號之外為宜，然後再連結下一個句子或作為結束為便。

四、多利用連接詞：連接詞在文言文中極為罕見，連接詞的用途，在於連接二個以上的字、詞或句子。白話文可以多加利用連接詞，一則容易增加句子的長度，二則可以銜接二種以上的人事物或觀感。連接詞的數量不多，例如：不但……而且……、與其……不如……、以及、又、再、或、而、和、與、及。還有一種起首語，用來引述下一個句子，例如：其中、此外、另外、或者、再者、何況、況且、並且、也許。

五、避免使用錯別字：對於個別的字，切忌使用錯字或別字，以免造成句子意義的脫落或與本意相反；對於成語、俚語、及歇後語的引用，務必注意其文字與意義的正確，避免發生張冠李戴或引喻失當；通常情況下，一篇文章的錯別字必須低於千分之一以下，一本書應低於萬分之一以下，最好是零錯誤。

一個句子中使用「的」字，不宜太多，一個為佳，最多二個就好。句子中更不應出現贅字，否則，非但不能收到畫龍點睛之效，反而落得畫蛇添足之害。

最後，從事寫作不能光靠靈感，卻是很需要培養對人事物的文化及大自然的景象，具備敏銳的觀察力，也就是具有敏感。寫作文章有幾項功能，一是記憶，二是美化，三是分享，四是宣洩，五是補充，六是暫時，七是攻擊。地理風水，下回分解。

第二十六回　村落地理好，古厝風水佳

好多年前有一次，我到歐厝的珠沙村公所辦事，辦完後正好聽到歐陽晚池叔叔在村公所裡講古，他的面前圍坐著一群人在聆聽，我向他請安後，也坐在後排洗耳恭聽。想不到，他突然話鋒一轉，談起珠山的種種地理和有名的四水歸塘穴，樣樣都瞭如指掌，他並對我說：「你們珠山的村落美觀，風水出色，金門全島沒得比，所以，在民國二十六年中日戰爭之前它是全金門最富庶的首善之地，是前面扇──金門西半島最傑出的村莊」。可我對於自己所生長和居住的珠山，有關景色及風水毫無特別感受，一無所知耶！

鄰居薛素萍年長我三歲，她曾經二次對我說過這件相同的事情：「你家古厝──珠山六十九號這棟房子，是我所見過金門古厝、也是珠山最漂亮的閩南式建築」。同村薛少樓年長我六歲，也曾跟我提起過，我家的房子非常漂亮、雅觀，在古厝中並不多見。但是我生在這裡，長在這裡，一切習以為常，對於從小居住的房子卻毫無感覺特殊之處，依然一無所知呢！

地理師董金定先生曾在我家正對面的大道宮門前稱讚過：「你家老厝的地理風水好，為珠山之最，沒有一家比得上，註定既富且貴」。我說我們所住的房子並不是我們家自己的，房子的主人薛維山叔公在菲律濱荷羅基沓種植椰子園，事業發達，成就非凡。我的父母只是基於族人之誼，代管其房舍田地而已。

在一九七八年左右，當時我和父母親同住金城鎮民生路六十三號，已有子女各一人。某日，妻子偷偷地拿了一張英文書信的信封，問我上面的發文地址要怎麼拼字，一看是橫式書寫，我知道左上角那兩行正是發文地址，因為它是用手寫的小草，每一個字我都讀不出正確的拼字，只曉得最後那個字是國家名稱叫菲律濱。我就問她信封哪裡來的？要做什麼用？她說是公公拿給她的，要跟南洋聯絡用的，交代她不要讓我知道。我說：大概是為了珠山那些田地房舍吧，我才沒有興趣理它呢！妳要拼出那些地址也很簡單，只要拿去請許志新老師幫忙一定沒問題，他是英文老師不過舉手之勞而已，但是你要拜託他用印刷體寫出來，才不會弄錯。菲律濱地址弄好之後二十年來也不曾見她們有任何動靜，更沒有人去過南洋，恐怕是不了了之吧。

一直到一九九八年，薛氏宗親會組團到菲律濱南部衣里岸市探訪薛氏華僑，內子又偷偷將該地址交給薛芳世兄請他代為聯繫，第一代的鄉僑跟村中的許多長老年齡相近，也都認識。到了衣里岸市，芳世兄就拜託當地薛祖彬請他幫忙聯絡薛維山叔公或者他的子女，祖彬很快就找到維山叔公的電話，但是老人家在二年前已經過世了，他有子女共八人。聽祖彬說維山叔公在南部地方的荷羅基沓事業發達，所種值的椰子園面積十分廣大，他巡視的時候可不是開著車子去的，而是駕駛直升機去巡視。芳世兄回來後將以上情形及電話號碼告訴內人，她就試著打電話去連絡，起初幾通都沒有人接聽，最後總算有個男人拿起電話用英文應答，內人問他那裡是不是維山叔公家裡？他馬上改口用漢語說維山叔公是他父親，已經去世了，其他的話他都不會說，要打電話去給他大姊碧蓮，她才會說漢語，住在宿務，然後說出他大姊的電話號碼。內子馬上打碧蓮姑媽的電話，一下子就接通了，內子請問她是不是碧蓮姑媽的家裡，她回說她就是碧蓮，問是哪裡要找她？妻子一時間反而答不出話，趕緊把電話拿給我叫我跟她講明白。我就用閩南話把家鄉的事情說了一個大概，尤其是那棟房子和維山叔公的母親楊筱忠等，她才跟我說她是在菲律濱出生長大的，在家裡他們都是講閩南話，所以閩南話還講得很熟悉，父親有告訴她在珠山有一些房子和田地的事情。她問我如果她回到金門要找誰？我說妳回金門到了珠山，只須說要找我，珠山的人就會馬上通知我與妳見面的。然後，我就問她宿務的地址，說要先寄一些資料去給她了解，她說了英文地址，又將每一個字母拼出來，我還是聽不懂。最後，她問我有沒有傳真機號碼？我說有，她便把地址傳真過來，並交代說郵寄要使用國際掛號郵件，才會收得到。但是，等我用國際掛號郵件寄去宿務之後半年，卻如同石沉大海，苦苦等不到她的電話或回信，也不知道她到底有沒有收到呢？一晃眼又過了好幾年，已經懶得再去連絡這件事了。前程遠大，下回分解。

第二十七回　前途無量，回饋鄉親

珠山早年素以人文薈萃，文風鼎盛享譽浯島，但是我生也晚，未能躬逢其盛，自孩提懂事到啟蒙教育以來，懵懂無知，看珠山與鄰村東沙、歐厝、泗湖、小西門均屬農村，農夫生活作息，殊無不同，毫無特別之處。一九六〇年代的金門，社會普遍貧窮，物質匱乏，家家戶戶均忙於生計，有耕種能力者皆須下田協助農耕，家中只有老弱婦孺留守看家。

五、六歲時，因為鄉下白天是不作興關門閉戶的，留在家中閒著，我儘是穿門越戶到各家各戶去看大人們，尤其是五、六十歲婆婆級的長輩們打牌，並聽她們詳述左鄰右舍的趣事或軼聞。可我從小站在牌桌旁觀看鬥牌，因為沒有人教導，看來看去今天已經四十年，還是看不懂何者是四色？何者為群胡？可見自己天資多麼魯鈍。

倒是，最常聽到長輩們提到某家的少年老成，某家的青年上進，將來必有一番「前途」。雖然，不曉得何謂前途？但多少也知道是一句誇獎和期勉的語氣。而且，還有長輩發展出一種期許，迄今我依然記得如下：「村中的子弟，他日若有前途，除了照顧自己父母、妻子和家庭外；行有餘力，則應以照顧兄弟叔侄及村人；如有更大的前途和能力，則以照顧社會的鄉親，方才不失為本村的好子弟，本村亦以其為榮」。

前途，或稱前程，在字面上的定義，指對未來可能境地的盼望。對於未來，可能需時十年，甚至二、三十年的努力與奮鬥，才能達成可能境地的盼望。所以，這前途二字一般都是針對少年或青年而提出的勉勵和誇獎，如果能努力上進，到了中年或壯年，大都也會達到可能的境地。反之，如不肯奮鬥與努力，白白蹉跎歲月，到了年華老大，必將一事無成，自無前途可言，誠所謂：「少壯不努力，老大徒傷悲」。

個人經過四十年忙於就學、就業，忙於辛勤張羅一家生計，誠不知自己有何前途？也不知自己有何能力照顧村人？更不知自己有何能力照顧鄉親？十九歲時，甫自金門中學畢業後半年，僥倖考取金門電信局開始工作，至今已有二十七個年頭。由青年經過中年，而步入卅年，由孤家寡人而成家立業，養兒育女四人均已成年。於今年近半百，偶一思及前途者何？遂興起一探其本意究竟為何？

社會上因分工合作的關係，而產生各種行業林立，俗稱三百六十行，行行出狀元。每個行業，互有興衰，就像有時月明，有時星光一樣。每個人進入各個行業，日往則月來，寒往則暑來，經年累月之後終究會有所成就或地位。但也不是每個人進入某一行，都能有所成就的，也有很多人的興趣與其從事的行業不和。當發現興趣不合，有的人早早放棄，改投他行；有的人再磨練些時日，還是選擇離開該行；有的人雖明知不合興趣，仍然不改初衷，終身不離此行。所以說：「男怕入錯行，女怕嫁錯郎」。男人在選擇行業時，擔心入錯行，正如女人在選擇丈夫，害怕嫁錯郎一樣，必須非常慎重其事。

社會上各種行業雖然細分為三百六十行，但又可粗分為士、農、工、商四大行業。農業時代的士，專指官吏，是統治階級；農業為國家之根本，平時的糧食及戰時的徵兵均來自農夫；工人及工匠的社會地位尚不及農人；商人通常都受到政府的壓抑，偏偏卻是最賺錢的行業。到了工業時代，社會階級發生很大的變動，進入後工業時代又稱為資訊時代，社會權力的分配又有改變，誰掌握資訊，誰就掌握了權力。在今天民主時代，傳統的四大行業形勢又跟著發生變遷，政府中的官吏，率多改稱為公僕或公務員，以服務取向代替管制取向，更不再以統治者自居。而農業則淪為受政府保護之下的弱勢行業，農村人口大量外流，離開農田另行就業。工業家興起，投資大筆資金，並大量僱用工人，工業家和工人因此形成勞雇關係，尋求勞資和諧成為一項新的社會關係。工業家和商人同屬資本家，他們的社會地位迅速上升，在民主制度中，政治領袖採用選舉方式產生，資本家對政治人物提供巨額政治獻金，當政治人物上台後，其「政商關係」穩固流暢，堪稱紅頂商人，凌駕士農工之上，雙方各取所需，各獲其利，農人及工人大眾僅淪為選舉時之橡皮圖章而已。

前途，在社會上的意義，則泛指個人在社會上有一席之地，並因此而形成社會價值觀。比如擁有一份事業或一份職業，在事業上有何成就？或在職業上有何地位？但是，此項價值觀並非絕對的，而是相對的；價值觀有的較高，有的較低。例如，個人在事業上擁有何種成就？在職業上佔有何等位置？成就的大小或位置的高低，也就是說他有何等前途。譬如說，個人在事業上建立多少版圖？個人在事業或機關中建立什麼地位？最常見的便是，某個人開設幾家公司，某個人在公司或機關中擔任何種職位。

在社會上自然而然存在有一道主流的價值觀，也可以說是主流文化，人們便會自動向它靠攏，譬如莘莘學子求學的目標就是要進入大學，一窺堂奧並習得一技之長，而前途的高低也是價值觀之一。所以，某些時候某些行業的價值觀較高，其前途也較好；而某些行業的價值觀較低，其前途也較差。依稀記得大約在三十五年前，珠山村人除多數務農外，也有少數從事公職及教師者；有的在縣政府擔任工友，有的在小學擔任教師，其月薪均為三百元左右，此一份薪水實在無法維持三代同堂一戶六口之家庭支出所需。因此，在公餘之暇及假日中，尚需兼任農職，畜養家禽，以貼補家用。而農夫一戶中如有三人能夠投入農耕，終年辛勤，亦足以養活一家溫飽無虞，因而，農夫的子女只要長大成人，自然就是家庭經濟生產力的來源，甚至早在十歲左右時，即能協助部分農事。可是，時隔三十多年，風水輪流轉，各行業此消彼長，已經今非昔比，更不可同日而語。像今日農村經濟普遍凋蔽，專職農業者大幅衰退，以前苦哈哈的公務員及安貧樂道的教師，只要一份薪水，省吃儉用，都已能支應六口之家支出的需要。

前途輝煌或前途無量，指個人到某種年齡階層，具備足夠的學經歷，則不論開創事業或踏入職業市場，未來都能盼望達到可能的境地。或者，已開創事業有成，或已經在事業中、機關中擔任重要職務，仍然可能達成更高的可能境地。假以時日，此種人選必將是社會的中堅份子或領袖人物。綜觀金門地區，此種人選所在多有，而金門旅台人士中尤見出類拔萃者，如有適當機會讓這些優秀人才能有機會服務鄉里，造福鄉親，實為金門之福。

社會上衡量一個人現有地位的高低，也就是衡量其在社會中主流價值觀的高低。比如說，進入哪一行？擁有多少事業？多大的事業？或在事業上、職業上擁有何等職位？某些行業在某些時候的價值觀較高，也就是行情看好，所以，從事該行業人士的前途也跟著提高；相反地，某些行業的前途就降低。而且，大約每隔十年，各行各業難免會發生此消彼長的現象，或者，各行業之間的差距逐漸拉大。

放眼當今金門地區出人頭地的頗不乏人，前途非常光明，然而，羨慕者有之，誇讚者無之，何以如此呢？蓋以其能力得以照顧金門鄉親而不為，專以照顧其一家大小及近親姻戚為是，所以，鄉親並不以其成就為榮。因此，憶及珠山這些婆婆級的期許：「如有更大的前途或能力，則以照顧社會之鄉親」。令人迄今仍然佩服，真是相當有文化水準，可不是那種烏魯木齊的鄉村野婦之流所能比的。宗親輩份，下回分解。

第二十八回　兄弟叔侄，左昭右穆

四十多年前金門的鄉下兒童，自從懵懂孩提時期，就受到父母親或兄姐們再三告誡著一件頂重要的事情，那就是「囝仔人有耳無嘴」，教小孩子只許用耳朵聽話、聽教訓和遵照指示做事，不允許小孩子用嘴巴提出疑問或者不按照吩咐去做。那時候，因為不懂得節育、也不需要節育，每一戶人家大都人丁興旺，子女人數眾多，少則五、六個，多則十幾口。所以，家庭教育採取威權性、一致性、單向式的教育方式，就好像軍隊裡頭一個口令一個動作式的軍事管理，因此，再三強調小孩有耳無嘴。又說：「老伙仔說的話要用紙包著」，就是說老人家所講過的話要小孩子時時刻刻牢記在心裡，要完完全全聽從長輩的訓示，不得有所逾越。

我就是在這種環境之中和這種背景之下在珠山出生、成長、受教育。不懂事的歲月裡不敢發問，稍微懂事的年紀中更不敢開口，可見得當時的家教是多麼成功和有效。而且，不僅僅是我家、連隔壁、連鄰居、連同村的每一家戶都像是同一個模子印出來的，毫無兩樣。那時節，教育不普及，很多家長根本沒有受過教育，都自稱「青暝牛」，就是沒有讀過書，不認識字。所以，他們在對自己的孩子實施家教時，就是以他們自身的成長過程和所見所聞作為藍本，然後再引用村中少數「讀冊人」的言論作為施教的準繩。例如「子不教，父之過」，「教不嚴，師之惰」，奉行嚴師出高徒，以及棍棒出孝子的教條。

我還記得四、五歲前後，遇到本村人或外村來的親戚朋友到家裡時，雙親就會教導我們稱呼「人客」為叔叔伯伯或姑媽姨丈等等，並且，強制小孩子一定要開口稱呼過後才能離開現場。因此，從小的時候我就懂得推測對方的年齡，參考自己的父母親，而適當地稱呼嬸嬸伯母，鮮少發生錯誤。可是，住在我家正對面的薛永求兄，斜後面的薛芳成兄，都年長我大約有四十歲，隔壁的薛芳世兄也年長我三十歲左右，他們的兒女至少比我大十多歲或者也有三、四歲。但是雙親就是教我們要如此稱呼，一直使我納悶不已。就因著一句囝仔人有耳無嘴，我到成年時都不敢去問任何人，更別提是問自己的父母親了！而令我訝異的是永求兄，每當我先稱呼他時，他必定會回答我：阿叔。村子裡其他成年人，對我這個小毛頭都喊我名字。這就非常奇怪了，他年紀比我父親還大，我稱他兄已經不怎麼得體了，反過來他還叫我叔，況且，他沒有一次不是這麼正經八百地喊我，這到底是怎麼一回事呢？我幼小的心靈固然充滿狐疑，可我從來都不敢去問為什麼？

直到愛華國小畢業，我才慢慢輾轉從鄰村的同學口中得知同姓氏的宗親，有昭穆輩份的排行秩序，同宗的族人不論男女老少，均有自己的專屬輩份，並依照自己輩份的高低，來決定跟相對人的稱謂，不外是兄弟叔侄，甚至叔公、叔公祖也有，不允許個人隨意稱謂，錯亂了宗族裡的輩份排行。升上金城國中後，我就獨自離開故鄉珠山，寄宿在金城鎮北門大姐夫的家裡兼修車廠。到了十四、五歲，我偶爾每個月才回去珠山一趟，晚上再到金城。可是，遇到左鄰右舍，很多成年人都改口叫我：阿叔。例如水涵、水土……。初聽之下，我頗感受寵若驚，不知如何回答，也不知如何表達是好。除此之外，他們還會指示自己的孩子稱我：叔公。我更是愧不敢當，還好他們的孩子年齡跟我相當，在學校大多數是同學關係，平常大家都習慣直接喊名字，才不願意稱叔公呢！這樣省得我難為情也好。金門高中畢業後進入金門電信局工作，我就更少有機會回到珠山，每年不過一、二次罷了，碰到村中的族人時，年長者若和我同輩的均喊我名字，輩份比我低者不分男女老少都稱我：阿叔或叔公。真讓我不好意思，答應也不妥，不答應也不恰當，叫我不曉得該如何應對進退呢？我只知道年長者輩份比我高的，我必定規規矩矩地稱呼對方：扶山叔、自然伯。其他輩份跟我相同或比我低者，我就一律叫他名字：芳玉、阿姿。我也不知道這樣子稱呼對不對？或者妥不妥當？誰能告訴我呢？

三十八歲那一年我偶然當選薛氏宗親會理事長，三番兩次想把這項宗親兄弟叔侄之間的稱謂問題提到會議中討論一下，請教諸位長輩及長老的看法，期盼形成一個共識。可我一直猶豫不決，直到四年任滿後，終究未曾為此討論過。如今我年已半百，對這項縈繞我心頭四十多年的稱謂問題，不知道能不能找到答案？倒是我自己有個小小的看法，正是俗話所說的：言教不如身教。年長者不論輩份高低，對自己的孩子從小就要教導他們懂得應對進退和稱謂的禮貌，自己更需要以身作則。通常一個宗族人數龐大，宗親之間難免有認識與不認識者，在個人家裡或私下場合裡，對於不認識者，當然需要先行互相自我介紹，敘述各自的輩份排序，輩份低者自然應先以長輩稱呼對方一次，接下來的交談中便無需再加上稱謂了；輩份如果相同者，相互叫過名字就算做打過招呼了。對於認識者，同輩者彼此喊個名字即可，輩份低者仍需先以長輩稱呼對方一遍。但是，在機關團體辦公室或他人辦公室或公眾場合裡，不論識與不識，互相注視一眼點個頭，權做打過招呼。等待散會後，不相識者先互通名字與輩份，再正式稱呼對方；相識者便可逕行打招呼。如此，似可達到「先公後私，公私兩便」之原則，既可優先招呼外賓不致失禮，又可兼顧宗族情誼不致失態，誠可謂一舉兩得。

此外，氏族宗親會為一具有血緣關係之團體，會員擁有與生俱來的歸屬性，就像血親一般一出生便具有其專屬性的身分和地位，宗親之間不外乎兄弟叔侄，真正含有血濃於水的手足之情。此種宗親會小則可以結合成家族、宗族，大則能夠結合成種族、國族，進而發揮出團結力量大的精神，不正是符合國父孫中山先生所提倡的民族主義嘛！因此，擔任宗親會的領導人必須具備多方面的條件，首先是熱心，肯為宗親會服務，也肯為會員服務；其次是愛心，能秉持手足情深，適時表達關懷會員的婚喪喜慶與急難慰問；再次是耐心，要有任勞任怨的心理，也要有任謗任譽的準備；又次是能力，既然要為團體和會員服務，自然要具備相當的各項能力，能力不足者要不恥下問、認真學習和請求協助；最後是捨得，要能捨得花費時間和金錢，更要無私無我，先公後私，只有犧牲和奉獻，不可以藉此圖謀個人的名或利。

宗親情誼，下回分解。

第二十九回　姐妹叔侄，氏族之情

四十年前，當我在歐厝就讀愛華國小三年級下學期時，開學第二周，老師突然宣佈下個禮拜要舉辦全校一年一度的查字典比賽，三年級以上的班級每班各派十人參加，並當場指派人選，好巧不巧我剛好是人選之一。隨後老師便教我們如何在比賽格紙上寫出教育部頒訂的「國語標準字典」的頁數及注音符號來，可是，卻沒有教大家怎樣使用字典及查閱字典，我們都不懂呀！我回顧一下前後左右的同學們，個個都跟我一樣一臉的茫然，不知如何是好。下課後老師離開教室，大家七嘴八舌的議論紛紛，皆不知從何學起？第一次被點名參加比賽的同學，深恐比賽成績太難看，個個顯得憂心忡忡。其中，有位同學說他哥哥讀五年級，也曾經參加過查字典比賽，他回家後再找他哥哥教他就好。然而，我該怎麼辦呢？我沒有哥哥，雖有二個姐姐，她們年紀大我十來歲，都沒有唸書了，待在家裡幫忙作家事和農事，看樣子查字典她們也是不懂的。

想來想去，總算想起隔壁的學姐薛素萍是六年級的畢業生，她雖然高我三年，不過，我的輩份跟她父親薛芳世兄同輩，算起來她還要叫我阿叔呢！請她教我總不好意思拒絕吧！畢業生就是不一樣，一張成熟懂事的臉，使得她看起來就像一個「小大人」一般，也像個小老師，說不定她會查字典，或許她肯願意教我，不妨試試看去請求她教導一下，好歹讓我能夠順利應付過關就好。她妹妹薛素姿跟我同班，可是人家運氣好沒有被老師指定參加比賽，看她在學校、在家裡都是那麼開心的玩耍，怎不叫人打心眼裡羨慕得要死呢！第二天放學回家後，我就轉到她家，向她父母親和祖母問候過，就坐在她家大門口石階上，看著阿萍忙進忙出幫忙作家事，我不敢打攪她。直到她忙完了洗過手後，我才走上前向她說明來意，問她能不能教我查字典的方法？她毫不遲疑地說沒問題，讓我心中的一塊石頭輕輕鬆鬆地卸下來，她便在前廳的椅子上坐定，拿起我手上的標準字典，馬上教我基本查法。她說：「首先是要對每個字進行部首判斷，再打開字典的第一頁必定是部首索引，計算部首的正確筆劃數，由少而多找出所要的部首，看看是第幾頁，就翻到那一頁。

但是，翻頁的速度如果要求快，就不能從頭到尾一頁一頁的翻，而是要用左手捧著字典，用右手大拇指按著書緣，反過來從底部掀到頭部，眼睛同時緊盯住每一頁左下角的頁碼。找到部首所在的頁碼，再計算該字扣除部首以外的筆劃數，由上往下翻到所要的筆劃，再逐字尋找該字，如果找到最好，便可抄下頁碼和注音符號，一舉成功了。如果找不到，其原因有二種，第一項是筆劃數少算或多算一劃，甚至是二劃，應該往下一筆劃或上一筆劃處繼續尋找該字；第二項是部首的判定錯誤，必須回到第一頁的部首索引，重新判斷第二個部首，迅速翻到該部首的頁碼所在，重新計算該字扣除部首以外的筆劃數，由上往下翻到所要的筆劃，逐字找尋該字，如果找到就好；如果找不到，可以往下一筆劃或上一筆劃處繼續尋找該字。還是找不到的話，又是部首判定錯誤，再回到第一頁的部首索引，再重新判斷第三個部首，繼續翻找，應該可以找到。另外，為了翻找速度加快，可以使用蠟燭，在書緣擦上蠟油比較光滑又不會跳頁。她說以上基本查法熟練後，便可改用快速查法，就是對於每個字判定部首後，不用到部首索引去算筆劃和查頁碼，逕行由書緣底部或中部往頭部翻找該部首所在的範圍而非其頁碼，然後計算其餘筆劃數，翻到該處逐字尋找。此外，在比賽格紙上遇到相同的字千萬不要浪費時間再去查第二遍，只要直接把上一個字的頁碼及注音符號抄下來就好」。聽學姐這麼仔細講解一、二個小時完畢後，我終於學習到正確又快速的方法，簡直比老師教的還好嘛！使我不用擔驚受怕，心情豁然開朗起來，回家後立刻開始練習了幾天，還蠻得心應手呢！

第三周，三年級到六年級的各班代表都出席競賽查字典，時間為半小時，格紙發下來後看到的是一篇文章，不曉得什麼內容？不認識的生字比認識的字還要多，權且放在一邊，集中精神從第一行第一字開始對付查起。整個賽場裡靜悄悄地鴉雀無聲，人人聚精會神，全心投入，迅速的翻動字典和抄寫，就當我查到最後一行只剩四、五個字時，搖鈴聲響起，時間到。老師教大家放下字典和鉛筆，不准再動，全部繳卷。大夥兒停下來鬆口氣，東張西望一會兒，發現比賽人員全數在場，並沒有人提前查完繳卷離場的，看來是題目多，難度也高的關係吧！比賽過後幾個禮拜的某一天，公佈欄貼出一張查字典比賽成績表，依照往例，只公佈前三名的名字及分數，同學們都爭先恐後的擠著看，高年級的個子高站在第一排，他們離開後才輪得到中年級的看，我們班上有人站在第二排看時，立即轉回頭告訴我：「喂，你得到第一名呢！不過第一名有二個喔」！輪到我看時，第一名真的有二人，一個是我，分數完全相同都是八十幾分，第二名和第三名各一人，分數都在七十幾分。我看清楚、看明白，確定是第一名後，好開心、好高興、好得意、也好意外！原本指望能夠應付過關，就可交差了事，誰想到竟然拿個冠軍，真是喜從天降。雖然是兩人同分並列第一名，卻教我喜出望外，另一位是郭水萍，他是六年級的畢業生，高我三年耶。我也認識他，還知道他綽號叫歪頭，因為他弟弟郭錫銘就是跟我同一班，綽號叫歪尾。倉促上陣，臨時學習，更兼臨陣擦槍，初試身手，居然一舉奪標，真叫我不敢置信，究其故，端在於啟蒙師傅的教導，感謝學姐也是姪女的薛素萍指導有方。下午放學回家，我即刻跑到隔壁她家向她報告和致謝，她也已經知道比賽成績與名次，一臉笑容燦爛的跟我道賀恭喜，並告訴她父母親和祖母，說我在學校比賽得到全校冠軍，好厲害哦！我可真不好意思，再三向她道謝，感謝她的教導與傾囊相授。論年歲，她是我的學姐，論輩份，我卻是她的叔叔，姊妹叔侄就像一家人，再怎麼說我們都是自己人嘛！

第二天早上升旗之後，校長訓話完畢，宣佈頒發查字典比賽前三名的獎品，唱到名字者出列到校長講台前，我們四人一字排開站在台前，在鼓掌聲中，從校長手中接過一份包裝精緻的獎品。回到教室等下課時，同學們一窩蜂圍在我的座位旁，要我趕快拆開包裝紙，瞧瞧裝的是啥米碗糕？我不由自主的拿出獎品拆看，原來是一打裝的鉛筆，好好哦！大家一齊發出驚聲歡呼，雀躍不已。想我們平常每學期只能買到一支鉛筆使用，頂多二支而已，沒有人買過整打的。於是乎，就有同學起哄要我將戰利品拿出來跟大家分享，我毫不猶豫答應自己保留二支，其餘的送給十位同學。

這次比賽，讓我發現到很多拆部首的困擾和不合理地方，有的部首從左為原則，從右是例外；有的從上為原則，偏偏又有從下之例外，莫衷一是，大玩捉迷藏遊戲。所以，有些生字需要拆二次部首才能查到該字，甚至也有拆到第三次呢！更有一個字最特別，拆了三次已經想不出任何部首，還是查不到那個「眾」字，拆血不是、拆皿不對、拆网不行，只好留下一個空白。因為，這個字是老師刻鋼板印出來的，上部明明是寫成血字呀！為什麼查不著呢？後來，也是請教師傅，她才告訴我正確的部首是要拆目。我又問她：「妳查字典技術這麼好，為何不見妳參加比賽呢」？她說：「我教會你，首次參加比賽就奪魁，那就表示我更厲害了，何況俗話說『有狀元學生，無狀元師傅』，我自然不用再參加比賽了」。我聽完楞楞的，似懂非懂，其實還是不懂。一副棺材，下回分解。

第三十回　驚見棺材，嚇跑頑童

懵懂孩提時期，尚未入學就讀前，夏天的中午，是農村珠山兒童一天中最開心的時光。因為夏日酷熱，農夫必須在早晨五、六點鐘曙光微露的時候趁早出門種田，忙到十點過後就要準備收工回家休息。因為，十一點以後至下午三點是陽光最炙熱的時刻，農人雖然頭戴斗笠稍有遮陽的作用，但是仍然擋不住烈日的曝曬，如不避開，很容易就會中暑倒下來。所以，中午吃過午餐後需要睡個午覺，到了三點以後再出門下田耕種，直到七點之後夕陽西下，才踏著疲憊的步伐走回家，洗過手腳沖個澡，再和家人一齊享受一頓辛苦勞動一天之後的安薯簽配菜脯。吃過晚飯，一家人便帶著小板凳到門口埕去坐地納涼，小孩子一邊聽著父母親談論田地農作的事情，一邊纏著祖父母講古和繼續昨天未說完的故事。鄉間的夜晚靜謐，不但會聽到蟲鳴鳥叫，還能看見蟾蜍青蛙一起跳。仰望天上，滿天星斗，祖父母便會教我們尋找北斗七星的位置，告訴我等明天必然是風和日麗的晴天；倘若天空烏雲密佈，星月無光，明日將會是陰、雨天，屢試不爽，此種觀察星象和預測天氣準確無比，農家子弟從小就能學習熟練。乘涼到十點鐘，夜深人靜，大家才回到各自的房間上床睡覺。此種農家生活的寫照非常規律，日復一日，月復一月均屬如此，極少有所變化。只有冬天的作息略有調整，此因冬日寒冷，農夫大約在早上八、九點鐘，太陽已經露臉後才出門下田，中午十二點回家吃午飯或者由家人送飯到田埂上吃過，不用休息，又開始下午的耕種，直到五點太陽下山，便須收拾農具回家，要不然冬天的黑夜來得快，一會兒就看不到回家的路。

所以，夏天的午後，「大人們」都在午睡，連屋裡的雞鴨貓狗也熱昏了，顯得有氣無力地吐舌頭消暑。卻是我們這群精力旺盛的兒童呼朋引伴，相招在村子裡到處穿門越戶閒逛的時候，真是空間無限，可以大展身手。因為，在白天的鄉下是門不閉戶的，屋內屋外沒有一處是我們不能夠進出的。有一天中午，我們第一次逛進「牆圍內」月裡婆仔的護龍，牆圍內是一棟傳統閩南建築的二落大厝，加上右手邊的護龍。大厝是出租給住在后浦的「北仔」老劉，前落開設理髮店，老劉親自操刀，剃頭、洗頭、修臉均由他一手包辦，珠山只此一家，別無分店。因此村中的男人，不分大小和老少，如要修理頭髮和鬍子，可是少不了老劉的那兩把理髮刀與刮鬍刀。老劉的那一手頂上功夫端的是嚇嚇叫，只要經過他的刀鋒修剪過，無不顯得容光煥發、神采奕奕。後落開設撞球店，那是專門為駐紮在村裡的阿兵哥提供娛樂設施，村人可是消費不起此種高級娛樂，倒是可以充當觀眾，站在一旁免費欣賞「兵仔」的球技表演。屋土月裡婆獨自一人居住在護龍仔，護龍有自己出入的大門，客廳和房間，與大厝的院子中間也有一道門相通。那天當我們闖進護龍，我因個子小跟在最後面，等我剛踏進大門時，說時遲，那時快，突然看見走在最前面的童伴驚叫連連，掉頭往外衝出來，邊跑邊對著我說：快走，快走。我心裡很納悶，想起月裡婆年紀約莫六、七十歲，身量瘦瘦小小的，平日看到小孩子都是和和氣氣的，從未見過她生氣的時候，難道她會罵人、打人、趕人走開嗎？我不大相信，想看一看究竟，就繼續往前走幾步，到達客廳前面才向右轉頭一看，哇，嚇死人！只見客廳內用來祭拜列祖列宗神主牌位的「長案桌」旁邊，竟然擺了一副紅通通的棺材，而且是豎立起來，不是平放著。珠山每家每戶都走透透，可是從來沒有見過任何一家有這種東西呀！這是怎麼一回事呢？正當我心驚肉跳，想要腳底抹油開溜的時候，恰好看見月裡婆從房間走出來，在客廳收拾餐桌上的東西，望見我也沒有說半句話，仍舊忙著她自箇兒的事情。我看她不說話，膽子便跟著壯了起來，頓時把滿天的恐懼都拋到爪哇國去了，立定腳跟靜靜的瞧著那副棺材，它的外觀好像一只大型的火柴盒，棺蓋和棺材的四週都用油漆刷得紅艷艷的好不亮麗！它不會走路，也不會罵人、打人嘛！等到瞧夠了，我才轉身走出護龍大門，只見那些玩伴站在門口，個個一臉驚疑的問道：「你不怕嗎」？我說：「不怕，不怕，它不會走路，更不會打人，怕什麼」？

自從那一次親眼見過棺材，孩童們紛紛奔相走告，說得全村人人都知道月裡婆家裡有一副棺材，可是不知道為什麼別人家沒有，偏偏她家才有呢？這項疑問擱在心裡長達三、四十年，就是不曉得答案。

直到前幾年，回珠山老家和薛芳世兄泡茶聊天，聽他開講「日本仔手」種植鴉片的往事，他說罌粟花開得非常艷麗奪目，有紅色花和白色花兩種。鴉片的種子是日本政府發給，鴉片汁採收後放在太陽底下曝曬，形狀像牙膏，稱為鴉片膏，再拿到后浦總兵署賣給日本人，日軍收購後用來製作止痛劑。聽他娓娓道出六十年前的故事歷歷如在眼前，鉅細靡遺，尤其是對自己親身經歷過的所見所聞，記憶力更是驚人，而且，他經過對日抗戰，跑過老共炸彈，對於每一家戶的人物動靜瞭如指掌，不愧是珠山的一部活字典。俟他談話告一段落後，我趁便請教他關於月裡婆家裡為何會擺著一副棺材呢？這是不是陪嫁的一種嫁妝呢？他細說從前：「月裡婆是清朝出生的人，今天如果還在的話，已經超過百歲，她是第五房薛獻禎的夫人，娘家姓王，結婚的時候很年輕。婚後不過幾個月，丈夫就下南洋到印尼發展事業有成，並在當地娶妻生了四個兒子，雖然定時匯錢回來供給她生活衣食無缺，但是一去不回頭，沒有再回到故鄉，自己獨守空閨五十載。她所住的那棟房子在我們族譜裡特別稱為『大展部』，所謂大展部，乃傳統建築語彙，將二落及雙護龍加大尺寸之意，也就是把房子放大展開來。我們則稱作牆圍內，那是因為她的門口埕不同於別人家的開放性，而是在門口埕四週築起一道圍牆，形成封閉性，是為了防禦盜匪之用，只有在東側圍牆的正中央開了一道門可以通行。後來中日戰爭爆發，日軍隨即佔領金門，僑匯為之中斷，月裡婆一個人的生活完全失去經濟來源，自己毫無謀生能力，沒有收入來維持生活支出，日子過得非常拮据困苦，甚至要靠典當度日。可是，她一直盼望著遠在南洋的丈夫事業發達，有一天能夠再接濟她過好日子，盼呀盼的，總算讓她盼到日本投降，僑匯再度源源不絕而來。可惜，好景不長，只不過四年光景，又逢國共內戰，大批軍隊轉進金門小島，僑匯再度斷絕。她除了手上有一些積蓄外，還把房子出租給老劉增加收入，到了晚年，眼看自己沒有一男半女送終，便開始為自己打算身後之事，最重視的莫過於那一具壽板囉。因此僱請木匠到家裡來為她量身訂做，你小時候看過她的壽板，有沒有發現她的壽板比板店現成做好的小很多？這可不是陪嫁的嫁妝，金門山並沒有此種民情風俗。那具壽板製作好擺在家裡，也陪伴她度過一、二十年才派上用場」。聽完一副棺材的起源，才知道關係著一樁「落番」的淒美故事，令人不禁一掬同情之淚。

當我閱讀《顯影月刊》到第十六卷第四期時發現，月裡婆於一九四六年七月，曾在簡郵欄中寫信予遠在南洋的夫婿如下：「獻禎夫君，自光復以來不接來信，十分介念，在外情況如何？請示下。妾在家困苦萬狀，見字當匯來救濟。妾月裡」。槍聲響起，下回分解。

第三十一回　靶場槍聲，帶來外快

咻……，咻……，珠山靶場槍聲響起，這是珠山居民幾十年來聽得耳熟能詳，習以為常的聲音，一點兒也不驚慌，更不須害怕。珠山靶場乃金門防衛司令部所屬專用靶場之一，作為實彈射擊之用，除了白天的上午及下午兩個時段軍隊練習射擊外，偶而也會在晚上實施夜間射擊。靶場位在珠山村落外緣，靠近海邊的防風林，射擊線設在東側，標靶和靶山設在西側，靶山是一座高約二、三十公尺的土丘，土丘上種植綠草四季長青，靶山對應標靶共有二十個靶孔，距離珠山村民居住的聚落至少還有三百公尺以上。因此，靶場的存在並不會妨礙到村民的生活，也不會干擾到居民的作息，只是對靶場附近的農田耕種，造成相當的不便。白天，農夫出門種田，只要抬頭望見靶山上插著紅旗子，表示當天即將施行射擊練習，整個靶場實施管制，人車一律禁止通行，而且，靶山週圍及後面均屬危險區，人員和牛馬禁止停留，農民必須改往其他田地耕作，或者待在家中休息。若是出門前已經聽到子彈飛嘯的咻、咻聲，那當然不能再靠近靶場四週了，因為射擊開始後，子彈由東往西亂飛，雖然大部份在射中標靶后會落在靶孔沙堆裡，但是，還有一部份會飛出靶山之外，掉落於危險區，人若挨上了，就只好抬著回家，幸好，幾十年來從未聽說有人被抬回家之事發生過。

入學前的孩童時期，珠山靶場卻是我們小孩子發財的一座寶山，等到射擊停止，紅旗拔下來後，表示危險已經解除，我們就會立刻一擁而上，帶著鐵罐子衝向靶山。在那靶孔沙堆裏用手指頭或大湯匙當作工具挖掘已爆的子彈開花，每個小孩各自分配一個靶孔，人少的時候可以分配到二個靶孔挖子彈花。我們知道打靶的阿兵哥射擊完畢，必須按照所領到的子彈數，繳回相同數量的彈殼才能報銷；靶溝裏的阿兵哥要回報標靶上打中的數目給記錄者；所以，靶場上的軍人個個忙碌著，懶得理會我們這些小毛頭在那兒爬上爬下挖來挖去的。平常的日子總能挖到十來個子彈花，手氣好的時候可能挖到半斤左右，一個月打靶的天數大概有十天，只能挖到四、五斤，如果打靶有二十天的話，便能挖到十斤八斤，那可算是很難得的豐收囉！挖回之後，將子彈花的砂土洗乾淨，集中在一個大的牛奶鐵罐子，收藏於床舖底下，等到每月或隔月由后浦下鄉收購「破銅舊錫」小販來的時候，再拿出來賣給他，每斤五毛錢是行之多年的公定價，只要稱斤論兩即可，勿須討價還價。最多賣得四、五塊錢，就足夠讓全家大小都高興得合不攏嘴，對這一筆可觀的外快，抵得上一個月農田辛苦勞動之所得。雖然，賣得的價錢是由貨商直接交給在場的父母，我連經手當個過路財神的機會也沒有，但只要能看見雙親滿臉的笑容，和幾句誇獎的話，自覺對家裡或多或少有些貢獻，自己就心滿意足了。想當年，我們兄弟姐妹好多人，平時連三餐都很難得到溫飽，更別想得到一點零用錢了，頂多每逢過年前的除夕夜發壓歲錢的時候，我們才能從紅包袋中拿到幾塊錢。每年農作物是豐收或歉收，往往就能由紅包的多少辨別出來，若是三張一塊錢的鈔票就代表「好年冬」，若是只有二張一塊錢的鈔票便表示「壞年冬」。當時的幣值大，購買力強，我們辛辛苦苦一、二個月挖子彈花所得的報酬，比起我們一年所能得到的壓歲錢還多，可見得珠山靶場不愧是我們的一座寶山，既入寶山，又怎能空手而回呢？

因著珠山靶場，也讓我參與了一場協調事件、消弭衝突的一樁往事。話說八、九年前某日早上我準時去上班，甫一踏進辦公室，突然看見裡面站著一位精神抖擻、英姿煥發的陸軍中校，對著我點頭打招呼說：「大哥，早安」。我一瞧竟是薛芳萬，比我年輕四、五歲，非常驚訝，連忙說：「早安，你請坐，我馬上泡茶來喝」。說完，拉著他在沙發椅坐下，立刻在飲水機泡上一壺茶，倒出二杯，遞上一杯請他喝。我才問他道：「今天怎麼有空大清早跑來電信局呢？莫非有什麼事情嗎」？他回說：「正是有件事情要來拜託大哥幫忙，需要請你這位現任的宗親會理事長出面協調，將大事化小，小事化無」。我接著說：「只要有用得著我出面或出力的地方，當然要全力支持你，沒有第二句話說，我們是自己人，老兄弟嘛！你說說看是怎麼一回事」？他就從頭說起：「我現在金西師中興崗擔任營長，本身並沒有任何事情出紕漏，只因為師部參謀作業錯誤，為了參謀總長要來金門視察軍事演習，錯把珠山靶場的舊有地籍圖當作正確的資料，竟然下令將靶場四週農田開挖成縱橫交錯之壕溝，引起地主們群情激憤。拿出土地所有權狀當場質疑，參謀回去調閱資料後才發現自己真的弄錯，知道『代誌大條』了，不知如何是好？珠山這幾位地主於是打電話到師部抗議，甚至揚言要在總長蒞臨視察演習時，在靶場拉白布條陳情，讓師長下不了台。師長了解此種狀況之後，煩惱不已，擔心農民抗爭的場面會使他在總長面前丟臉，那可是大大不妙。他聽說我跟珠山有深厚淵源，昨天特別指名召見我，指示我出面全力安撫地主們的情緒，暫時不要在總長面前拉白布條。因此，昨天下午我立即趕回珠山逐一拜託宗親兄弟高抬貴手，幫我一個大忙，好讓我能夠回去向師長交差。其中有一半地主兄弟態度軟化，但仍有另一半態度堅持，說雖然你是自家兄弟，理應賣你一個面子，無奈抗爭行動已經是箭在弦上，不得不發，實在無法放棄。所以，今天專程來請你大哥出面協助勸說，只須演習那天不要抗爭，事後師部會負起一切善後的責任，把已開挖的田地回填恢復原狀，對農田和農作物所造成的損害，一定會給予適當的補償」。我就問他還有哪幾家堅持態度者，他說是薛承紀他們堂兄弟幾家，我說：「那就好辦，承紀的年齡跟我相近，做人乾脆俐落，很明白道理的，此事原本理曲在軍方，他會堅持到底，並不意外。我和他私交不錯，會動之以情用商量的語氣拜託他，假使他點頭了，他的堂兄弟都會跟他採取相同步調，況且，他目前還擔任我們宗親會的副總幹事呢！等下午下班後，我親自到他家去當面跟他說說看，再打電話告訴你結果如何。既然師長點名找你辦事，無論如何都應該全力協助你，讓你圓滿達成任務，能夠向長官漂亮交差了事」。談完，他總算可以輕鬆地離開，我則等到下午下班後，即刻直奔承紀家裡，他已經從報社下班回到家。我一進門立刻單刀直入跟他提起早上阿萬來找我，談到珠山靶場週圍農田被軍方開挖的事情。我說：「他們師長點名要阿萬出面疏通，再過二天就要舉行演習，你能否商量一下，給阿萬一個面子，以免他在師長面前漏氣才好」。他回我說：「既然連你理事長都支持芳萬，我還有什麼話可說。我一定會取消抗爭活動，等演習過後，軍方只要把我們的農地回填整平即可，至於補償事宜，我們並不在意什麼。雖然抗爭的人員及工作都已經完成分配妥當，但是我的堂兄弟會跟我採取同樣的步調，保証風平浪靜，絕不食言」。我說：「我就知道你是個明理的人，看在自家人的份上，我們總要幫襯一下阿萬。今天感謝你的幫忙，又給我一個很大的面子，我非常放心，再說一次謝謝你」。當晚回家後，我馬上撥電話告訴阿萬，一切放心，沒有問題了。

二天後，演習照常在珠山靶場舉行，沒有任何意外發生，也沒有任何抗爭出現，演習順利完成。一周後，我聽說軍方調派怪手進行整地，又有一輛軍用卡車開進村子裡，卸下好幾袋白米分送給那幾戶農田的地主，一天的濃雲密佈，至此終於煙消雲散，皆大歡喜。關鍵時刻抉擇正確，欲知緣故下回分解。

第三十二回　劃入國家公園，珠山關鍵抉擇

一九九四年春天，報載內政部正在草擬「金門戰役紀念國家公園」之設立事宜，擬將金門縣其中四分之一的面積劃入國家公園範圍之內，包括七個傳統聚落，珠山即是其中之一。為此，珠山村人乃於七月五日晚上七時正，假珠山六十二號之「珠山活動中心」集會，討論案由：金門戰役紀念國家公園涵蓋珠山事宜。重點就在於決定是否接受國家公園進駐珠山？也就是接不接受將珠山劃入國家公園之範圍內？經過充分討論後，作成如下決議：雖然引進國家公園有利於景觀之修復和維持，但是恐怕國家公園所有的限制過多，造成個人生活和權益的妨礙，此事仍須多加了解，從長計議。這項結論也就說明大家都不懂什麼是國家公園？心生排斥，僅憑個人從電視上及報紙上獲知台灣現有五座國家公園，幾乎全數遭遇當地居民的激烈反對和抗爭，新聞鬧得沸沸揚揚的。電視上也曾看到立法委員在立法院質詢內

政部官員，說名稱訂為「金門戰役紀念國家公園」，其中戰役紀念四個字固然是此座國家公園的主軸和特色，但是相對地，恐怕也會害慘了當地居民，特別是住的權利，到時候禁建、限建一大堆，住民未蒙其利，反受其害尤深，何不比照墾丁或陽明山國家公園，採用常態性質，排除非常態之性質。

我看過這段新聞之後，想到珠山的將來，禍福難以逆料，不能掉以輕心，實在無法置身事外，不如從多加了解著手，密切注意國家公園之籌備和設立的新聞發展，並且，查閱「國家公園法」及「國家公園法施行細則」之詳細規範。我的印象中明明見過家裡訂閱的「中國時報」曾經報導過此部法律，可是，任憑我翻遍家中一九八一年版的《六法全書》卻找不到這部法律，再到珠山薛氏宗親會查閱新購一九九三年出版的六法全書，還是沒有找到。咦！我確信有這麼一部法律，偏偏在這些工具書裡看不見它的蹤影，這到底是怎麼回事呢？難道是我記錯了？要不然包羅萬法的六法全書不可能沒有呀！我也曾想過到立法院去請求協助查找國家公園法，自己又覺得有點兒小題大作而放棄台北之行。因此，我便轉而向金門縣政府求助，找到秘書室研考股長吳世榮，當面向他提出疑惑所在和請求幫忙，想不到，他竟然也肯定我的記憶，說他印象裡也記得有公佈過這部法律，答應幫我找找看。我一聽蠻高興的，既然吳君和我擁有相同的印象，至少表示這部法律應該不是鏡花水月才對！二周後，他打電話告訴我好消息，說已經找到國家公園法，影印二份，叫我過去拿。我馬上趕到他的辦公室向他道謝幫了我一個大忙，他卻說：「這可不是我找到的，你不用謝我，是你同學陳成鑫大哥到建設科找出來的，要謝應該謝他吧」！我轉過頭向陳君當面致謝，他說區區小事，何足掛齒，能為同學效勞也是應該的嘛！

好不容易拿到國家公園法，回到辦公室我先讀過一遍，不甚了了，條文的字體太小，閱讀不方便。我便用電腦自行重新打字，改用標楷體的十六號字，總共三十條，打了六頁，列印出來後法條顯得清清爽爽、漂漂亮亮的。再讀第二遍，其中，第七條稱：國家公園之設立，由內政部報請行政院核定公告之。看此條文完全是行政權之行使，更是單方之行政行為，居民或民意代表均無置喙的機會或餘地。內政部只要依法定程序完成作業，報請行政院核定公告，新的國家公園就此誕生了，就擁有行政機關的公權力，公園內的居民只有乖乖接受的份。第十二條謂：國家公園內劃分成五區，一般管制區、遊憩區、史蹟保存區、特別景觀區、生態保護區。果然，限制重重，罰責處處，端的將來不知是禍還是福呢？

閱讀報載：內政部設立「金門戰役紀念國家公園籌備處」，發表現任陽明山國家公園副處長李養盛為籌備處長，李處長是金門人。一九九四年底，李處長銜命返金籌辦國家公園設立事宜，除了到珠山拜訪耆老之外，也舉辦一場說明會，由他親自主持，說明國家公園的設立和業務，分區的種類和範圍。我也出席參加，並攜帶三十份重新打字的國家公園法供鄉親參閱，雖然起初大家疑懼仍多，提出多項疑問，但是均能獲得李處長詳盡的解答，比如說珠山列為傳統聚落，屬於一般管制區，其管制程度最輕微。然後，他提到之所以將珠山列入國家公園的傳統聚落內，其故是來自於他的頂頭上司—內政部營建署潘禮門署長的特別指示，潘署長說他在金門服役時曾經在珠山駐過一段時間，相當了解珠山聚落景觀的特色，同時也對珠山的風土人情懷有一份特殊的感情，認為把珠山劃入國家公園範圍內，雖然會遭受些許的限制，但能得到較多的公共投資和建設，權衡利弊得失，一定是利大於弊，得到的多於失去的。他深信潘署長的一番愛護與照顧之情，絕不至於使珠山吃虧，只請大家多往好的、正面的方向思考，不要輕易失去這次的良機，一旦錯過機會，怕沒有下次喔！村人經過這麼詳細的解說之後，疑雲漸消，最後，大家當場達成共識，共同做下關鍵性的抉擇，異口同聲地表示同意將珠山劃入國家公園，願意嘗試看看。

次年夏天，內政部正式陳報行政院，經行政院會討論後決定去除戰役紀念四個字，核定公告成立「金門國家公園管理處」。十月十八日，金門國家公園管理處成立，首任處長即由原籌備處李處長出任，管理處設在原中山紀念林裡面。國家公園成立初期，七個傳統聚落中除了珠山外，其餘的反對聲浪仍然很大，業務的推展並不順利。

珠山村落的中心點乃珠山大潭，大潭是一個四水歸塘穴，為村中之風水池。池塘四週圍的欄杆脫落，池邊道路崩毀多時，年久失修，路基淘空；人車通行其上險象環生，修建已經刻不容緩。因此，敦請金城鎮公所代為規劃及設計施工圖，估需工程款約一百多萬元，本擬由薛氏宗親會斥資鳩工施建。湊巧，個人遇到國家公園工務課長張清忠到珠山勘察聚落，因而將原大潭設計圖提請惠予指正，並蒙同意協助重新設計。想不到一個月後他完成重新設計並直接發包施工，連工程款也由國家公園支付，完工後美侖美奐，遠遠超出居民的理想，於是，由宗親會具名致贈一面感謝狀，聊表敬意。隨後，國家公園又幫我們設計修建珠山公園第一期及第二期工程，美化公園環境，並鋪設環山人行石板步道，工程款共計五百七十萬元，完工後，乃由珠山社區發展協會具名致贈一面感謝牌，用表謝意。經過這二項工程後，我們對國家公園讚賞不已，更充滿信心，大家都認為做了一項正確的抉擇，今後可以放心的把建設珠山付託予國家公園。因為我們宗親會自有的資金有限，絕對負擔不起所需的龐大工程費，尤其是我們缺乏土木方面的專業人才。相對地，國家公園擁有中央行政機關的編列預算，又有專門的人才，施工的品質有水準、有保障。因而，每當李處長巡視珠山聚落和工程時，我們就一再向李處長反映，珠山需要國家公園的投資建設，更歡迎國家公園到珠山來建設，如有需要使用土地，我們都願意無條件提供，即使有的地主有意見時，我們負責出面去跟該地主溝通協調，務必讓工程的施工順利完成。李處長聽完深表同意，因此，陸續把村中巷道的水泥路面改鋪成紅磚路面，將薛氏家廟前的紅磚廟埕更新，修建村中另一座池塘「宮橋潭」，實施污水處理併將架空電信線路地下化，在大道宮廂房外新蓋一座公共廁所，又把「大夫第」的房子全部照原貌重新修建，煥然一新，先由地主和國家公園簽訂契約，所有修建費用由國家公園負擔，地主則須同意將房子使用權三十年，移交予國家公園，所有權仍歸地主所有，等到三十年後使用期滿，使用權再歸還地主。過後，「薛永南兄弟大樓」及「大展部」這二棟房子均採取大夫第模式交由國家公園重修，僅僅移轉使用權三十年而已。想當初，國家公園委託皓宇工程顧問公司製作珠山細部計畫，在期中報告時，由李處長主持聽取簡報，該公司總經理汪荷清小姐親自到場做報告，我以珠山居民代表出席參加。翻閱該計畫書，發現它的田野調查做得非常詳盡，幾乎是零缺點，深感佩服，我只提了二項補充意見，一是珠山大潭可以做污水處理，二是村中天空電力及電信管線密佈，仰望空中猶如一張蜘蛛網，應該規劃將管線加以地下化，還我一個晴朗的天空。國家公園又對傳統聚落實施房屋美化修建補助及原貌修建補助，補助金額為工程款的半數，最多以一百五十萬元為限，因此，村中許多破舊古厝紛紛修建，村落面貌逐漸更新。珠山薛氏長老十分重視修建薛氏家廟，經派人徵詢卜卦師，告以須一九九八年農曆虎年有利，方能動工修建。同時商請李處長於該年度編列預算補助我們照原貌修建家廟，並蒙李處長慨然應允，果然信守承諾於當年補助一百五十萬元。

歐厝鄉親眼見珠山一天天蛻變，一天天更新，就問我其故何在？我便據實以告，說我們明白表達歡迎國家公園在珠山從事建設，所需土地均由我們負責協調地主同意提供使用，從未受到妨礙或阻撓，跟國家公園保持非常良好的互動關係。不但李處長本人稱讚說珠山是七個聚落中最好相處，互動關係最佳，連國家公園的許多員工也都是這麼說呢！歐陽鄉親聽此一說，頗表贊同，決定要採取跟珠山相同的做法，主動聯繫國家公園。不久，我便看見珠沙村公所前那一條穿越歐厝的村道，由水泥路面改舖成紅磚路面，在村子入口的那一座池塘也重新修葺，並在旁邊加蓋一座木造的涼亭。後來，有一天因事到國家公園拜訪李處長，恰好他有訪客，王秘書就招呼我在會客室稍坐，等候時我就看到會客室內陳列著我們致送的感謝狀及感謝牌，此外，還有歐厝和山后民俗村致贈的感謝狀，我心想他們總算也知道見賢思齊焉！會吃才好，下回分解。

第三十三回　會吃能吃，才有用處

在成長過程中，我一直深信饒富道理之「老伙仔說的話要用紙包著」這句老話。它的本意是說：老人家的經驗之談深具價值與哲理，值得年輕人學習和借鏡，如果年輕人採信，可以從中汲取前人的經驗，又可以作為前車之鑑，避免重蹈覆車之失。這句話細細品味，頗富勸導性的正面意義，遠勝過「不聽老人言，吃虧在眼前」那種警剔性的負面意義。

我不但用紙包住，而且還用心包住一句老話長達四十多年，不敢一日或忘，於今歷久彌新，仍然非常管用。四十多年前的金門是一片兵荒馬亂的年代，居民生活困苦，物質匱乏，謀生不易，特別是糧食短缺，除了極少數有錢人家外，一般民眾外表的共同特徵是因為吃不飽而人形消瘦，多數人面黃飢瘦，小孩子活像一隻瘦皮猴，成年人多有彎腰駝背者。我曾站在祖厝埕靜靜地看著村人蹲在地上檢拾許多菸蒂，把菸紙撕開後，將菸草集中在一片紙張上，捲成一支新的香菸，然後，擦亮火柴點燃自己的戰利品吸著，好不愜意哦。此因珠山駐紮著數量極多的軍人，軍隊每月均有配發軍用香菸，早期陸軍士官兵配給「七七」牌，軍官發給「中興」及「克難」菸，海軍為「順風」牌，空軍是「八一四」菸，後期則統一配發「國光」香菸，不再區分官兵的階級。市面上出售的先有「香蕉」牌子，「樂園」香菸，「新樂園」，「雙喜」，「寶島」，後有「長壽」。

那時節童年的我，清晰記得三餐與其說是吃飽，倒不如說是喝飽。此話怎講呢？只因早飯僅有「安薯湯」，湯比安薯多，撈完幾塊安薯後，就把剩下的湯全部喝光；午飯是「安薯煮安簽湯」，安薯加安簽和湯一樣多；晚飯還是「安簽煮安薯湯」，湯佔了一半。早飯沒有菜，午飯及晚飯配白菜、花菜或高麗菜，平常炒菜連一點油星都沒有，唯有逢年過節或先人忌日拜拜，才會放一些豬油下鼎。每當在廚房外聞到豬油烹飪時所飄散在風中的那一股香味，就足夠令人垂涎欲滴，飢腸轆轆了。直到今日，聽父執輩七、八十歲的長者講古，他們聊起少年時代的生活情景，提到三餐時皆稱「喝安薯湯」，而不說是吃飯。可見我的童年生活水準幾乎便是長輩們的翻版，只有時間的早晚，沒有程度的差異。因為，安薯和安簽少，吃不飽，因此，只好多喝幾碗湯來撐飽肚子，不過，湯水撐不到二、三個小時，肚子就開始咕嚕呱啦叫，大唱空城計了，可是，又沒有點心或餅乾之類能夠用來填肚子。日子一天一天過著，胃口也一天一天撐大，到了十歲前後，家裡生活逐漸改善，安薯湯加一點點白米煮成「安薯糜」，端上桌真好。配糜的菜除了白家種植的蔬菜以外，偶爾，還會和姊姊二人在大清早徒步從珠山走到古寧頭南山的表哥李增通家做客，享受一頓中飯後，下午姊弟再順便帶回一些曬好的海蚵乾，以及一些煮過海蚵乾剩下來的海蚵湯。海蚵乾可是很名貴的，一般需要七、八斤的海蚵煮熟後才能曬成一斤海蚵乾，而煮過海蚵的湯，黑油油的，又鹹又香很好配糜的。雖然，安薯糜比安薯湯要穠稠一點，可是終究抵不過我胃口撐大之後的食量，一碗糜唏哩呼嚕的兩三口就吃光了。

有時候，雙親早上到后浦城裡去燒香拜拜或者辦理事情，中午趕不回來煮飯，就會把我們姊弟寄託給「厝邊頭尾」的伯母叔嬸吃一頓免費的午飯。因為，家家戶戶都是煮大鍋飯，粗菜稀飯大碗大鍋，即使臨時有三、五個客人上門，也不怕沒有一餐飯菜招待。所以，鄉下人最好客，遇到用餐時間有客來訪，盛情接待，主人一定先問來客吃過飯沒有，如已吃過則請一旁奉茶稍坐，倘若未吃則請上桌一同進餐，只要不嫌棄粗菜淡飯，主人家就很開心又有面子了。常聽老伙仔說：「后浦人驚吃，鄉下人驚抓」，這話可是很傳神吧！我最常寄食的家庭莫過於隔壁薛芳世兄家裡了，他的母親我要尊稱伯母，他的太太我要稱呼「俺嫂」，芳世嫂——李金蓮女士的娘家是古寧頭北山，她不僅做家事一把罩，而且做農事也是好幫手，做針線的手藝之巧更是珠山數一數二的好手，她打過的毛線衣也會送給我，色調和款式毫不呆板，比別人打的又漂亮、又溫暖，我好喜歡穿在身上。有一天中午在她們家吃飯，我照例是狼吞虎嚥，一碗接一碗，如風捲殘雲一般，只顧著填飽肚子。誰知伯母一邊輕輕地吃著，一邊慢慢地對著我說出一句話：「會吃才好，會吃才好」。我自覺吃相不怎麼雅觀，感到有些難為情，沒想到伯母並不見怪，倒是說了這麼一句話，好像還有肯定和誇獎的含意，此後，我就將這句話牢記在心裡，吃飯仍舊不改本色。那年起，我已經開始要下田幫忙鋤草、整地和挑水澆菜，心想「會吃才好」的意思大概是說會吃才會長大，長大才有力氣，有力氣才能種田賺錢，幫忙家計吧！

可是，就在伯母講過這話二、三天後，我跟著她提了餿水到豬圈去餵豬，只見豬圈裡五、六隻一百斤上下的中豬，還未到賣錢的時候，需要養到二百多斤的大豬才能夠賣給殺豬的，賣豬的價錢可是每戶農家一年當中最大、最重要的一筆收入。長大後看見小孩子裝零用錢的撲滿有很多造型就是一頭小小豬，我想其儲蓄的性質跟農夫種田買仔豬，養成大豬的意義相同。儲蓄可是農民量入為出，克勤克儉，做為儲備未來生活所需之用，這也是最簡單、最實際的理財觀念。當伯母將餿水倒進食槽裡，那幾隻豬立即蜂擁向前，嘖嘖有聲地大啖起來，伯母看著豬隻圍食的景象，頗為滿意，略為頷首，居然說：「嗯，會吃才好，會吃才好」。我站在旁邊聽見，不禁一楞，真奇怪，這叫什麼話？伯母的年紀有五、六十歲，講話一向都很有道理，每年夏天的晚飯後，我們一群唸小學的鄰居兒童，最喜歡聽她講故事，她講得最有趣了，而且，從來不會重復喔！可是，為什麼前天才對我說過的話，今天卻拿來說這群豬呢？這話到底是用來對人說的，還是對豬說的，或者對人說也通，對豬說嘛也通？我當場聽糊塗了，又不敢開口請問伯母的真意為何？此因從小我們接受的家教，便是教導小孩子只許聽，不准問，所以，好奇心使我對這項問題一直牢記在心底，盼望長大後自己能夠解開這個謎題。

經過十年之後，我還一直在思索這項謎題的答案，此時，我年滿二十歲，食量達到極盛時期，光是一頓白米煮的乾飯，至少能吃八、九碗，稀飯更是高達十多碗，這還不包括下飯的菜和湯在內。我因此領悟到會吃才好的真意，並非僅僅會吃飯、吃東西而已，更要吃得多、長得快才好，才有用處。試看有些小孩子「嘴白」，既挑食又偏食得很，難怪長不高也長不大，一副排骨仙的模樣；反觀那些「煞吃」的孩子，長得高又長得壯，才有力氣幫忙做粗重的工作。從我們家養豬的經驗知道，會吃才好同樣的道理自然可以運用在豬的身上，當豬的食量好，表示胃口佳，身體健康，吃得多長得快，仔豬買來養到半年就長成大豬，能夠賣錢；如果豬的食量不好，吃得少長得慢，小豬必須養到一年才能長大，這快慢的時間差一倍，收入自然也相差一倍，關係利害非比尋常；如果豬生病，食量也不好，還得花錢請簽豬的來打針呢！

就在這一年夏天，我自金門中學畢業，冬天考進金門電信局，奉派到台北電話局接受職前訓練一年，住在延平南路靠近小南門的電信宿舍裡，一道受訓的同事總共十五人，大夥擠在一樓打通舖同床共眠。三餐自理，晚餐我通常都在附近的牛肉麵店解決，可是一碗香噴噴的牛肉麵要價二十塊錢，我終年捨不得吃過一碗，只得改吃十塊錢一碗的牛肉湯麵，吃完了還可以加湯不加錢，因為，一碗湯麵我根本吃不飽，因此吃完湯麵我一定還得再加上一碗湯來撐飽肚子，在我最能吃的年紀，我也很少吃到飽，只有喝到飽的份，彷彿又回到十年前的兒童時代。

前幾年，我和芳世兄在他家泡茶聊天時，他談起年少的時候，聽聞珠山早年流傳著一句話：「窮人無大豬，富人無大子」。我一聽，咦！真巧，人跟豬真的有發生關連耶！可我自小懂事以來四十多年，從未聽過有此一說，趕忙請教他這二句話的本意何在？待他喝杯茶，潤一下喉嚨，便告訴我這話的原委，他說：「窮人無大豬，是說明窮人家因為需錢孔急，沒辦法等到豬隻養到大豬才出賣，只能養到中豬的階段便急忙忙的提前賣掉換成現金使用，因而窮人家的豬圈裡看不見大豬。富人無大子，並非詛咒有錢人家的兒子早夭，而是解釋富人家為了早生貴孫，能夠享受含飴弄孫之樂，等不及兒子十六歲成丁，提前一、二年就為兒子娶妻生孫，因此富人的家裡見不到尚未成親的男丁。相反的，窮人家的男子大都在成丁後，還要經過十多年的奮鬥，才能積蓄足夠的財力成家」。求我求人，下回分解。

第三十四回　地球是圓的，人相拄會著

由於珠山靶場事件，金西師長指名要該師中興崗營長薛芳萬出面，疏通珠山宗親不要採取抗爭行動。阿萬銜命馬上趕赴珠山勸說兄弟叔侄好歹給他一個面子，僅獲一半首肯，尚有另一半不肯。他立刻轉而拜託我參與幫忙，我當場答應全力協助，義不容辭，並迅速付諸行動，當天立即獲致圓滿結果，只因他是我的兄弟，一筆寫不出兩個薛字嘛。俗話說：「地球是圓的，人相拄會著」。真的有這種事讓我給碰上，而且對方竟然就是阿萬。

此因珠山有一戶宗親薛承宙、許明珠夫婦在四十多年前，新婚不久，遇上八二三砲戰烽火漫天，便棄農從商，搬到山外新市里謀生。夫妻倆胼手胝足，白手起家，靠著一台針車為阿兵哥縫補衣服，日以繼夜辛勤數年有成，後來頂下復興路一家店舖，開設建昌衣服百貨行，並且，養育五男一女長大成人，家道從此興旺起來。隨著家境越來越寬裕，他們對於老家珠山的關心更是有增無減，出錢出力，不遺餘力。二十多年前，珠山大道宮重建落成，舉行奠安大典，全村暨全族盛大慶賀，薛氏族人不分男女老少、浯島台灣，齊聚珠山歡騰，為珠山四、五十年來所僅見的盛典。奠安所需經費龐大，除依各家戶人口數分派外，尚差一大截，主事者只好再發起自由樂捐，他們聞訊慷慨解囊，立捐新台幣十萬元整，為全族、全村之最，奠安慶典終能圓滿完成。可他們功成弗居，二十多年來從無德色，至於村中其他公共事務或修橋鋪路有所募款，更是向來不落人後，族人無不讚佩有加。

最特別的是，雖然他們定居山外，終年忙於自己的事業及家庭，較少回來珠山，更鮮少與年幼的我相見。可是，僅僅基於族人之情，他們自小愛護我，從十歲那年起，每逢新年之前一定會贈送我一雙嶄新的球鞋；當時一雙球鞋的價錢昂貴，足可抵得上一戶農家六口三個月的生活所需，而且，只贈送我一人而已，姐姐和弟弟都沒份。即使我踏入社會進入職場工作賺錢了還是一樣，在結婚生子之後，連我的四個孩子也統統有份，一直到三十五歲前後，我一而再、再而三拜託他們不要再送了，因為，他們已經送給我太多、太多，我跟孩子穿都穿不完。

金門因為施行戰地政務，男女自十八歲起一律編入金門民防自衛總隊，以作為正規軍隊的補充兵源，自衛隊員每年均須接受軍事訓練，男子並列入乙種國民兵，因而免服常備兵役，也就不用再當兵。一九九二年，廢除戰地政務，終止軍管，金門一切恢復常態，納稅、服兵役等國民應盡的義務，也完全和台灣相同，因此，金門籍的役齡男子開始高唱從軍樂，走入軍營。薛承宙和許明珠夫婦最小的兒子叫薛兆興，人長得一派斯文俊秀，個性善良平和，讀金門高職的時候認真學習電腦，熟練中文輸入法，是名快打高手，使用無蝦米輸入法，參加電腦中文輸入檢定，勇奪冠軍，創下每分鐘輸入高達一百二十個字的金門新紀錄。高職畢業後一年，屆齡服役分發到金西師師部連，哪知班長和較早入伍的學長，欺他菜鳥軟弱，往往派他公差、雜差一大堆，害得他在本身勤務之外，夜夜熬到凌晨二、三點鐘才睡覺，清晨六、七點又得起床值勤，每天睡眠時間不過五個小時左右，遠遠不敷年輕人所需正常睡眠的八小時。一個月後苦不堪言，每次打電話回家都向父母親哭訴，日子越來越難過，越來越無法承受，雙親聽在耳裡，痛在心裡，為之擔憂不已，不知如何是好？就撥電話告訴我上述情況，問我有無辦法幫忙？那時尚未發生靶場事件，我並不知道阿萬在何地服役？現在擔任何種職務？我老實告以跟軍方沒有打交道，沒有熟人，實在愛莫能助。

斯時，剛巧發生台北市名醫雷子文的兒子在台北服兵役，也是新兵遭受部隊裡老兵的欺負，每次打電話回家向父親哭訴種種不合理的待遇，要求父親儘速解救他的痛苦。雷子文愛子心切，舐犢情深，馬上到處請託人情幫忙，無奈找不到關鍵人士，派不上用場，僅僅耽擱了二、三個月，他的兒子因受不了欺凌便在營區內上吊自殺，這起新兵事件的新聞鬧得很大。雷子文遭受喪子之痛，那堪白髮人送黑髮人，為此身心受創，由於自責無法對兒子及時伸出援手，深感愧疚深重。在處理完兒子的喪事一個多月後的大白天，竟選擇在兒子服役的營區大門外引火自焚殞命，表示對軍方管理無言的、最嚴重的抗議，名醫自焚的新聞鬧得更大，電視上畫面的那一幕，怎不教人怵目驚心，肝膽俱裂！

對於兆興處境的危險，我也常感不安，唯恐發生任何不測，教人如何禁受得起？無如身為赤手空拳的小縣民，我也是無能為力。又過了二個多月，他母親來電話，說兆興在連上打電腦時，發現新來的參三科科長叫薛芳萬，要她問我看看這薛芳萬跟我們珠山有沒有關係？我說有呀！他是我們自家人，比我年輕四、五歲，我跟他很熟的。此時，距離珠山靶場事件也不過十幾天而已，軍方的辦事效率這麼高，我猜想此項職務的調動是論功行賞的意味。她一聽阿萬是自己人，我又跟他有熟，就交代我拜託他能就近照顧一下兆興。我聽完她的交代點頭稱是，立馬三刻就撥電話到師部找參三科長，詰問那邊旋即傳來熟悉的聲音道：「我是薛芳萬，請問哪一位找我」？我說：「科長，是我啦，你什麼時候榮調新職呀」？他回說：「大哥，是你哦，我剛調來這裡二天而已，你找我有事嗎」？我就談起兆興服役的事情，請他就近幫忙照顧，不要吃虧才好。他說：「大哥交代的事情就是我的事了，我馬上辦」。到了晚上，他打電話告訴我已經把事情辦妥當，他說：「我去他們連上找到連長，明白告知他連上的薛兆興是我的兄弟，受到班上一些不合理的待遇，要連長立即進行了解與改善。連長拍胸膛保証，一定妥善安排薛兆興的勤務和作息正常，絕對不會讓他吃一點虧的」。我隨即通知兆興的父母親，他們聽完大為放心。隨後幾天，兆興打電話回家告訴二老，他現在連上一切正常，要我向阿萬轉達感謝之意，直到服役期滿，光榮退伍，他可都是開心又愉快。

我撥電話向阿萬致謝，他說自家人本就應該做的，何須言謝，誰叫我們是兄弟呢！我不由得想起上次他來找我協助，料不到短短一個月之後，竟變成是我去找他幫忙，主客觀的形勢轉變是這麼快、又這麼大。博士局長，下回分解。

第三十五回　珠山將軍第，子孫真傑出

日前報載：「二〇〇四年八月二日，台北市政府新任首長宣誓就職，薛承泰接任社會局局長一職」。哇！好棒的消息，的確是金門人的光采，更是珠山人的榮耀呀！薛承泰原本是國立台灣大學的教授，此次接受台北市長馬英九的邀請出任台北市政府社會局長，局長一職為比照簡任第十三職等之政務官，乃國家之高級公務員，職責重大，不愧是學而優則仕的典型，忝為同宗同村之親，珠山薛氏族人亦深感與有榮焉。薛承泰就是屬於珠山「將軍第」內清朝將軍的後代，端的是將門虎子耶！將軍第的主人是清代薛師儀，歷任水師參將、金門協鎮、金門總鎮，受封為「武功將軍」，金門總鎮一職相當於現代之金門防衛部司令。

我曾閱讀過最新版，於一九九一年編印的《金門薛氏族譜》，書中提到珠山薛氏子弟獲得博士學位者不乏其人，有薛承籌獲頒美國加州大學經濟學博士，薛重凱獲得美國林肯大學電子工程博士，薛芳谷獲美國哥倫比亞大學物理學博士，這三位都是旅居新加坡，在當地讀完大學後赴美留學有成者。書中還特別提到將軍第薛師儀的後裔第三代薛國華一家有子女六人，學業成績優異，有好幾人從台大畢業，其長子薛承輝台大畢業後負笈美國，一九八二年獲頒加州柏克萊大學材料工程博士，之後，又留在美國從事博士後研究。其次子薛承泰隨後亦自台大畢業，遠赴美國留學攻讀，一九九二年榮獲威斯康辛大學社會學博士，隨即束裝返台回到母校擔任教職，一九九七年升正教授，二〇〇三年出任「台大人口與性別研究中心」主任。

一九九四年，我偶然當選金門縣薛氏宗親會理事長，除了積極推動會務外，也注意連絡珠山旅居台灣的宗親，透過設立在台北縣中和市的「金門薛氏旅台宗親會」，得到該會的會員通訊錄，獲知薛承泰已在台大任教二年。我便打電話到學校他的研究室跟他取得第一次聯絡，他得知我是來自金門珠山的同宗鄉親，頓感親切與高興，互道年齡後方知我比他虛長一歲，但是，讀書的年別剛好是國中和高中的同屆不同校。通過電話之後，我便把手上有關薛氏宗親會的會務資料及會議紀錄郵寄到他的學校，一周後我再度撥電話問他有沒有收到，他回說已經收到也看過一遍，深表欣慰，他說能藉由這些資料了解一下自己的故鄉真好，如果還有新的訊息希望能再寄給他一份，並且相約有機會大家在台北或金門見個面互相認識。隔年夏天，他應金門縣政府之激返回金門，在大同之家發表專題演講，演說之前他先打電話予我，告知人在金門，相約十一點正在大同之家活動中心二樓碰面，我一諾無辭，說定準時到達。我抵達後不久，會議室門戶大開，人群湧出，遇到有相識者相互打個招呼後，就從我身邊擦肩而過，我也不知道哪一位是薛承泰？直到人潮散去，只剩三、五個人圍著一個滿頭銀髮光亮的先生談論著走出來，誰知這位白頭髮者瞧見我獨自一人站立佇候，就對著我筆直走過來說：「我就是薛承泰，請問你是不是薛先生」？我說：「正是，正是，我就是在早上接到你的電話告知你回來金門，約我在這兒會面，剛到一會兒。想不到你比我年輕，頭髮卻是全白，而且白得發亮，髮根到髮梢通體雪白如銀絲，毫無黑色或雜色，真是漂亮又充滿智慧。而你的臉皮白皙，如同嬰兒一般細嫩，真正是童顏鶴髮，難得一見，是我生平中所僅見過，獨一無二的」。他聽完握握我的手，笑著說：「你第一次看見我，光看我的頭髮，肯定會以為我是個五、六十歲的老頭子吧！哪曉得我竟然還比你年少呢？好玩吧！中午，我們一起吃個便飯，順便多聊聊，好嗎？我已經在昔果山餐廳訂了二桌菜，請一些朋友和學生吃飯」。我說好啊，本來應該由我作東才是，既然你已訂好桌，我就充當你的客人，反正我們本是自己人，不分彼此，也不用計較誰當主人或客人。

下樓後，民政局的蕭天沛先生陪著承泰坐上汽車，我騎著機車一同出發，到達餐廳後，已經有十來位學生在場了，承泰就招呼他們入席坐同一桌，再招呼其他人坐另一桌，隨後工務局長張忠民也抵達入座。承泰便拉我過來跟學生同桌坐在一塊，說這樣比較有時間和我多談談一些家鄉的事情；又說他手上有一件縣政府委託作田野調查的案子，所以，利用暑假請這幾位大學生幫忙進行，大致上都快完成了，今天順道請他們一齊吃吃飯，聊表謝意。上菜之後，我就對每位同學敬酒，她們是以茶代酒，有本地人，也有台灣人，其中一位說認識我，她叫薛奕鳳，我說哎喲！我們認識十幾年啦，妳是阿龍的妹妹嘛，怎麼一讀大學，就變成大小姐了，害我都認不出來，問她唸什麼學校？她說就讀國立新竹師範學院一年級。承泰看我敬完酒，也跟著敬了大家一杯，說：「我知道妳們一定很想要問我的頭髮是在哪一家美容院染髮的，對不對？等一下我會把我家巷子口那家美容院的地址告訴大家」。他談吐幽默，餐會的氣氛頓時輕鬆活潑起來，惹得那些女生們笑逐顏開，個個胃口大開。然後，他便對我說：「我老家在珠山，出生於后浦東門貞節牌坊前面，八二三砲戰時舉家遷到台北縣中和鄉的金門新村，父親開設一家雜貨店。我們兄弟姊妹五男一女，有四人是唸台大畢業的，我排行老二，大哥承輝讀書的學業最好，從小學到中學和大學都是以第一名畢業，他到美國留學得到材料工程博士學位後，就留在美國工作。當時正好是材料科學大放異彩的年代，他不但能學以致用，又繼續從事博士後研究，並留在美國田納西州『國家科學研究室』工作，裡面的科學家大都是西方人，東方人百不及一，殊為不易喔！在我們家裡，是祖母在當家，很有權威，凡事若不先經過她老人家首肯，是行不通的，我母親每日都須按時晨昏定省，一點馬虎不得。雖然，我們離開珠山幾十年，甚至遠赴美國求學好多年，可是，我的內心仍然懷念自己生長的故鄉所在，經常也會思念起珠山的風光景色，以及我們家那所赫赫有名的將軍第房子。因此，每當我接到你寄來的資料，我都倍感親切，好比遊子回家的感覺。只是很慚愧，因為工作的關係遠離金門，對於家鄉的事務無法親自參與，深感不好意思，只好多多偏勞在故鄉的你們，若有需要我幫忙的地方，請儘管通知我，也好讓我盡點心力」。飯罷，他便驅車直赴機場，搭機返回台北。

從此以後，我總會把一些宗親會的資料寄給承泰，有時也會撥電話跟他問候一下近況，一直到一九九八年初，我在宗親會任期屆滿辦理移交後，便自動停止交寄資料予他，只有偶爾與他通個電話。到如今，一轉眼已經過了六年多，今日能看到他由學界轉換到政壇，不愧是學而優則仕，而且，又是他所擅長的社會福利方面的專業領域，相信必然能夠一展長才，造福台北市民。長記鄉賢，下回分解。

第三十六回　一生奉獻鄉里，記鄉賢薛崇武

二〇〇四年八月十日上午，我從電腦上網到咱們「珠山社區」網站，本想觀賞有關珠山及薛氏宗親之活動概況，詎料，頭條標題赫然出現「珠山小學創辦人薛崇武先生因病別離人世」！是前一天張貼的，內容簡述崇武先生於八月八日晚，病逝於台北板橋亞東醫院，享年八十九歲。霎時令人驚愕、措手不及，不由得擲筆三嘆，豈不是「哲人其萎」、「天不假年」、「草木同悲」！

三天前，我方才利用周末假日獨自回到珠山老家去轉了一圈，順便繞到龜山頂正在建造施工中的「薛崇武住宅」參觀一遍。房子是二樓半的型式，主體構造的樓板和樑柱使用預拌混凝土灌漿，牆壁則採用紅磚砌成，內外業已完成百分之八十以上，大約再有一個月時間就能全部完成了。這棟房子長約十五公尺、寬約十公尺，

正面是左右對稱的「雙手房」型式，氣象宏偉，居高臨下，恰可俯瞰珠山全村景觀，並且遠及村外的珠山靶場和周邊的防風林。萬萬想不到設計理想的房屋即將落成之際，為屋主提供一個愉快、美好的晚年生活環境，豈知主人竟然撒手人寰、與世長辭，怎不叫人為之心酸神傷矣！

自從去年底回鄉聽說崇武兄要在自己的故鄉珠山建造一棟新房子，作為離台返鄉定居之所，村人們都興高采烈的等待他老先生能在晚年回來自己的土地定居，和大家一齊生活，共話桑麻。我也深深感受到這一股歡愉的氣氛，所以，三不五時便回到老家和兄弟叔侄泡茶兼開講，順道也看看這棟新房子的施工進度，眼看著一樓的樓板完成灌漿，然後是二樓、三樓的樓板和牆壁陸續完成，也曾走進屋內探看其內部的格局，的確非常先進又現代化。而且，鄉人還說崇武兄預訂在今年中秋節前完工「入厝」，同時也要為自己做九十大壽的生日，到時候，華廈落成兼九秩華誕，可是雙喜臨門喔！那不僅是他個人的喜事，也是全村子的喜事耶！我的內心和大家一樣雀喜不已，巴不得九月二十八日中秋節那一天趕快來臨，好讓我們一同沾沾他的喜氣，分享他的喜悅。誰知天有不測風雲，就這麼樣一記晴天霹靂打下來，震得我驚慌失措，感傷無已。

回想起崇武兄一生的道德、學問、貢獻、犧牲、付出，真是一言難盡矣！有載之於《金門縣志》者，有載於《薛氏族譜》者，也有載於《顯影月刊》者，還有更多的事蹟是傳誦於珠山村人的口耳之中。不論住在本村、外村、或台灣、或南洋者，人人讚賞，個個欽佩，五十年來，他的一舉一動、一言一行，無不都是為了珠山，無不是為了薛氏族人，無人不知他對珠山充滿了濃厚的關懷與熱情。我生也晚，未能躬逢其盛，僅能從縣志、族譜、顯影當中窺知一鱗半爪，聽聞較多者泰半來自於村中的長老，如扶山叔、芳世兄、承立……。始知他一生的職志在教育，在於對族人智慧的啟迪，蓋因半世紀之前的教育並非由政府出資開辦的，而是由民間私人所興辦，也就是由各村里集資興學。正如他的夫人，王錦羨女士所說的「崇武很愛孩子讀書」。民國以來，珠山先賢人才輩出，此皆因為接受現代教育之故，並轉而重視教育，因此出錢出力，不遺餘力。自十七年發行《顯影月刊》起，首卷即倡議興建專屬的珠山小學校舍為要務，取代借用祠堂之因陋就簡，以改善教學環境及提昇教育水準。可惜，建校事情一波三折，前賢們的理想一直欠缺臨門一腳，海內、外宗親同心一志，誓言建造一所嶄新的校舍，一償宿願。無奈，好事多磨，遷延日久，整整經過了二十個年頭，終於由崇武兄的哥哥薛承爵及里人薛芳城，僅僅在菲律濱一國向珠山鄉親勸募，而捨棄印尼、新加坡、馬來西亞等地的宗親。集資二期的工程款總計美金二萬多元，然後匯到金門由崇武兄保管建校基金，並規劃、設計建校藍圖，旋於三十七年十月初，與廈門雲燦營造商王文彩簽訂工程合同，於十月十日國慶日開工動土興建。費時一年，完成大部份，因為，大批軍隊從大陸轉進到金門，工人無法繼續施工，只好作罷。新校舍落成，為全島之最，巍峨壯觀，氣派非凡，二十年來村人日夜魂縈夢牽的理想終於實現，全村為之歡聲雷動，珠山人揚眉吐氣，引以為傲。這是前輩先賢眾志成城，而終能克竟全功者即是繼起有人，由當時珠山小學董事長薛崇武集其大成，斯時，他的年齡不過三十四、五歲而已。不過，好景不長，珠山小學新校舍啟用不到一年，即被軍隊佔用而遷至「頂三落」四、五年，再遷到官裡村，最後落腳到歐厝村。

顯影月刊為當前金門碩果僅存的一部七十年前的期刊，顯影得以保存，實為珠山之幸，也是金門之幸，此言絕非過甚之詞。顯影月刊是珠山小學校友會所創辦，創刊於十七年九月，每月一期。民國三十七年以前，金門本為僑鄉，僑匯充裕，各村里無不大力興學，並傳播教育之重要性，傳播之媒介即是刊物之發行。因此，各村各校均有期刊印行一、二十年，極一時之盛也，例如：《湖峰學生》、《鼓崗學生》、《塔峰月刊》、《浯江月刊》等，但是到三十八年以後，由於部隊進駐金門，實施軍政一元化，所有的刊物均在一夕之間盡行燒燬，珠山也不例外。僥天之倖的是，崇武兄的表兄弟顏西林先生，冒著自己身家性命的危險，保管一套絕版的顯影月刊達四十八年，直到八十五年春天才交由我轉寄還給崇武兄，我和薛少樓商議加以影印後寄還台北的崇武兄，經薛氏宗親會理事會通過後，影印三十部，除贈送顏先生一部聊表感謝代為保管之情外，其餘分送圖書館及相關寫作金門鄉土文學者，一則妥為保存，一則廣為流傳。從顯影月刊首卷便能看見崇武兄自小就嶄露頭角，當時小學由秋一級讀起，到秋五級畢業，他為秋五級學生，由老師領隊帶畢業生乘船到廈門旅遊五天，回校後有好幾位學生寫了旅遊日記刊登在《顯影》上。雖然，崇武兄沒有參加廈門旅行，留在學校充當臨時教師，並登載了二篇短文於月刊，其中，有一篇描述他充當同學們小老師的種種感受呢！珠小畢業後，他曾進入廈門就讀集美中學，二十歲左右讀廈門廣濟大學預科，再讀廣西大學農科，只讀一年遇上中日戰爭爆發而停學。戰後返回金門擔任珠小校友會幹事，顯影月刊發行人，私立金中中學於三十六年復校，受聘為事務主任，珠山小學董事長任內興建新校舍，三十九年出任金門縣金山區區長。四十七年八二三砲戰，接受政府疏遷到台灣，滯台期間，澎湖薛氏宗親還特地組團跨海到台灣去慰問金門宗親，顯見血濃於水的氏族之情，並合影留下歷史性的照片。

崇武兄另一職志在《金門薛氏族譜》之編修，自六十五年與薛前瑜、薛永嘉合作增補族譜，八十年乃獨力編印，向菲律濱鄉僑勸募新台幣十四萬多元，印行四百冊，印刷費共計三十四萬餘元，不敷二十萬元。並且，計畫到九十年時要再來重新編印薛氏族譜，其雄心壯志，怎不叫人敬佩，誠不知老之將至矣！意外掌理宗親會，且看下回說分明。

第三十七回　金門薛氏宗親會，一切會務公開化

我只是一介電信小工，憑著一份微薄工資養活一家妻小六口，靠著夫妻節衣縮食，同心協力，胼手胝足，克勤克儉倒也能衣食無缺。經過十五年辛苦奮鬥，終於也能白手起家，在金城鎮鳳翔新莊購建一棟新屋安頓全家大小，免受那無殼蝸牛之苦。此後，閒暇之餘，偶爾亦會想及幼承庭訓，大丈夫行有餘力，則以回饋親朋好友、鄉里故舊，然無機會得以表達矣！

一九九三年冬至日晚上，接獲薛永嘉兄來電告知我當選薛氏宗親會下一屆（第三屆）理事，訂於二十五日下午三點正，在珠山大道宮改選新任理事長，請我準時參加。不巧，當天下午我要在空大上一節面授課二小時，須到三點半下課後才能趕過去投票；等我進入宮裡已有十多人在場，討論即將完畢，準備投票了。我看現場並沒有協調或整合出特定人選，完全是採取開放式選舉，不知將會是由何人出線？

理事有八人到場，開票結果匪夷所思，竟然是七比一由我本人當選理事長。我當場愣住，環視所有在場理、監事的年齡，至少都在四十歲以上到七十歲者皆有，而我的年紀最輕只有三十八歲而已，怎麼會是我呢？為什麼是我呢？論年歲輩份、身份地位、身家財產、年高德劭、德高望重等條件，我沒有一項能夠排上榜呀！我愣了一下掉頭就走，會場交給別人去製作紀錄及陳報金門縣政府，都沒有我的事了。

我心想這些理事好大的膽子，竟然膽敢冒險把一副重擔交給一個年輕人去挑，難道不怕他挑不起或被壓垮嗎？好吧！我自己下定決心要全力以赴，竭盡所學所能為宗親來效勞與服務，決不辜負鄉親對我的期望，藉由這個機會和角色來報答珠山的宗親及鄰居長輩們自小對我的呵護與照顧。我生在珠山，長在珠山，一直到十四歲唸國中二年級時，才負笈離開故鄉到金城去就食、就學。但是，因著這十四年的血緣、情緣和農田泥土對我的呼喚，就足夠讓我終生魂縈夢牽腦海心中，一生一世均為珠山人，金門的一份子。

當選當天晚上，我最重要的工作便是要物色一位最佳的總幹事人選來擔任我強而有力的助手，方克竟其全功。一個團體中的理事長為靈魂，主要功能在於對外界的連繫，而總幹事則為骨幹，主要作用在於對內部執行理事長所交辦的工作，二者為車之兩輪，飛機之雙翼，相輔相成，缺一不可。我翻找全體會員名冊，發現到薛少樓是不二人選，第一、他年長我四、五歲，成熟穩重，族中人緣極佳。第二、擔任國小老師二十年，教育水準有一定水平，社會經驗豐富。第三、家住珠山，是宗親會各項活動的中心，地緣關係重要。所以，捨他之外，無人可以替代。我立即打電話告訴他，我當選宗親會下屆理事長，總幹事一職要請他屈就一下，幫我的忙，好嗎？他聽完只回我一句，此事等明天到你家中面談。掛上電話，我跟內人說，薛少樓明天來一定不會答應的。我知道原故何在？一、他比我年長，難免有些矜持。二、他擔任教師，我只是電信工人，社會地位我不如他。三、最重要的是，我們不熟，以前沒有接觸過，他不了解我，害怕我是一個扶不起的阿斗，枉費他的時間及心血。

果然，第二天下午他到我家來，我一開口邀請，他立刻婉拒，我再三邀約，他再四推辭，我慢慢說出我的理念、做法以及中心思想是：「建設珠山，光耀薛氏」，他仍不為所動，我費盡唇舌歷時二個鐘頭有餘，還是無效。只好使出最後一項法寶，我說：「我曾經擔任過金門電信工會常務理事三年的訓練，工會的性質與宗親會雷同。工會有九席理事，有一席常務理事為負責人，理事會議每個月召開一次，會員大會每年一次，理監事暨小組長聯席會每年一次，三年下來我總共召開過四十二次會議，並擔任主席，從來不曾流會過一次，開會對我來說是家常便飯，司空見慣。我這裡有一份檔案，包括所有會議資料、紀錄及公文，厚厚一疊，全部都是我用手稿寫成，請你參考指教」。當他接過檔案，迅速的用手指頭掀過、瀏覽一遍，就交還給我說：「看過你這份資料以後，我有一半的信心，我答應了」。他的心思顯然不出我的意料，看他承諾我也鬆了一口氣說：「沒關係，我們可以合作看看，如果合作以後你認為我是扶不起的阿斗，隨時可以跟我說不幹了，我絕不怨你，也不恨你」。合作一屆下來，我倆公私相得，水乳交融，他並沒有把我三振出局掉。

次年春天二月四日，新舊任理事長假金城鎮民生路金城民眾服務站交接，並且，當場召開第三屆第一次理、監事聯席會議，討論議題共計二十項，經決議通過立即於會後付之施行。我作主席結論說：「我的能力有限，還需諸位同心協力，多予指教和指導；但是，我有堅強的決心，絕不會有任何舞弊的行為發生，也不會容許任何人發生舞弊。今天各位許我一個機會，明天我許大家一個希望」。此因，我深知人民團體中最容易出毛病的地方，就是金錢舞弊，不是金額不符，便是帳目不清，尤有甚者，乃將公款中飽私囊，侵佔或挪用公款，我決心要掃除一切銀錢弊端。

所以，我到土地銀行金門分行去請教經理陳維雄先生，他教我：「你可以把宗親會所有的款項分成三部份處理，百分之七十存定期存款，其利息較高；百分之二十存活期存款，可以方便資金的調度之需；百分之十開立支票存款戶，用來當作支付工具。如此一來，出納無需另行保管現金，能減少風險，而且，對於所支付的款項又能予以追蹤，無法作弊」。我一聽非常感謝陳經理給我的指導，完全採行此法。首先，我們的財務管理啟用支票，一如機關及公司一般，此項先進的作法，為全島各姓氏宗親會所絕無僅有的創舉。其次，我們採用無現金管理法，出納只負責保管存款單、存摺及支票簿，要提款或開票，均須經由理事長用印才可放行。然後，我再到台灣銀行金門分行去申辦綜合存款戶，用來轉帳代繳一切水費、電費、電話費。台銀那位承辦人黃漢鎮先生非常驚訝地說，有許多寺廟或基金會都來我們這裡詢問開辦綜合存款戶事宜，但是從來沒有一個單位能夠完成開戶的，只有你們薛氏宗親會才能達成，真是了不起，令人敬佩。人民團體的財務管理最重要，只要能達到透明化、公開化，這會務就已經成功一半，至於團體能有多少建樹或舉辦活動，只須儘力而為便可。每年冬至日，是祭祖吃頭的日子，也是一年一度召開會員大會的時間，我都會製作一份收支報告表及財務報告表，報告一年來收入多少，支出多少，結存又是多少，一清二楚，再明白不過。影印後每人分發一份參閱，遇有疑問，可以當場提問及解答。

第一次理監事會通過多項決議，深具意義及重要，一、捐助浯島城隍廟重建基金二十萬元，以發揮吾愛吾土之宗教信仰，由我及薛少樓和薛永嘉三人親自將支票送交金城內武廟，由重建主任委員顏西林先生代表接受。二、舉辦宗親新春環島旅遊聯歡活動，以增進宗族情感交流暨歡渡春節，在二月二十日舉行，由薛少樓擔任領隊，中午在湖前漁港餐廳聚餐並行摸彩，出席人員無不歡樂融融。三、修建珠山活動中心，以利公共集會、聚餐使用，向珠山六十二號屋主薛崇武先生商借該棟破損房屋，由宗親會出資一百萬元僱工修建四周牆壁，屋頂改採鐵皮加封，而且，即刻僱工進行完成建設。四、修建珠山大道宮之廂房，廂房的樑柱因受蟻患，屋頂行將崩塌，因此，先向國家公園中請建築執照，因古厝設計繁瑣，費時一年多完成，才獲得核發執照，然後僱工改採鋼筋混凝土方式照原樣修建完成。五、回填珠山公園山中土洞，當年為了八二三砲戰，居民乃在山中挖掘土洞躲避砲火，但於風水及景觀均有所不利，族老薛崇武先生一再囑咐應予早日回填踏實，恢復景觀，於是，僱請怪手施工多日完成。六、修建珠山大潭，大潭具四水歸塘穴，為村中之風水池。池塘四周圍欄杆脫落，池邊道路崩毀多時，年久失修，路基淘空；人車通行其上險象環生，修建已刻不容緩。首先，敦請金城鎮公所代為規劃及設計施工圖，估需工程款約一百一十萬元，本擬由宗親會僱工施建。適時，正逢金門國家公園成立，個人巧遇工務課長張清忠勘察聚落，因而將原大潭設計圖提請惠予指正，並蒙同意協助重新設計。想不到一個月後他完成重新設計並直接發包施工，連工程款也由國家公園支付，完工後美侖美奐，遠遠超出我們的理想，於是，由宗親會具名致贈一面感謝狀，聊表敬意。隨後，國家公園又幫我們設計修建珠山公園第一期及第二期工程，美化公園環境，並鋪設環山人行石板步道，工程款共計五百七十萬元，因此，乃由珠山社區發展協會具名致贈一面感謝牌，用表謝意。

我接任宗親會之後，族中長老及會中理監事們最關心的共同話題有二項，一是修建薛氏家廟，一是設立薛氏獎學金。乃於三月十日假金門縣農會召開第二次理事會議討論通過決議：同意規劃修建薛氏家廟。後來經徵詢卜卦師，告以需四年後虎年有利，方能動工修建。同時商請國家公園管理處長李養盛，請其於四年後編列預算補助我們照原貌修建家廟，並蒙李處長慨然允諾，果然信守承諾於四年後補助一百五十萬元。會中也通過決議：同意設立薛氏獎學金，推請薛芳石等三人擬訂辦法，自下學期開始接受申請。獎學金之申請，以金門薛氏子弟為對象，但不以居住金門者為限，名額也無限制，所以，有許多旅居台灣的子弟來申請，留學英國及加拿大唸博士的也寄回來申請，真是一大盛舉。

為討論珠山垃圾場使用期限，特於三月二十日在珠山薛氏家廟小宗召開全村居民協調會議，用於確定全體村民的意志與共識，宗親會願意完全尊重大家的決定並做為後盾，配合全體居民採取一致的行動。經充分討論通過決議：珠山垃圾場使用期限到三月三十一日為止，期滿關閉，絕不同意延長使用，也不接受任何方式的回饋。自四月一日起設置告示牌，阻斷垃圾場入口道路。次日，即由宗親會用最速件行文金城鎮公所，表達終止使用垃圾場的決心，請其另行覓地掩埋，並檢附該次會議紀錄。

金門薛氏旅居台灣者頗多，宗親們平時連絡鄉誼，掛念故鄉珠山發展，共話鄉情。族老薛崇武先生有鑑於此，乃於一九八七年發起成立「金門薛氏旅台宗親會」，並膺選首任理事長，凝聚宗親情誼，每年定期召開一次會員大會，並舉行聚餐聯誼。我於三月二十一日突然接獲該會來函謂：「請金門薛氏宗親會於文到一周內撥款一百萬元作為本會基金，供會務使用之需」。我知道台金兩地薛氏宗親會同屬木本水源，本是同根生，不分彼此。我一看公函的內容，如果提交理、監事會討論，一定會被否決掉，因為我深知理、監事們的結構及各人的背景，絕對通不過的。但是，我光看薛崇武的署名就曉得應該照辦，問題只是如何迴避理、監事的決定。然而，自我接任以來不及二個月已經召集過二次理事會，再要緊接著召開第三次會議，實在過於頻繁，對於諸位理監事恐有浪費寶貴時間之虞。因此，我改採徵詢方式，請教薛少樓、薛芳世、薛自然三位高見，均獲認同撥款。於是，我當場就在公文上批示：如數照撥。交代總幹事，公文由我簽名全權負責，任何人有質疑都叫他打電話來找我好了，你明天就去匯款，我會通知崇武收到匯款後必須由他具名簽發收據。

九五年三月二十五日下午，台、金兩地薛氏宗親會，假珠山活動中心召開第一次理、監事聯席會議，互相切磋雙方之會務，增進氏族情感之交流，建立兩會之間的溝通管道及協調模式。旅台宗親會理事長薛崇武先生，臨時因故不克返鄉主持會議，改派總幹事代表致詞。

宗親會理監事一任兩年，本年冬至日又將改選，我本無意繼續連任，因為，我自認為一任如果做得好，正該留給眾人一個好的口碑和懷念，自應功成身退；如果做不好，更該及早下台一鞠躬，把機會讓給別人，不要自己老是霸住位子惹人厭。正如我在金門電信工會擔任工頭一任三年，任期屆滿立刻走人，絕不留戀，揮揮手不帶走一片雲彩，幹嘛要眷戀不捨呢！阿港伯名言：「不要自認為，天下某一件事非得自己做才行，別人做就不如自己」。誠哉斯言！何況，擔任理事長如果是一份榮譽，我樂意和大家共同分享，人人有機會；如果是一份責任，我願意和大家一起分攤，人人有希望。可是，不知為什麼，在冬至前一個月，很多理、監事及長老和兄弟叔侄都紛紛來提醒我，要繼續連任，我把本意說與他們知曉，他們只好認同。薛祖森也來勸我：「你擔任理事長，一肩挑起宗親會的成敗，責任不輕，必須委屈求全，顧全大局，置個人好惡於度外。但是，其中的酸甜苦辣盡在你心中，別人不得而知，外人僅僅看到你頂著理事長的頭銜，以及你所交出亮麗搶眼的成績單，欣羡不已。人們只看到你光采的一面，卻看不到辛苦和難過的一面，而你也不願意說出你的難處。雖然如此，這二年來在你和全體理監事的共同努力下，我們珠山及薛氏宗親會在金門地區也頗受好評與肯定，得來不易，這是前幾屆所未曾有過的現象，還請你多加考慮，再為家鄉努力二年吧」！聽他如是說，我只好回他：「那麼，我去和薛少樓商量一下吧！因為當初是我千拜託、萬拜託才把他請來幫忙的，如今，我也應該尊重他的意見，再定行止」。當我和薛少樓談及此事，他毫不遲疑地說：「當然要連任，再把基礎打得更深厚、更穩固，到下下一屆才交棒就好了」。我看事已至此，不便堅持已見，一切順其自然吧，我不再表態宣佈棄選。九六年一月七日假珠山活動中心，選舉第四屆理事長，我當選連任，總幹事一職仍請薛少樓繼續擔任。

二月十日召集第四屆第一次理事會議，通過決議：修建石井坑薛氏祖墓，定於清明節過後僱用怪手開挖。開工三天後終於出土二具棺木及二副紅豔豔的人骨。至同年十一月破土修建二座祖墓，費時二個月完成。薛氏祖墓深埋土中三、四百年，既無墓碑，又不知墳墓所在位置，竟能於我們這一代手中發掘與修建，真是與有榮焉。為慶祝此一宗族盛事，特於完工謝土日，邀請歐陽氏宗親會派員參與祭祀，當晚在薛氏家廟席開十三桌，宴請兩氏宗親聚餐慶賀同歡。九月五日召開第四屆第二次理監事聯席會議，討論「珠山段一〇五三及一四〇四號二筆土地補登記事宜」，二筆土地面積龐大，共計七十公頃，因與古崗同時申請登記，必須經由雙方協商分配比例。決議：授權由理事長、總幹事及常務監事三人代表出面談判分配比例事宜。但是，雙方未能達成協議，遭地政所駁回申請，兩敗俱傷，均無所得。

九七年二月一日召集第四屆第四次理事會議，會中，金門縣政府教育局曾淑鈴小姐報告，為推動「珠山社區總體營造活動」，擬訂於二月二十一日元宵節舉辦「珠山燈節」活動。決議：除金門縣政府補助三十萬元外，由宗親會全力支援所需之人力、物力、財力。次日，即開始動手清理村中環境，打掃得煥然一新，規劃牌樓及懸掛大紅燈籠路徑，我要求全體宗親，不分男女老少，一起動手自己做，現場交由曾小姐全權指揮調度，我擔任後勤與支援工作。

元宵夜七時正，由兒童們點燃火把隊，熱烈歡迎縣長陳水在大駕蒞臨啟燈，瞬時千盞燈籠齊放光亮，猶如火樹開銀花，村中蔚為一片如長龍般的燈海。來自全島賞燈人潮如人山人海，村子裡更是萬人空巷，為珠山開莊三、四百年來所僅見之熱鬧，盛況空前。一串燈籠從路口引領來賓到達村口之牌樓，再從牌樓延伸二串燈籠蜿蜒到薛氏家廟。牌樓前在發放來訪兒童每人一只俗稱「擦餅燈」的紙燈籠，個個笑逐顏開；家廟前的廟埕人聲鼎沸，將珠山渲染得喜氣洋洋，設有一座擲炮城，由訪客持排炮擲向空中引燃串炮，鞭炮聲此起彼落震天價響。活動中心燒著一碗碗加薑糖的湯圓，大人小孩人人有份，吃湯圓又能驅寒，溫熱了每位造訪者的心；大道宮前供桌上擺滿了紅龜，提供善男信女乞龜祈福，今年事事順利，明年加倍還願。家廟大宗內展示著各式各樣具有古早味的燈具，有新娘燈、子婿燈、氣燈、船燈，勾起老一輩人家思古之幽情；小宗裡展示由薛永固精心繪製，一顆顆五彩繽紛、纖毫畢現的蛋畫，其手藝巧奪天工，令人駐足圍觀，嘆為觀止；還有薛永凌的揑陶及手拉胚玩意兒。觀賞珠山燈節，實為金門所少見的愉快及知性之旅，賞客無不紛紛提議明年還要全家再來一趟，希望第二屆、第三屆能年年舉辦。

深夜十時正，賞燈者逐漸打道回府，留下滿心喜悅、毫無倦容的工作人員，馬上召開檢討會議，逐一列出缺點，用資來年改進，其中，最大缺點是電壓不足導致燈光稍嫌黯淡，準備申裝二百二十伏特之電表一舉改善。

金門縣政府行文補助此次珠山燈節三十萬元，要求於燈節結束後一周內結報，我們只花了五天就提前完成結報，總計支出三十七萬餘元，超支部份概由宗親會自行吸收結帳。

今年冬至日又將改選理監事，我終於要畢業了。回顧四年來，全賴理監事們的通力合作與支持，雖然建樹不多，差幸還沒有做錯什麼事。宗親會理事長為無給職，也無車馬費，總幹事僅支車馬費一年二萬四千元而已。薛少樓前三年支領車馬費，從沒有拿一塊錢放在自己口袋裡，分別是購置辦公桌椅供會務使用、購置農藥噴灑器供居民方便使用、添緣大道宮功德箱中。沒想到，第四年他具領後，竟然將支票當面交給我說：「我知道你交際應酬多，開銷很大，我這一點區區之數微不足道，僅能聊表心意，請你笑納」。

我非常意外，蒙他錯愛，真是受之有愧，但又不忍心拒絕他的一番好意，只好卻之不恭收下，並為四年來彼此合作愉快劃下一道休止符。畢竟，我們曾經攜手合作，打過美好的一仗。先斬後奏，下回分解。

第三十八回　先撥款一百萬元，理事會追認通過

薛崇武先生年過八十，一生對於珠山村莊及薛氏宗族的貢獻無與倫比，珠山居民和薛氏族人更是對他讚佩有加，尊敬無比，雖無族長之名，確有族長之實的份量，一言九鼎。早年曾經擔任珠山小學董事長、顯影月刊編輯、金中中學事務主任、金門縣金山區區長等職，後來旅居台灣中和，於一九八七年發起設立「金門薛氏旅台宗親會」，當選首任理事長，端的是實至名歸，更是眾望所歸。二年後，金門薛氏族人見賢思齊焉，由薛前記叔發起設立「金門縣薛氏宗親會」，向金門縣政府申請核准登記有案，我負責起草「金門縣薛氏宗親會章程」，有幸當選首屆理事之一。一九九三年底，我當選薛氏宗親會第三屆理事長，深切了解薛崇武先生齒德俱尊，社會經歷豐富，深得台、金兩地薛氏宗親之人望，我必須跟他密切聯繫，請他惠予指教，雖然我認識他，他卻未見過我。所以，自從九四年二月四日薛氏宗親

會第二屆第三屆理事長辦理移交後，我才開始接任理事長職務，一個多月就召開了四、五次會議，並將會議紀錄及會務資料，統統寄交薛崇武理事長一份參閱。到了三月中旬，我第一次撥電話與他報告金門的會務狀況，以及我個人的一點點理想，他聽完即能在電話中一語道出我做事的特色，他說：「少年仔，從你寄來的這些紀錄及資料，我知道你這人做事是很有魄力的」。

誰知通過電話還不到一周，我突然接到一份金門薛氏旅台宗親會的公函，要本會撥款一百萬元作為旅台會基金，署名是理事長薛崇武的簽名章，並且，還蓋上俗稱關防大印的圖記，顯示公文絕無虛假。可是，在前幾天我與薛崇武先生直接通電話的時候，他並沒有提起過這件事呀！巧的是本會在這一個禮拜裡召開過一次會議，那天如果他先在電話中提到的話，我們剛好可以在會議中進行討論，順順當當作成決議。但我一看公函的內容，如果提交理、監事會討論，一定會被否決掉，因為我深知理、監事們的結構及各人的背景，絕對通不過的。但是，我光看薛崇武的署名就曉得應該照辦，問題只是如何迴避理、監事的決定，因此我先徵詢兩位人士的意見，第一位是薛芳世兄，他是族中的長老也是本會的理事之一，他說：「公款是兩會共同擁有的，祇不過是本會負責保管，撥款只是移轉保管單位而已，旅台會的成員全部都是珠山或金門的薛氏族人，沒有拒絕的理由。民國七十八年春天金門成立薛氏宗親會，當年冬至日崇武個人即捐助本會新台幣十萬元整，委託薛承立帶回現金在薛氏家廟內當眾點交。八十一年珠山進行鄉村整建，總工程款共四百萬元，金城鎮公所要求本村必需負擔配合款百分之二十共八十萬元，金門薛氏宗親會無力籌募，緊急行文拜託金門薛氏旅台宗親會分攤半數四十萬元，也是崇武召開臨時理、監事會，登高一呼，四方響應，不過個把月即籌得四十萬元寄回金門。今天，旅台會有需要用錢，又在我們的能力範圍之內，何況又是崇武具名，如果不撥款，教崇武情何以堪」！他的態度和我一樣，我內心稍感欣慰。第二位是薛少樓，他是理事兼任總幹事，尤其是他還是崇武的長子，他也說：「當然要撥款，這錢是旅台會作為會務使用，沒有理由拒絕」。他的看法和我相同，我更加堅定自己的想法，勿須顧忌其他人的反對。於是，我當場就在公文上批示：如數照撥。交代總幹事，公文由我簽名全權負責，任何人有質疑都叫他打電話來找我好了，你明天就去匯款，我會通知崇武收到匯款後必須由他具名簽發收據。

果不其然，收據才寄到沒幾天，所有宗親聽到消息，情緒沸騰，每天都有人打電話來查詢、來反對、來責備，我不厭其煩的好好跟他們解釋，他們不等我說完就把電話掛斷以示抗議。我看事態嚴重，焦頭爛額也無補於事，心想與其坐等挨罵，不如主動說明，因此我就寫了一封致全體宗親的公開信，請求大家的諒解。公開信如下述：

各位親愛的宗長惠鑒：

「金門薛氏旅台宗親會」來函，83薛旅字第01號，第02號函暨第二屆第四次會員大會紀錄，已經在八十三年三月二十一日及二十三日收到，敬悉。

函中所提：「請金門縣薛氏宗親會於文到一周內撥款一百萬元作為本會基金，供會務使用之需」一案，本會及本人均很樂意配合。此可對照「財團法人金門縣薛氏基金會」，於八十三年三月二十日所召開之第二屆第二次董事會議紀錄中討論事項之第三案，案由：金門薛氏旅台宗親會籌募基金之配合事宜。決議：前承金門薛氏旅台宗親會慨捐珠山鄉村整建經費四十萬元，合族皆感盛情，自當回報。惟當時尚未接到前述二張公函，無從決議確定的金額，僅能通過決議原則而已。

珠山薛氏一族先賢前輩，有渡海到澎湖、到台灣開拓者，更有遠到南洋發展者，不只事業卓然有成，更能心繫珠山老家，出錢出力，造福鄉里，具見血濃於水的宗族親情。尤其是珠山學堂，更蒙旅居菲律濱宗親出資興建，光耀鄉黨。由上述珠山學堂之興建及鄉村整建經費之捐助，點點滴滴，溫暖在心頭，在金門薛氏族人心中無不感戴，而今，正是金門縣薛氏宗親回報的時候。此可參照金門縣薛氏宗親會，於八十三年二月四日召開之第三屆第一次理、監事聯席會議紀錄中討論事項之第十九案，案由：回饋菲僑宗親會館之捐建。決議：列入計畫進行。

在金門之薛氏族人先後於七十八年、七十九年，成立「金門縣薛氏宗親會」及「財團法人金門縣薛氏基金會」二個組織，前者純為人民團體，負責人為理事長，後者為具有財團法人之人民團體，負責人為董事長，成立之初，僅有公共經費四萬多元而已。雖然，本人在七十八年四月十六日薛氏宗親會成立大會上提案，案由：為開闢本會公共財源，先清查珠山學堂之產權，再與軍方使用單位交涉，俾能落實產權及收取租金。決議：通過，並交理事會積極處理。但是歷經三年多毫無進展，反而在第二屆立法委員選舉之前，金防部司令官葉競榮將軍於八十一年十月三十日蒞臨金門電信局，參加電信工會所舉辦之慶生會聚餐，進行輔選工作。當時本人為電信工會負責人，擔任常務理事，主辦會餐接待貴賓，席中，當面向司令官報告珠山學堂為薛氏宗親所有之產業，供軍方無償使用四十多年，現為金防部化學兵基地，請司令官能否派人來與薛氏宗親會討論使用事宜？當場，即蒙允諾由我和國民黨金門縣黨部黃廷川主委巡行討論。隨即於同年十二月十日點交歸還，珠山學堂終於重回薛氏宗親的懷抱，感謝葉司令官競榮將軍的德意，有如山高水長，感謝第二屆立法委員選舉，選舉真好。之後，珠山學堂於八十二年一月十六日招標，決標價為年租金三百六十萬一千元，經簽訂合約公証後，自同年八月一日起租，每年租金分二期給付，分別是二月一日及八月一日，到目前為止共收二期租金。因為，原來在宗親會名下的一些財產，在基金會成立時，移轉登記在基金會名下，如珠山學堂等，所以其租金是向基金會繳納的。又因為基金會中的董事，均由宗親會的理事兼任，董事長由理事長兼任，所以二個組織均由同一組人員擔任，會務運作自然順暢。上屆移交本屆之資金，在宗親會部份為二十六萬多元，基金會部份為三百六十七萬多元，可支用資金共計三百九十三萬多元，另外，一百八十萬元則為保証金。

此外，珠山鄉村整建，金門薛氏旅台宗親會捐助四十萬元，金門薛氏宗親募集五十萬元，支出四十七萬多元，尚有結餘四十二萬多元。

按人民團體之會員大會為每年舉行一次，理監事會、董事會為每六個月至少一次，此為「人民團體法」明文規定，亦為本會章程中所明載。自八十三年二月四日移交到三月三十日止，短短不到二個月之間，本會已先後召開過二次理監事會，二次董事會，一次協調會及一次說明會，開會不能說不多，下次集會預訂在冬至日前二周吧。為了配合「金門薛氏旅台宗親會」成立基金所需，本人只有先行撥款，再提交理監事會追認，但願能獲得通過最好。

又：珠山垃圾掩埋場已使用二年，到三月三十一日期滿，本會為此二度集會，三度行文金城鎮公所，堅決表示不同意其延長使用，請其另行覓地處理垃圾。但鎮公所仍來函要求延長使用五個月作為覓地之緩衝期，雙方態度各自堅持，箭拔弩張，隨著四月一日的接近，本會與鎮公所抗爭和對立的情況有一觸即發之勢。目前，我們所有的力量都集中在這裡，所有的抗爭準備工作和分配任務都在積極進行中，情勢如何發展，敬請拭目以待，也請惠示指教或祝福我們吧！

專此敬祝

萬事如意

金門縣薛氏宗親會理事長 薛〇〇敬上

中華民國八十三年三月三十日

公開信寄發過後，總算比較風平浪靜，很少再接到責怪的電話。而我們跟金城鎮公所的對峙，也因鎮公所的自制將垃圾場遷往赤山掩埋，宣告和平落幕，我們終於將珠山垃圾場關閉，並由鎮公所進行植栽美化和復育。然後，我採取對理監事各個疏通，多數也能夠諒解，即使不得已必須採用表決的方式，我相信必然能夠獲得過半數的支持。於是，我決定提前在七月初召開第三屆第三次理、監事聯席會議，追認撥款事宜，會議在七月九日下午二時正，假珠山六十六號「大道宮」內舉行。討論事項中有七案，但是第一案就佔掉一半的時間，案由：撥付金門薛氏旅台宗親會專戶基金一百萬元，提請追認。雖然，有幾位理監事不斷質疑和揚言杯葛到底，我再三耐心解釋，仍然不能被接受，當我準備交付表決時，薛芳盛及薛祖森二位適時出面斡旋，說此事情形的確特殊，理事長不得已採取權宜措施，也不算是什麼錯，況且木已成舟，既成事實，總不能再要求旅台會把錢退回來吧！好說歹說，雙方面都有台階下，終於同意追認，也免掉動用表決，有傷和氣。祖墓出土，下回分解。

第三十九回　薛氏祖墓在哪兒，發掘後加以修建

小時候，約當一九六五年代，每年的清明節是我們珠山村中兒童的快樂時光。因為，當天我們都會在村中長老及大人們的領導之下，於中午過後結隊到石井坑的薛氏祖墓參加祭祖掃墓，然後排隊等候分發餅乾和糖果，每人每年約能分到十個餅乾和十顆糖果，這時候，便是我們兒童每年所擁有的歡樂時光。當時的社會是物質缺乏的時代，也是經濟未開發的年代。貧窮不僅僅是各家各戶的境況，也是每個鄉村和城市的普遍現象。想當年，每個小孩能向父母親要到的零用錢，大都是五毛錢，頂好的也不過是一塊錢，不過，當時貨幣的購買力很強，五毛錢大約能買到五個餅乾，或者五顆糖果。所以，參加清明祭祖掃墓的利得，約當在二塊錢的價值左右，是孩童們一年一度的有利活動。

但是，每年到石井坑掃墓，每年都會在我幼小的心靈上留下一道疑問，那就是

掃墓要掛墓紙，墓紙要掛在墳墓的四周。可是，我們的薛氏祖墓在哪裡呢？偏偏看不到墳墓的所在。長老指導我們只要將墓紙掛在田埂中間的那一片相思樹林中就行了，年年如此，年年疑惑。因為，我們自小便在家長的循循告誡下，牢記著「囝仔人有耳無嘴」，要小孩子只能用耳朵去聽，不能用嘴巴去問，所以，提出疑問是不被允許的。不僅我個人從未問起過，也不曾聽到別人問過，如此過了三十年，我的不懂依然還是不懂，不見墳墓仍然不見墳墓。

一九九四年二月四日，我接任薛氏宗親會理事長職務，到了清明節籌辦祭祖事宜，當天又引起我內心的疑問，便當場請教了幾位長老和前輩，得到的答案是他們也不知道為什麼，更不知道墳墓在哪裡。於是，我返家後便拿出九一年版的《薛氏族譜》來查閱，試圖自己找出答案來，只見族譜記載如下：此座墳墓的方位是「坐乾向巽」，因格於迷信而任由荒廢，期盼後世子孫能夠找到祖墓所在。

直到同年十一月十二日，薛氏宗親會召開第三屆理事會第四次會議中，有理事首先提議，要發掘及修建薛氏祖墓，並略作說明，惟僅獲決議：「從長計議」。再於次年十月八日第三屆理事會第二次臨時會議中，提議清理石井坑之祖墓，獲致決議：「於明年清明節前十日內僱工清理墓地，再擇利年修葺」。最後於九六年二月十日第四屆第一次理、監事聯席會議中，決議：「修建石井坑祖墓定於清明節後開工，推派修建委員會，請常務監事擔任召集人」。

清明節後第二天，僱請怪手一部到現場開挖，先挖相思樹林前之二畦田地，均無所見後，再挖田埂間之相思樹，仍無所見。如此已花了一天的時間，眾人心中均揑了一把冷汗，暗思如果開挖毫無成果將來如何面對族人交代。翌日再挖，大家商議要採向下挖深或向前挖大，最後決議向前，往相思樹林後之二畦田地開挖。由我打電話向台北薛崇武族老報告現況，並請其提供協助，承蒙其回憶兒時所見景況，謂有四支石丹，二支旗竿夾。到了下午，在南側田中，首先發現混凝土現象，眾人精神為之一振，控制怪手的深度，清理出一道寬半公尺、長二公尺的混凝土後收工。回到村中，由總幹事薛少樓另行僱請工人來開挖，詎料，無人願意受僱從事這項工作。不得已，我只好和薛芳世兄二人自行承擔這件工作。隔天早上，我們提了鋤頭和圓鍬到現場開挖，不久，先挖到一些碎木塊，接著，鋤頭下鑝到一條冬眠中的草蛇，大家精神因此振奮起來，都認為在下面會有我們所要尋找的。移開蛇後挖下去，果然看到了一副人骨，骨頭紅豔豔地，非常漂亮而具有光澤，真是不可思議，在土裡埋了三、四百年的骨頭，居然不會爛掉。到了下午，在北側田中，又發現到二支石丹，回想起薛崇武族老的說明，眾人都有了十足的信心，繼續在二支石丹之間的田中開挖，果然又找到了另一片混凝土跡象和碎木塊，於是小心翼翼地清理出完整的墓形後收工。

此二座墳墓，經過大家研判，應是本族三世祖伴郎公及伴中公長眠之所，二座墳墓的坐向均同，都是頭在西方，腳在東方，向著珠山村，符合族譜所載：「坐乾向巽」。合當今年有利年，適合修建墳墓，稍事盤算，我們便開始著手籌備修建祖墓，於次月，請得金城修墓師父許福林先生等人到現場洽談，許先生開出一個條件，要我們覓得一名地理師來主持修墓事宜，他只能承做工程而已。一時之間，大家全都傻眼了，不知哪兒有地理師，只好央求他介紹一位他所認識或合作過的地理師，可是，他卻說無此人選，說完話掉頭就走，留下愣在當場的我們。我只好再打電話到台北尋求協助，平素常聽說金門薛氏旅台宗親中，有二位頗具名氣的地理師，如今只有在電話中央請了。第一位謙辭不受；第二位倒很爽快，一口就答應了，要我等候安排通知。誰知左等右等，都等不到通知，我只有每個月打電話去連絡，他都排不出時間來金門主持，如此，整整等了半年，我才發現這小子並無誠意，實乃言而無信之徒，存心放我們鴿子，誤我們大事，真是可惡，混帳到家！

到了九月份，我再度詢問修建會委員能否物色到地理師，眾人都說沒法度。於是，我打定主意，一定要設法找到地理師來完成此項大事，與其求人不如求己，我開始動用我自己的所有人際脈絡、關係，務必要找到此種人選。皇天不負苦心人，終於讓我想到在某次飯局中，碰到翁水沙先生，在交換名片時，他曾說到除了營造廠外，他也做古墓建築。因此，我先打電話說明來意後，就直奔翁府拜訪，我說我們想做古墓修建，工程交他承包，只是需要請他幫忙介紹地理師，他當場答應並電洽地理師董金定先生。董先生要我接聽電話，他說他願意擔任地理師職務，但是，工程必須交由許福林先生承包。我說我已經答應翁先生，工程要由他來做，他說只要我答應就好，翁先生不會介意的，他負責跟翁先生商量。果然，翁先生在接完電話後，告訴我說，此項工程交由許先生承建，他沒有意見。

董、許兩位先生開始指示採辦石材及其他建材，即日開工，並允諾要在二個月內趕在冬至前完工。修建會全體成員，到此精神大振，眼見一件神聖使命，即將在我們這一代手中完成，莫不高興萬分。董先生只問我選擇何種做法？是採大格局做法還是小格局做法，我答以大格局做法，經費沒有限制，照實支付，不打任何折扣。可是，當工程做到一半時，修建會成員中，竟然有人出來提出很多主張。其實，也只有那麼一個人而已，執意阻擾，說工程要停止，等候聘請大陸地理師來主持，石匠要更換，改聘金城石匠，墓碑改用黑心石，不用花崗石。弄得召集人不知如何是好，工程幾幾乎就要停擺，要我出面協調，於是，我當著那個人的面，跟石匠張老板拍胸脯保証，說此項工程由我全權負責，所有材料和工資，在完工後完全由我支付，一個子兒都不會少，請他放心，一切仍照原來計畫進行，並把我的名片交給他，請他隨時跟我保持連絡。這項困難克服後，整個工程都在預料中如期完成，合族同慶。

薛氏祖墓深埋土中三、四百年，竟能於一九九六年底在我們手中重見天日，並能修建墳墓，美侖美奐，真是與有榮焉。為慶祝此一盛事，於完工日謝土時，邀請歐厝鄉親參與祭祀，共襄盛舉，歐陽氏宗親會在理事長歐陽文顯及族老歐陽水朕先生率領下與祭，場面盛大而且熱鬧。並於當晚，在薛氏家廟席開十三桌，宴請全體薛氏宗親及歐陽宗親，兩族同歡。本次薛氏祖墓能夠順利完工，承蒙薛芳世及薛少樓二人盡心盡力，整整辛苦了二個月，出力最大，居功厥偉。珠山孤本期刊，且待下回分解。

第四十回　《顯影月刊》，重見世人

一、顏西林先生冒險收藏，完璧歸趙重回珠山人

自小在珠山土生土長四十載，可我從來不曾見過《顯影月刊》的片紙隻字，更從未聽過長輩、同輩或村中長老提起過一言半語，完全是一無所知。時到一九九六年春天，接到宗親薛永順兄來電告知：顏西林先生手上有一批受託代管的顯影月刊，要交還予託管人——薛崇武先生，他得知後立即建議顏先生，把這套刊物交給薛氏宗親會影印留存，並委由該會代為轉交崇武先生，顏先生聽後表示首肯，交代他要我儘快到顏公館去面洽，我聽完電話應諾到顏府洽談。掛上電話後我立刻連絡到宗親會總幹事薛少樓，約定當天同時到達顏公館洽商此事。當場，我們目睹了那厚厚的一疊刊物，高達一公尺有餘，上下用兩塊木板夾著，中間用繩子串連著，猶

如精裝書一般，心想，這可是寶貝得很哦！我便提議由薛氏宗親會提供經費交由印刷廠影印若干部，一則妥為保存，再則廣為流傳，公諸於世，讓顯影月刊能夠重見世人。獲得顏先生同意後，我們就順便帶走。

從顏先生在影印之前所述感言中知道：「民國三十八年國軍進駐金門，這部顯影孤本寄存我處，軍管時期，人人自危。四十八年來，我秘密收藏，冒白色危險，為保存珠山國寶，如今得以完璧歸趙，遂我心願，亦珠山之幸也」！多虧顏先生冒著身家性命之危險，代為保管這部刊物，不但是珠山之幸，而且也是金門之幸也；薛氏宗親會決定影印三十部，除贈送顏先生一部聊表感謝保管之情外，並分贈中正圖書館、金門中學圖書館，以及諸多金門鄉土文學家，以供閱讀、查考及傳佈之用。感言中亦提及：「民國七十年金門縣政府重修金門縣志，缺少民國十七年至卅五年資料，商借顯影合訂本參考。負責編修大事記為金門日報總編輯郭某，摘要顯影地方新聞，用紅筆圈劃。借人書刊，不加珍惜，信筆塗鴉，殊為可惡，今影印副本，定有瑕疵，實為憾事」。

二、珠小校友會，募款來發行

顯影月刊，是珠山小學校友會所創辦，創刊於一九二八年九月，每月一期，合六期為一卷。其中，一九三七年中日戰爭爆發，日軍旋即佔領金門因而停刊，抗戰勝利後在一九四六年復刊，一直到一九四九年五月再度停刊為止，前後二十一年間總計發行二十一卷。月刊內容主要報導：鄉村新聞、珠山小學、金門島聞、文藝副刊，趨於報導型的雜誌。其中，鄉聞以嫁娶、生死、出洋、返鄉為最多，珠小以成績和運動為多，發行對象不以珠山鄉村及小學為限，更遠及於南洋之鄉僑。感言中又述及：「海外鄉僑，關心家鄉信息，若大旱之望雲霓，顯影月刊之傳播鄉訊，大受僑胞歡迎，厥功至偉。迨日寇竊據金門，顯影一度停刊，舅父薛公永棟，秘密記載大事記，名曰八年滄桑錄，雖簡略記事，甚寶貴資料也。光復末期，時局動盪，混亂至極。顯影負金門喉舌之職，公正執言，不怕權力，幾與槍口對立，於今思之，猶有餘悸」。刊物為非賣品，只有分送、贈閱。

民國初年，金門各村里僅有小學教育，而且均為私立，由地方仕紳及海外華僑共同捐資成立。珠山學校創辦於一九一七年秋天，校舍借用薛氏家廟大宗及民房開辦，一年所需經費約當一千兩百元，來自里中及海外同鄉之捐款。小學由秋一級讀起，到秋五級讀完畢業，自一九二一年起，珠山的畢業生年年增加，但再無升學之處，除非進入廈門讀中學，因此，於一九二五年成立珠小校友會，發起人為薛丞祝、薛永麥等人，贊成人為薛永乾、薛福緣等。所以，苟無珠山小學，便無成立珠小校友會，更無顯影月刊之發行囉！顯影二字係永乾先生在暗房沖洗相片時，有所發現而定名者。月刊起始由薛丞祝和薛永麥主編，丞祝又名承爵，永麥又號施伍；其後由薛健椿繼之，健椿又號澤人；最後由薛崇武及顏西林接替，西林又號紫峰。永乾主編雛燕副刊，係珠小學生作品之發表園地，因體弱多病，天不假年，於月刊發行當年長辭人世，享年二十八歲。校友會為里中大部份青年聚會之所，設於家廟小宗。自創辦月刊後，又陸續成立許多社團，如珠山修造委員會，其宗旨在於修造村內公共巷道及溝渠等，經費來自海外同鄉之捐助。珠山小學校舍建築籌備委員會，其任務認為建築專用且獨立之校舍係珠山晚近最要緊之事，希望海外同鄉踴躍認捐並勸募經費。珠山體育協進社，其宗旨在強調運動的重要，鍛鍊健康之體魄，以雪東亞病夫之恥。校友會並附設閱書報社，如同小型圖書館。

三、顯影月刊重要記事，首重教育其次村史

《顯影》首卷之創刊詞提及：珠山人丁七百有五，所有出洋謀生者，少壯間十去八、九。又提及鄰村辦理學校，原本落在珠山之後，但能將眼光放遠，取法乎上，以建設專屬校舍為首要之務，能如此即形同超越於珠山之前矣！編者亦常以此警惕鄉眾，不能自滿於現狀，以致反落在他村之後。刊載：古崗小學雖僅開辦三年，但已籌備建築新校舍，開古賢堡第一聲，樣式、地點、款項均有著落，其校舍採洋樓式，選在祠堂旁邊，資金來自海外同鄉捐助五、六千元，即將動工，校舍落成為期不遠矣！又金水小學新校舍亦在籌備進行之中。其後論著云：出洋是為著生活窘迫而發生，所以絕對不是快樂的一回事，為怎樣我耳邊所聽到的都是那唧唧稱讚洋客的話呢？尤其是我們金門人，有了一個女兒，便立意傾心羨慕選個洋客馬上來配合，才算是一頭好親事。原來他們只知道錢的功用，不明瞭愛情與精神的關係。又云：照珠山的洋客調查出來，有業經營的只佔百分之三，其餘的都是店夥。不要離家鄉別故人，就有在祖國建立謀生機關的必要。謀生機關可由合資組織而達

到實現，辦實業，設工廠，均聽其便。珠山小學生，一至五年級共有七十九人，男生四十三人，女生三十六人。珠小校舍充教室之用者只有三間，係借用薛氏家廟，以致所有教室不足分配，再向薛永南兄弟借用下書房使用。珠小於一九二八年九月二十日至二十五日，舉辦秋五級畢業生廈門旅行五天，參加學生十三人，女九男四，由教員薛永乾及李晴嵐二位先生護往，學生每人平均花費三元零三占，旅行回來後很多學生都寫遊記刊登於《顯影》上。福建省政府於十月份下令禁止賭博、禁止吸食鴉片。又載：新校舍有望。謂里人薛芳城自去年返鄉，對於公益事業無不竭力提倡，關於建築校舍尤見十分踴躍，本年再行南渡，聞彼此去對於建校募捐之事，決要努力向呂宋各同鄉勸募，成績定可美滿也。根據統計，當時平常人家娶妻所要全部費用，約需一千一百多元，其中主要項目是聘禮二百四十元，筵席二百元，金首飾一百六十元，箱櫥一百四十元，豬羊一百元，寢具八十元，鼓吹五十元，雜費五十元，服飾四十元……。

詩十五首「秋風憶故鄉」：西風瑟瑟捲沙塵，久別家鄉作嫁人，故里雲山應無恙，庭花院樹綠如春。「洋客苦」：別鄉離井最愁腸，野店荒村當賤庸，鏡破梅妝辛苦甚，隴頭雲海只為窮。「鼓嶼感懷」：高樓櫛比聳天空，安樂窩藏幾富翁，我最不勝漂泊感，形骸放蕩夕陽中。「春閨怨」：冉冉春光透繡緯，珠簾不捲燕雙飛，可憐寂寞閨中婦，日盼徵人尚未歸。珠簾欲捲恨偏長，月照深閨夜未央，忍看陌頭楊柳色，惱人一日九迴腸。萬紫千紅滿陌頭，穿花蛺蝶兩悠悠，飛蟲亦為春光戀，謾道春光愁不愁？寂寂花時門不開，愁看粉蝶自徘徊，懊儂嫁得無情婿，辜負香衾去不回。「春日即景一」：絲絲綠柳西湖邊，艷艷紅桃李正妍，戶外風和春鶯夢，池塘沙暖鴛鴦眠。「閨怨」：寂寞深閨又一年，春花秋月不成眠，庭院荒蕪飄零盡，香夢迢迢到客邊。「長相思」：長相思，閨怨深，夫戍邊關絕書音，倚闌干，淚滿襟。帷中隻影單，香夢無處尋，對鏡憐瘦影，最苦閨中心。「病中」：獨對珠光嘆此身，萬般苦楚向誰陳？良朋好友有誰至，不及床邊進藥人。「遊菽莊」：樓台矗立倚蒼山，隱隱長橋沉波瀾，時遇春來花正放，香聞世外別人間。「春日即景二」：春風拂盡百花妍，萬紫千紅又一年，柳絮絲絲雙燕宿，桃花艷艷蝶兒翩。「憶故鄉」：皎皎月光涼，淒淒思故鄉，故鄉何所有，馥郁山花香，復有林中女，嬌嬈動人腸，珠峰看旭日，龜山瞻夕陽。西池戲釣垂，東宮入球場，場中相逐角，健兒多逞強，勝者陶以樂，負者神且傷，鬥球雖小道，人間之真相。「殘餘底痕」：朽木難成器，欲雕須有志，雖然殘餘物，須知磨鐵時。「荒塚」：清明多苦雨，荒塚觸人愁，借問樽酒者，滴到九泉不？「沒落」：早年讀書作相公，今日出來做粗工。大風吹落烏鴉窠，那知一跌就著凶。「童養媳」：十八姑娘九歲郎，夜來點燈抱上床，三更半暝哭卜糖，無糖通呷哭甲光。小郎小郎無通截截床，你那那哭我就心那酸。

在首卷中月刊已採用首字放大的編輯方式。埔後陳寰先生派任縣長，乃前所未有者，為金人治金之首，惜任期未滿二個月即因發不出黨費而遭省政府民政廳撤職。陳寰縣長任職未滿兩月，倡辦之事極多，只有完成人口調查而已，但仍有不少匿報戶口者，實際金門人口至少總有五萬人。次年春天，珠山大道公生辰，連演戈甲戲三天，第一天在大道宮口搬戲，第二、三天因是兩班戲班子同時表演，戲台改移到下三落埕，觀眾十分擁擠，幾無容隙之地，約有一千五百多人。兩台戲班子拼戲十分認真，各有春秋，難分高低，真是連台好戲，為里中十幾年來所僅見，這真是一個美好的時代。后浦金門公學于去年派員往南洋募捐，積極籌備中學，今年業已完成籌備，準定開辦並招生。金門公學為集美學校所補助學校之一，但凡集美之各種召集，公學每必派人參加。

一九三〇年冬至日宴請四盤八碗，值東者有二十一位，包括泗湖、后垵宗親。編者曾在月刊上發表致菲律濱荷羅基峇同鄉公開函：婉轉勸阻且莫收回捐助珠小校舍基金五百多元，何況，衣里岸同鄉已匯來一千元，均存入郵局儲金部，以備生息並供建校之需也。縣長陳紹前贈送珠山嵌字對聯如下：珠樹交輝清幽第一，山花怒發燦爛無雙。一九三二年刊載：違背鄉規，群起反對。事因芳得之養媳招贅惠安人，乃召開五房之房長會議，芳得已去世，請其妻到場說明，鄉長並告知該人年事已長又曾在他鄉行竊，限日退婚，得妻領命而出。本鄉自開莊以來不容他姓人士居留，現有紹浦女婿張德興，在鄉內租屋居住經年，須即派人疏通出境。既經族長下命出鄉，勢難再緩。金水小學新校舍於本年底建築落成，開費二萬餘元，可稱為金門第一，於十一月十二日開落成典禮，函請全島各學校與鄉長蒞臨參觀。

在第六卷中，主編撰寫一篇論文：從水頭的現在說到珠山的將來。指出當今水頭的教育發達不但超越珠山，更幾乎是金門教育的中心了……。金水小學校舍開始籌建時，也發生種種波折和困難，可是水頭人有勇氣，敢和惡勢力奮鬥，才得到今天的成功。但珠山人的天性沒有耐苦的性質，失敗之後反而自暴自棄，不會想辦法恢復過去的地位。古崗和水頭新校舍先後完成，更加深珠山對於建校愈灰心，覺得已經不及別人，而作罷論。文章的結論是：珠山的興衰，需求根本的解決，著手造出珠山人才，多少總會對於里中有所貢獻。很多人希望把文藝縮篇，將新聞增加，主編雖表同感，但有其困難，此因在這小島上少有必要之新聞發生，只好勉強把文藝納入以增加篇幅，順便鼓吹大眾文藝化。金水學校之堂皇，古崗校舍之巍峨，東西輝映，歷歷在目，唯獨珠山一無所成。珠山建校發端已久，捐款略有把握，一波三折，只以位置問題優游不決，籌委會實在罪無可貸。丞祝於一九三三年四月二十九日由菲島返鄉，受到英雄式的歡迎，珠山各社團製作標語，張貼全里，琳瑯滿目，詞意誠懇，熱烈歡迎榮歸鄉里，可見鄉人對祝君愛護之真摯。

珠小校友會為籌募經費充實閱書報社之刊物，乃仿造政府航空築路獎券辦法，印發第一期文化獎券二百張，每張五角，向社會各界推售，於一九三三年九月售畢，假家廟大宗門口執搖筒公開搖彩。隨後，又發起文化基金獎券三千張，每張一元，也是籌劃閱書報社之經費，仍然在大宗門口公開搖彩。接著，再發行第一期珠山建設獎券，辦法均同文化基金獎券，張數及票價亦同。此外，為紀念校友會十一週年，亦發行紀念獎券五百張，每張二角。此種藉發行獎券兌獎方法，以籌措經費推行公共事業，的確是首開金門之先河，深具財務規劃之能力。珠山自昔在浦中市場，逐時代均有鋪店之設，一則為里中在城市之耳目，再則為里人在城中憩足之便利。珠山屢有創設公共游泳池之議，然因工程浩大，需費龐大，又正逢南洋商況不景氣，鄉里要錢的事業一大拖，只好作罷。茲有薛福緣兄弟利用自已的產業長潭，僱工稍加開鑿，四周砌以舂牆之壁，代之為初具規模的游泳池，可也不失為一變通的辦法。

一九三四年間，金門出版刊物，一時百花爭鳴，極一時之盛也。建設協會之《浯江月刊》，金水小學之《塔峰月刊》，古崗小學之《鼓崗學生》，湖峰小學之《湖峰學生》，編排俱見精采，材料亦均豐富。自創刊以來印刷方式，均採手寫油印，俗稱刻鋼板者，至本年底十一卷三期改為排列鉛字油印，送廈門印務館排版印刷。珠山鄉長薛永南，生性慷慨重義氣，任事負責又認真，歷年主持鄉事深得里人信任，生前連任珠小校董十二載，貢獻卓著。足見永南先生行事風格豪邁，對於鄉里公共事務及教育事業，盡職又負責任，廣受鄉人及教師的認同與肯定，為人處事具有國士風範。永南先生因病臥床不起，病中不喜服藥而無救，於十一月底終至與世永別，享年六十六歲。越二日出葬，各地親友蒞鄉執紼者甚眾，珠小學生亦全體列隊至其壙前致禮，並獻花圈以表達其生前對珠山小學之功績。珠小自翌年起附設幼稚園，招收幼生。珠小於四月八日至十三日，再度舉辦六年級畢業生廈門旅行五天，距離上次畢業旅行已有八年之久。此行由教員薛健椿、薛長興及薛春田等人帶領，師生總共二十四人參加，平均每人旅費將近大洋四元。旅遊回來，師生多人分別撰寫遊記投稿顯影月刊，刊登旅行特輯。珠山體育協進社於次年底，開會決議舉行珠山第一屆運動大會，經費由該社向里人募捐，定於一九三七年元月一日及二日，一連舉行二天，名譽會長為薛前炮及薛福緣，主席為施伍。此次運動大會共組三隊，隊名分別為珠友隊、珠小隊、珠農隊。

自一九三七年二月二十八日印行十五卷六期後，遭逢對日戰爭爆發，日軍侵佔金門八年，《顯影》因此停刊。珠小讀完最後一課，校友會解散，書刊焚毀，里中人口原本二百多戶，逃亡過半，經由大嶝、小嶝避入大陸，再輾轉前往南洋謀生，珠山自此過著冬眠現象，一切沈寂有如死谷，這更是一個黑暗的時代。里人薛福緣閉門撰述《八年滄桑錄》未竟，記載日軍登陸及統治下之浯島，福緣又號永棟。其體裁及內容猶如顯影之替身，一九三七年九月，日本軍艦封鎖全島海口，軍機在空中偵察，十月底，日本海軍陸戰隊由古坑、金門城、水頭一帶登陸。日軍佔領金門後，在軍部之下成立維持會，起用本地人治理一切民政事務，採取以金治金之手段。

迨抗戰勝利後，《顯影》於一九四六年四月在海外同鄉的督促下復刊，是為十六卷一期，又稱為重光第一期。旅菲衣里岸珠山同鄉會來函勉勵，指顯影重光即珠山新生。珠小復校籌備會委員有薛前生、薛芳成、薛天宮、薛春田及薛崇武等五人，預估復校所需費用為國幣一百萬元，呼籲旅外同鄉踴躍捐輸，共襄盛舉。隨後得到菲島衣里岸薛丞祝等發起募捐，珠山同鄉及金門同鄉反映熱烈，旋於一九四六年八月間匯來一百萬元作為開辦費，另外尚有一百萬元寄來作珠小校務基金。而菲島宿務另一同鄉薛芳城亦發起勸募，據悉其成績相當美好。薛丞祝和薛永麥本在家鄉主編顯影多年，文采斐然，在戰前分別前往衣里岸及星洲為個人事業奮鬥有成。為著珠小的復興，十分關切。可是錢的問題如何籌措，從三月到六月一直困擾著祝君，直到七月間，突然接到同鄉薛永淮君來信謂：珠小復校，其誰之力？丞祝先生也。乃毅然決然於次日召開衣市珠山人談話會，這是有史以來珠山人第一次在衣市的集會，所要談的便是珠小復校出錢的事。出席者全數表示真誠及興奮，十五分鐘即完成認捐，共計菲幣九百元，合國幣一百萬元。翌日展開對外募捐，又得九百餘元，出乎意料之外。祝君並寫出募捐的話如下：公款辦公事，侵吞誤公，浪費誤公，苛刻亦誤公；願吾鄉在會諸公，個個大公無私。善因結善緣，施財為善，出力為善，贊物也為善；惟君子得心同善，日日眾善奉行。珠小則於秋天九月二日復校上課，學生八十一人，薛崇武出任校長。本年十二月，籌備會預估珠小建校所需款項，約當美金二萬五千元或菲幣五萬元正。對日抗戰勝利後，設置金門縣臨時參議會，於一九四六年二月十二日假金門基督教堂舉行成立大會，由金門縣政府委派臨時參議員十一人，陳延篯任議長。同月二十五日，各鄉鎮舉行保民代表選舉，珠砂保由歐兆郁及薛崇武當選。同年十一月五日選舉第一屆參議員十人，九日選出議長林清池。

新加坡金門會館諸董事，因鑑於年來家鄉盜匪十分猖獗，人民不安其居，乃于一九三四年六月間集會決議救濟辦法。咸認首要之務應于沿海添建十座碉樓，喚醒民眾自衛，由該會補助國幣二千元。星洲金門會館，為金門人在海外一強有力之集團，其任務除為當地同僑謀福利外，逐時期對於故鄉公眾事業，亦每有襄贊，故其會務之進行隨時均為各地金門人所關心。該會于一九三五年三月十日舉行常年大會，選出年度幹事團十五人，並於十七日互選職員，選出會長鄭古悅，副會長陳景蘭、陳清吉。新加坡金門會館，為明瞭家鄉光復之後現況，于一九四六年十二月間，特地推派陳長水、陳智澤及蔡曉東三人歸邑考察，俾作興革之資。次年，鄭古悅獲新加坡英政府授予勳功，冊封OEB榮銜。金門會館前身為孚濟廟，創建於清代光緒二年，西元一八七六年。係鄉僑先輩李仕撻由金門沙美西山前，于道光年間經商星島致富，為團結鄉親，謀互助合作，請於當地政府讓地建廟，名曰孚濟廟。奉祀開浯之唐牧馬監陳淵暨林氏夫人，迄今一百三十年，朝夕馨香不替。廟成，李仕撻任大總理，之後，黃良檀繼任為總理。一九一九年改建孚濟廟為三層樓，三樓作為祭祀之廟及會館辦公室，一、二樓出租，收取租金為會館經費。故會員免納會費，凡屬鄉僑，一視同仁，均為會員。歷屆主持會務人士，貢獻良多，會館採董事制，名額不定，負責人職稱亦多變更，有大總理、總理、會長及主席之稱。金門會館原址在士敏街（牛車水），一九七五年被政府徵用，越三年，黃祖耀重膺董事會主席後，即率先捐獻鉅款坡幣七十萬元籌建新館，先後募得二百四十八萬餘元，於一九八五年在慶利路完成興建四層樓新館喬遷。砂勞越金門人，最近有感於當此世界漸趨非常時期，無論如何，非團結即無以生存。乃于一九三五年三月五日成立砂勞越金門同鄉會，同日並正式辦公，臨時通訊處，暫由該地聯昌銀行轉遞。第一屆職員十人，黃慶昌擔任主席，許聰思任總務，張亞淵任財政。一九四六年十二月間，砂勞越僑領黃慶昌返鄉探親，並於十二日蒞臨珠山參觀，對於珠山小學提出甚多寶貴意見。金門華僑協會於一九四七年六月二十九日舉行成立大會，選出理、監事薛崇武等十二人。華僑之家會館則于一九八二年十月二十一日華僑節落成啟幕。

一九四七年四月刊載：清明節大宗祭祖，石井坑照例掃墓，野草沒脛無碑石，木本水源須強調。所謂薛氏祖墓者，不外一片荒煙蔓草，雜樹叢生，既無墳墓，又無墓碑，故僅知其名，無人知其所在，此實有失慎終追遠之意義。據《薛氏族譜》

記載：薛氏祖墓係指珠山三世祖伴郎公及伴中公長眠之所，俱葬於石井坑，只知墓穴方位是坐乾向巽，為薛氏族人每年清明節祭祖掃墓之處。這座墳墓因格於迷信堪輿之說，任由荒廢不加整理，又無墓碑可知位置，期望日後子孫能加以發掘修建。珠山村名本為山仔兜，民國初年才更名為珠山，因山明水秀，巨石成岩，稱之濯岩，故享有模範村之美譽。廈門禾山庵兜村有薛令之的墳墓存焉，令之公為福建省福安人，唐朝中宗年代為閩省首以詩詞登進士者，故有「開閩進士」之稱，累官至左補闕，兼太子侍讀，致仕後避居廈門，逝世後葬於下張社，但那也只是衣冠塚而已。

私立金中中學於一九四七年復校，除了成立金門校董會，更成立金中駐新加坡校董會，由鄭古悅先生出任董事長，籌募復校基金，復校後首任校長為吳紹堯先生。顯影發行人薛崇武先生受聘為金中事務主任，故月刊不得不隨之由珠山遷移社址到后浦辦公。又應金中校董會之請，將顯影附設於金中校內，權充校刊，因此，月刊今後之任務將更形重大，從十八卷六期以迄二十一卷均如是矣。一九四八年七月間刊載：工資概以白米計算，目前公教人員之月薪僅及工人二日工資而已，無錢使人瘦矣！

四、新人結婚不忘建校，節省費用移作基金

復興珠山的先鋒，非薛永淮先生莫屬，首先，在一九四六年倡捐珠小復校，珠小因而得以成立。其次，同年在菲島與黃冰澄女士結婚，節省婚費五十萬元，贈與珠山閱書報社，專購兒童圖書之用。其三，次年端午節慶得麟兒，再節約五十萬元，捐贈珠小校友會，用以救濟窮苦鄉親。一九四七年十月，里人薛春樹為其三弟薛春園與周淑婉女士辦理結婚典禮，節省費用國幣一千萬元，移作珠山文化基金，增強家鄉文化事業，仁風義舉，足為鄉里表率，至堪表揚！珠山文化得此灌溉，焉得而不欣欣向榮！春樹先生此項結合婚姻與文化於一爐之創舉，深得其親家翁周媽在先生的讚賞，亦慨然興起當仁不讓之風，省下嫁粧五百萬元，捐贈珠山文化基金會，誠可謂日月爭輝。次月，鄉人薛芳城為其令郎薛永策與周仙姝女士主持婚禮，其親家翁亦為周媽在，仙姝為其長女。此項婚禮最特別的是，結婚不忘教育，建家等於建學，撙節開支一千萬元，移充珠小建築基金，恰可比美春樹先生，不獨珠山之幸，實亦珠山之福。

次年二月，菲律濱衣里岸同鄉薛永超為其令郎薛添發與周含萌女士舉行結婚典禮，永超先生因念及故鄉行將建築校舍，特地節約費用一千萬元，以及賀儀六千萬元，全數移作建校基金，似此熱腸義舉，必為珠山奠立教育文化之基業。同年六月十一日，菲島同鄉薛永淮、黃冰澄夫婦，新婚生子薛承端，將周歲開銷節省一億元，捐作珠山文化基金，不但值得表揚，更加應該提倡，鄉僑聞風繼起，澤被故鄉，豈不快哉！七月，也是菲島同鄉薛芳城為其長子薛永美與李摩梨女士主辦婚事，把親友賀禮四億五千萬元，並節約費用一億五千萬元，總共六億元，折合美金六百元，全部移充珠小建校基金，紀錄之高，令人感奮。

五、盜匪多如牛毛，入鄉洗劫綁票

刊載：盜匪猖獗，屢見不鮮。一九二八年十月九日深夜，有強盜十餘猛自下徐港登陸，到吳厝包圍吳章地家，用大杉木撞破牆壁而入，搜劫一空，然後揚長而去，損失約三千元。一九三一年初，有盜匪十餘猛洗劫東半島的西村，並挾持肉票二人而去。同年底，海盜猖獗，漁民在東碇海域釣魚，突被海盜登船劫奪，損失近千元。一九三三年五月，小西門吳光沛一家被盜匪入屋綁架五人而去，由壟口海岸登船而去，一個月後經馬巷駐軍於南安、同安交界之六甲井救出全部肉票生還，綁匪當場擊斃一人，逮捕二人押解漳州槍決。十月中旬夜晚，湖尾社陳烈在家中被內港匪徒十餘猛綁架，揚帆而去。十一月份，金門縣警局大嶝分駐所警兵十二人，被匪徒二、三十人包圍繳械，引發槍戰，匪死一人，警死七人，傷三人，警槍均為匪劫得。翌年一月刊載：大嶝、小嶝，盜匪如麻。自二日起至五日止，無日無之也，大嶝被綁一名幼兒，劫船二十餘艘；小嶝受害尤烈，全堡百餘戶被劫長達七小時，損失近萬元，被綁十四人。時至十九日，大嶝亦步小嶝之後塵，被馬巷王仔亮匪黨百餘人洗劫全堡，警兵無力可對抗。至十二月，東州社陳忠在家，被二十餘猛盜匪洗劫一空，又將其本人及其曾孫幼兒一塊綁走。而同日湖前陳益總亦遭洗劫，損失近千元。越三日，烈嶼雙口林諒來，被十餘猛匪徒破門而入，洗劫財物後並將林某綁去。接著，汶沙保英坑，深夜遭百餘猛盜匪，攜刀槍入鄉挨戶洗劫，間有張、黃二戶被劫一空，損失各為六千元及八千元，盜匪臨走時乃開槍數響而去。

一九四七年五月二十二日凌晨，有匪徒三十多人分成三股，一股前往沙尾街新益安布店，破門而入洗劫一空，一股包圍沙尾鎮公所，發生槍戰，另一股侵入縣參議員蔡承源住宅，在睡夢中將其槍殺畢命，然後，匪徒會合回到金沙港內登上帆船，向同安方向逸去。同月二十八日凌晨，又發生珠山歸國華僑薛天啟家中被劫事件，有六名蒙面大盜突入住宅，大肆搜刮二小時後，揚長而去，損失國幣一億餘元，金門縣警局組成五二八劫案偵辦。一月二案，浯島為之轟動，人心惶惶不安，人為刀俎，我為魚肉矣！「五二八劫案」發生後，廈門各報均詳為報導，並催促政府剋日破案，以慰僑情。軍警當局偵騎四出，前後逮捕二次嫌犯均因証據不足，交保釋回，案懸二個多月，直到八月二日，縣警局終於在廈門緝獲正犯陳允綿等七人，均為金門人，並起出贓物宣告破案。次年四月三日深夜，沙尾鎮發生重大劫案，梧坑村歸國菲僑鄭廷海，被匪徒十餘人操同安口音者破門而入，人手一枝短槍外，更有手提機關槍一架，入室洗劫一小時，搜刮一空而去，損失達國幣二十餘億元。

六、珠山小學新校舍興建，海內外鄉人同感振奮

一九四八年元月三日，珠小籌備會禮聘張坤生工程師蒞鄉測勘建校場地，認為

原已定案之小學與家廟聯合建築有失教育旨趣，應予分開。因此更移地點，東宮口、僑仔頭及圭峰均不妥，最後選定在龜山西側至龜尾井之間為適當。八月，主編撰一專文—愉快的呼籲：認為令人日夜魂縈夢牽，時時刻刻牽腸掛肚的珠山校舍之建築，籌備已大體就緒，佳音傳出，日內即將動工。隨後，編者又再作最後的呼籲，要求海外同鄉不患寡而患不均，認為建校募款應由全體海外同鄉共襄盛舉，共同出力，不該由菲島同鄉獨任全責。蓋因珠山旅外同鄉主要分佈在菲島、星洲、印尼三地，人數大約各占三分之一，海外捐款一向平均來自三地，獨漏其一或其二皆有不妥，恐有招致「奚為后我」之議！不過，建校工程已經形同箭在弦上，不得不發。丞祝當時在菲島主持勸募，一呼百諾，立得美金一萬多元，囑咐崇武在鄉籌建校舍事宜。珠山校舍第一階段工程款美金一萬元，概由旅菲同鄉一力承擔，第二階段工程因經費尚無著落，本擬放棄，適鄉僑薛芳城由宿務前往衣里岸，特為召集珠山同鄉會，決議第二階段工程繼續建築，所需款項由旅菲同鄉，照第一階段工程追加五成認捐。校舍完成後，旅菲同鄉既不居功，更絕無德色。

十月刊載：珠小校舍興工了。校舍建築經由建委會與廈門雲燦營造公司商洽後，結果甚為滿意，訂於十月一日簽訂合同，十日動土奠基，經過一年餘，這座宏偉的建築物，矗立在龜山之巔，驚動了全島人士，紛紛前來參觀。這所學校令人翹首盼望二十載，歷盡千思萬想，千呼萬喚始出來。當校舍將近完工時，錦鏽河山變色，軍隊於一九五〇年春天進駐校園，施工人員無法完工，只好各自返家，駐軍更視同己有，劃為軍事禁區。

七、顯影的回顧，珠山的記憶

身為珠山子弟的我，讀完《顯影》別有一番滋味在心頭，其一是，深以先賢為榮、為傲，主事者那種廓然大公，出錢出力又無私無我的精神，躍然紙上，值得後輩敬佩和學習。其二是，從首卷一直到終卷，所有念茲在茲、貫穿全局的就是興建珠小校園，雖然間隔二十年之久，仍舊奮起全力，眾志成城，終究完成偉大的理想。可是，遺憾的是落成的校舍偏偏不能作為教育之用，更不能為珠山所擁有，竟然淪為軍方所有，作為軍事用途，長達四十多年，豈非事與願違，教人情何以堪！幸好，在一九九二年一個因緣際會的場合方才歸還本鄉，真是遲來的喜悅，此可參閱拙著「珠山大樓還珠記」一文。其三是，珠小是珠山的動脈，也是人才的搖籃，雖然，主編曾批判珠山人沒有耐苦的性質，遭遇失敗容易自暴自棄，但是，到底還能知恥知病近乎勇，傳承珠山那一縷永不熄滅的薪火，有志者事竟成。其四是，族群一向重視慎終追遠及飲水思源之觀念，然於薛氏祖墓之不知所在，強調須對於木本水源注意及之，幸喜，薛氏宗親會於一九九六年年底完成此一艱鉅任務，找出墓穴所在並修建墓碑，此請參閱拙著「薛氏祖墓之發掘與修建」短文。其五是，珠山的海外同鄉對故鄉的關懷備至，呵護有加，捐輸源源不絕，所以金門早年盛傳的俗話說：有山仔兜厝，無山仔兜富，其富庶完全是來自海外同鄉之貢獻也！珠山本鄉與海外同鄉原本保持密切的聯繫，珠山的光榮，我們曾經分享過；珠山的建設，我們一齊奮鬥過；珠山的困難，我們共同渡過。不論時間或空間都不能將我們的叔伯之份，手足之情分開，此時此刻，讓我們再度攜手合作打造未來美好的家園。但是，自從一九四九年之後，至今五十年來，雙方的通信逐漸稀少，隔閡漸生，本鄉實應立即著手，主動伸出連絡之手，尋訪海外同鄉並加問候，否則，今日如果不做，明天就要後悔。薛氏族譜，下回分解。

第四十一回　薛氏族譜，大方贈送

那一年（一九九〇）春天的某一日，接獲薛永嘉兄打電話來告知須送交我的照片及我的二個兒子照片各一張到金城鎮民族路他所開設之鴻安店裡給他，以便印製《金門薛氏族譜》之用。掛上電話之後，我立即帶了三張相片送達永嘉兄手上，他並問我可有訂購薛氏族譜之意願？若有的話，他會登記在冊，等族譜印好，到時候訂價確定後再付款交書；我當場答以願意，煩請代為登記，屆時定當前來繳款取書。對於族譜一書，自小即有耳聞，但迄今三十多歲，可我從未親眼目睹過，根本不知道它長什麼樣子？只聽過長輩和長老約略提起，曉得族譜關係著宗族大事，全村及全族中僅有少數人見過而已，即使年紀大的人也沒有幾個看過，可見得是多麼的慎重其事呀！如今，能有幸訂閱，也不枉身為薛氏子弟，豈肯錯失機會！日後族譜到手，我一定要好好用心，仔細地讀它幾遍。

翌年冬天，永嘉兄果然來電話通知，薛氏族譜已印妥，由台北寄來他手裡，隨時有空皆可攜款前往他店裡取書，每本訂價新台幣一千元整。我立刻欣然趕往鴻安商店，一手交錢，一手交書。永嘉兄並招呼我喝茶聊天，他說此版族譜係由旅居台北縣中和市的薛崇武兄獨力編輯和募款印刷，金門方面的人口資料則是由他負責收集，再寄交崇武兄彙整。最後，他告訴我此次預購族譜的宗親十分踴躍，未料，等到印製完成寄回金門通知付款取書時，竟然有半數訂購者爽約，說不要取書也不肯繳錢了，也不知道什麼原因？可是，印刷費用三十多萬元卻不能不付給印刷廠呀！原本指望藉由書款來支付，如此一來差了一半，將來收支無法平衡，不知如何是好？聽他此說，也頗知執事人員為難之處，但是，眾人執意如此，又將奈何！想我在宗族中人微言輕，年紀也輕，實在無能為力，更是愛莫能助，聽完之後只好作罷矣！

回到家，我便迫不及待地拿出族譜來先睹為快，此書為一精裝本，長二十六公分，寬二十公分，約當八開尺寸。封面上用篆字印著《金門薛氏族譜》六個大字，右上角採用楷書寫著「珠山文獻會編印」。打開內頁由下往上翻了一遍，發現書本的紙張並非一般的道林紙、模造紙、聖經紙，或其他普通紙張，而是高貴的銅版紙，據悉，此種紙張較之一般紙張要昂貴二倍左右，但其壽命也比其他紙張為長。翻開目錄之後的第一項為鳴謝啟事，敘述此次印製族譜承蒙珠山薛氏宗親旅居菲律濱鄉僑慨捐印刷經費合計披索十二萬多元，折合新台幣十四萬餘元。並述及此版印刷四百本，共需印刷費用三十四萬多元，預訂每冊酌收工本費一千元，擬以書款收入來歸墊印刷費。我一看，方知所需費用這麼龐大，募捐所得款項並不足以支應，尚須賣出二百本以上才能應付印刷費一項而已，其他如郵費、人事費及雜費開銷還不包括在內。想當初，金門縣薛氏宗親會成立於一九八九年春天時，僅有公共經費四萬餘元。次年冬至日祭祖吃頭時，乃始獲得第一筆捐款，是本鄉薛承立兄受薛崇武兄之託從台北帶回現金十萬元整捐助薛氏宗親會，當天在薛氏家廟內當眾點交到我手上，當時我擔任宗親會之理事兼會計，並由我具名簽發收據為憑，交予承立兄寄回崇武兄。到一九九一年，薛氏宗親會全部的公款不過才十四萬多元而已，恐怕也是幫不上什麼忙！第二項為例言，說明舊譜之編排法是「旁行斜上搬轉式」，新譜則改為「旁行斜上直列式」。第三項敘明編修版本，自清代乾隆五十七年，即西元一七九二年第十七世裔孫薛明璣公創修後，至民國八十年，即西元一九九一年珠山文獻會編印為止，歷時二百年，經過三次重修、三次增補。第四項述明總系圖即世系表，開浯始祖貞固公為一世，二世為成濟公，三世為伴郎公及伴中公，五世以下繁衍成：仁、義、禮、智、信五房。第五項為五房世系表，自第五世起分成五房世系傳衍。第六項為人物略傳，略述先人之豐功偉業及貞婦烈女懿行。第七項闡釋尋根，告知後代子孫，本宗三世祖伴郎公及伴中公俱葬於石井坑墓穴中，其方位是坐乾向巽，為每年清明節，全族祭祖掃墓之所在。但是，這座薛氏祖墓因格於迷信，任由荒廢從不清理，既無墓碑，又不知墓在何處，期勉日後子孫應加整理，以免受到牛馬踐踏。第八項為編後語，提到一個小小村落千餘人口，好人好事固然多，歹人歹事也不少，好的一面仍盼傳揚下去，歹的一面輕輕一筆帶過。至於各家戶的人事變遷，盛衰互有興替，有時月明，有時星光。並提及族譜之一般功能，除了眾所週知的明世系、辨昭穆、定稱謂之外，尚有三樣，知所由來、了解演進、消除糾紛。最後說明人口變遷，民國初年，珠山原本有二百多戶，人口千餘眾，遭逢中日戰爭爆發，日軍隨即佔領金門，村中人口逃亡過半，輾轉逃亡南洋謀生；抗戰勝利後，又逢國共內戰，八二三砲戰發生前，村民疏遷台灣近半；砲戰後村人遷往本島他鄉者又半，因此，今日珠山僅剩二十多戶，百餘人口而已，十停少了九停矣！

由於此版族譜收入不足以應付支出，又別無其他財源可資挹注，真是一項大難題，這項難題到底該如何解決呢？萬萬料想不到，此項問題竟然由我躬逢其盛，並且加以順利解決。

話說一九九三年底，我意外當選薛氏宗親會第三屆理事長，由於薛氏族人在成立薛氏宗親會之後，第二年又申請成立一「財團法人金門縣薛氏基金會」，董事由宗親會理事兼任，董事長由宗親會理事長兼任。因此，我在九四年三月二十日下午假珠山五十九號之薛氏家廟小宗召開薛氏基金會第二屆第二次董事會議，會中討論案由：金門薛氏族譜之認購。決議：同意認購族譜，所需價款由本會負擔，並由本會集中保管。至此，一件難題輕輕鬆鬆、圓圓滿滿的解決掉。隨後，我為擴展會務，聯繫台灣、澎湖及大陸之薛氏宗親，除了寄送會務資料、會議紀錄之外，並加寄薛氏族譜，獲得非常良好的迴響。同時，我也贈送族譜予金門縣立圖書館、金門中學圖書館，對於索取者、訂購者一視同仁，一概免費贈送。所以，前後不到三年時間，我就大方、大方的送，直到送完為止。紅宮烏祖厝，看下回分解。

第四十二回　無廟無宮，鄉里袂興

珠山薛氏一族自開基祖薛貞固公，於元代至正五年，西元一三四五年，由廈門木山奄兜村渡海來浯島繁衍，擇居於太文山和龜山之間盆地，村名稱為「薛厝坑」，即今日之石井坑。此後族人又漸漸遷移到龜山和雞奄山中間，村名改稱「山仔兜」，村莊正中央有一池水潭，風水上稱為「四水歸塘穴」，代表富貴不斷。民國初年，村名再改為「珠山」，因為村落山明水秀，樹木茂盛，巨石成岩，當時即享有「模範村」之令名美譽。一九三〇年，時任金門縣長陳紹前參觀珠山，盛讚風景秀麗，特別題詞相贈：「珠樹交輝清幽第一，山花怒發燦爛無雙」充分呈現寫實的意境。一九五〇年，國軍進駐村莊，就在村子入口處豎立二道水泥山門柱子，題詞：「珠海無垠碧波千頃，山河永固正統萬年」充滿枕戈待旦之意味。

廈門禾山庵兜村有薛令之的墳墓存焉，令之公為福建省福安人，唐朝中宗年代為閩省以詩詞首登進士者，故有「開閩進士」之稱，累官至左補闕，兼太子侍讀，致仕後避居廈門，逝世後葬於下張社，但那也只是衣冠塚而已。今薛氏家廟正廳所掛之「開閩進士」匾額，乃薛氏族人追述開閩始祖之意。薛氏宗族繁衍至明朝，人才輩出，鄉賢薛仕輝少年時投筆從戎，掃蕩倭寇，戰功彪炳，累官至御殿總提督，為從一品官階，今日薛氏家廟大廳正中央所懸掛之匾額「御殿總提督」，正是敘述先賢之功名。明代大臣王守仁為薛瑄立下「理學大臣」匾額，係進士及第，累官至禮部左侍郎兼翰林院學士。到了清朝，薛氏人口興旺，物力、財力充足，族人基於「無廟無宮，鄉里袂興」之理念，乃由族老薛繼本倡議興建薛氏家廟，於乾隆年間，西元一七六八年建造，迄今已有二百三十多年歷史。鄉賢薛師儀年少時從軍，投入清代金門鎮水師，於咸豐年間，西元一八六一年，累升至金門總鎮，為金門人唯一出任過金門鎮總兵者。薛總鎮為官清廉自持，剛正不阿，兩袖清風，誥封「武功將軍」，賜建宅第，稱為「將軍第」，其大門外的門口埕立有一副旗竿座，用來升掛官旗。今天薛氏家廟大廳上所掛之「總戎」匾額，也在述說先賢之功績。

一七七二年，鄉人繼薛氏家廟之後又公議建築大道宮，落成後成為里人之信仰中心。大道宮一年當中有二次盛會，一次是農曆正月十五日元宵節的點燈、點蠟燭及乞龜活動；點亮盞盞花燈及供桌上的鉅大蠟燭，宮裡頓時一片燈火通明，大放光芒。另一次是農曆三月十五日，大道宮奉祀主神保生大帝聖誕，全村必須總動員辦理建壇作醮，出動神輿巡行遶境全村鎮五方及犒軍。

薛氏家族自開基祖到第四世並未分房柱，直到第五世才分成仁、義、禮、智、信五房。到了第十三世就有族人薛仕乾分支到澎湖的內垵，後來又有人移往彰化的鹿港和田中，到十六世開始移往南洋發展，於清代末年達到最巔峰時期。所以，在民國前後，大量的僑匯湧進珠山來，造就了珠山的繁榮。當時金門流傳著一句話：「有山仔兜厝，無山仔兜富」，山仔兜的富庶冠全島，其實並非在地本鄉人的成就，完全是來自旅外宗親所寄回來僑匯的貢獻。自民國以來到中日戰爭之前，從廈門來最好的珠寶商和戲班子，第一站一定是到珠山販賣珠寶和演出戲劇，然後才會轉往后浦或其他村落去。

只可惜，一廟一宮均遭受發生於一九五八年的八二三砲火的落彈擊中，毀損嚴重。在砲戰過後，首先由村中長老薛敬仲召集宗親捐資修葺薛氏家廟，花費舊台幣二萬二千多元。其經費來源如下：一、旅菲宗親七千六百元。二、旅台宗親二千四百元。三、珠山宗親丁口一萬八百元。四、泗湖、后垵、安岐宗親三千一百元，合計募捐二萬四千元。越十年，族人又倡議修建大道宮，二位負責人疑因收取承包商之回扣，竟將宮中龍虎井一併用水泥灌漿灌成樓板，導致宮內黯淡無光，不但失卻原貌，而且不堪使用。更因監督不週，被包商艾某人偷工減料，草草完結。鄉人薛永化憤而赴內政部福建省調查處舉報不法，後經族長薛芳成出面勸解，才又撤回舉發而落幕，但還是難杜眾人悠悠之口的指責及議論紛紛。此次修建工程失敗，仍然耗費新台幣十一萬八千餘元，其捐款來源如下：一、旅菲宗親六萬二千六百元。二、旅星宗親一萬五千二百元。三、旅台宗親一萬八千四百元。四、金門宗親二萬八百元，合計募得十一萬七千元，盡付流水，該二位主辦人實在難辭其咎。之後，又過了十五年，再度重建大道宮，由薛芳成族長主持，將上次工程全部打掉，重新建築，依照原貌修建，費時二年完成，共計花費新台幣一百四十六萬多元。落成後並舉行奠安及開光慶典，開支八十九萬七千餘元，盛況空前，為本村百年來之一大盛事，轟動全島。時任縣長伍桂林，應邀蒞臨觀禮，稱讚有「世家風範」，為鄰村所不及。

一九九四年，筆者意外當選金門縣薛氏宗親會理事長一職，遇上金門地政所辦理土地補登錄，除了申請補登記村中之未登記土地外，順便清查村內所有房屋之地籍謄本，赫然發現珠山六十號之薛氏家廟，已被某不肖子孫在一九六三年十一月十四日登記為所有權人，以補登記方式持有長達三十三年，令人匪夷所思！試想薛氏家廟乃公共財產，為全族宗親所共有，絕非任何私人所能擁有，因何登記為該人物所有？應該請他解釋分明，交代清楚，說明是何居心？所為何來？以釋群疑，以免留下終身污名和罵名！

同年，因家廟內樑柱遭受白蟻之患，族人又提議局部修建薛氏家廟大宗，經徵詢卜卦師，告以需四年後（農曆虎年）有利年方可施工。乃商請金門國家公園管理處長李養盛，請其於四年後編列預算補助珠山照原貌修建家廟，承蒙李處長慨然允諾，並且信守承諾於四年後補助一百五十萬元。並於同年修建鄰近之薛氏家廟小宗，費時一年光景完成，乃擇定於二〇〇四年十二月十五日至十七日，舉行兩棟家廟奠安慶典。鷺島旅遊記，下回說明白。

第四十三回　三元的代價，旅行廈門島

薛彩蓮（珠山小學秋五級畢業生）

——本級此次往廈旅行平均每人花了三元零三占——　一九二八年九月

廿日　開眼界　我們十多人在廿日早晨七時，便飛也似的到后浦李先生家裡，剎那間，整陣到渡船頭，大約等候了半時久，即搭帆船。那時候，各各都全身心傾向著好久盼望得到的火船，神氣十分不安。行不多久，金星大船到了，誰都含歡趕上去。在瞬息間，十三人幾乎有十人暈船。行差不多有兩時多久，目的地，已是在行走溜過暈眩眼前，往下又搭小船，直到廈門永安公司。那時日已過午，休息片刻，小公司（小帳）已經到午飯，我們為要鎮定這欲空未傾的肚子，便立即吃飯。從中找味，看到底是廈門水添了何味？倒是同樣吃了一頓飽。全陣就出去青年會參觀，裡面有人玩乒乓球，有人遊戲別種的球類，檯上也好多的學生在體操。看完畢了，仍舊回到永安公司來。那時候已是不早了，剎那間，我們便吃晚飯，立即搭雙槳到對岸美麗可羨的鼓浪嶼、毓德中學校，就是我們立腳點，那時裡面的學生正在溫習，上著夜課，裡面的舍監看見我們到，十分的歡迎，預備了好多好吃的餅，請我們吃。我們也很敬意接受茶點，李先生和他們同學，敘了別後的衷情。就領我們到樓上去，往下又介紹，那時候也絕沒隔膜安置房宿。開了個小談話會，這便是一天結束了。

廿一日　日光岩的魔力　今天（廿一日）是我們參觀鼓浪嶼的日子到手啦！起初便是從毓德宿舍，直到觀海別墅。花園裡面的風景，特賜遊人有一種說不出很舒暢的神情，有許多的花木，都是人工和天然參半。各美其美，不可盡數。從觀海別墅走出，延西直行到日光巖，裡面的路曲折得羊腸似的。我們先登石崎，要上巖仔山頂，還須經過三灣的鐵梯，然後上到石的盡頭，就是鼓浪嶼的景物，無一不羅列眼前看得十分快活，真是詩人畫客，流連不捨的地方，尤其是對穿的昇旗山，昇著許多的旗，我認不大清楚。昇的是報告什麼，祇是知道有船快要到了的意思，看得目瞪口呆，正是痴神滯思的當頭，同學們已經快走了，我飛身便也下山來了，這轉山速率便把眼睛張得更緊，假使不是有什麼人挫折定忘不了這最後一息。有意無意同到新華宿舍裡面，我們就和我們的教師投宿這裡住在一起，爭先恐後報告我們到廈鼓之勝景。唉！這時候便是我開始把所有經歷無論什麼，都好好要莊在記憶箱中。在回憶又獨到其景，回憶時的心情更覺津津有味。呀！就是現在回鄉的前後比較著，更有希望我們得天獨厚於自然界的珠山，能夠發展進化到那麼田地，不但不落空，我這場幻想的功夫，尤其是這季旅行得來的顯影真像快要活現呀！旅外五天的我區區小意，便喜不自禁作此小小報告，用文字代轉，就是海外同鄉們，當必有一番莫大之貢獻才對。風馬牛不相及之我抱著熱熱期望，誰都要共同進行，預先建造理想樂園，再進而實現。尤其是我們這一次到廈去，看著那影戲中的海外英雄，所以我心目中又是認定海外諸同鄉，有可以造就的力量和價值之必要。更不可持了寸鐵來給這熱熱小心靈到那吶喊的境地，積極的進行罷！還是不客氣請替我下個判斷「是鼓島的美呢？還是巖仔山上才有真美」？這是我最後的呼聲。

廿二日　心田的無形改造　我們十多人在廿二日早晨七時半，就跟著男女同學們到斗米路頭搭電船去，那時候大家都坐得很舒服。剎那間，便到廈大附設模範小學。不費手續，大家就進去參觀，裡面有貼著很多藝術的成績，我看得可也非常顯目。那時候他們正當佈置學校，預備那天下午要開「懇親會」，我們看得好久無微不至的參觀過了。因為這是破天荒的一次，瞳孔為之一放幾乎不知可收縮啦！校中有個同鄉又兼是級友金棗。當我亂個不休的心思痴神，迷糊恍惚破口叫著K，我們現在快要到永黍先生的家裡，經過海軍無線電台從前萬斛心思情緒盡要攪碎，到了便坐了。不多一回，永黍先生就和我們到南普陀，裡面有許多的佛，各座都是很大又很美麗的，也有很多的相片。其中所照完全是很好的景致，給人家看得能引起趣味，而且四面景象盡可悅心怡目。這午餐我們就在這裡吃米粉，大家吃完畢的時候，永乾先生就叫我們到中殿的八卦樓照像。我們就整陣到自來水池，其中就是有三個，水是兩格清的，一格濁，大概是六尺深。看以後，便到自來水池前邊的樓是化學室，裡面有很多的試驗器。那個化學師有試了數種物品給我們看，也有拿一隻很微細的小紅龜，放在百二十倍的顯微鏡內，便成好像碗面的大。再試一條頭髮，好像末指無疑，我看得皮膚的毛也硬要宣佈獨立。看完了的時候，我們又整陣要到永黍先生的家裡，有經過一所玻璃屋，裡面有罕見熱地的花果，各種都是很美麗又整齊。因為玻璃屋是可受日光而溫度更要高不能受風諸花木而預備，使人看得心一種有說不出來的快感，看差不多有十分鐘，大家仍舊到永黍先生的家裡，那時永黍先生娘有許多熱哄哄的餅，給我們吃。她又彈剛線琴給我們味上加味，真是極盡一時之快，神志鎮定，聽到完了，還是餘音不絕在心中旋轉一周。仍舊整陣直行到永安公司，那時候已近黃昏心事是何等天真和聖潔。正要依舊沉思考慮，討厭的晚餐陳列，大家就圍著一大圓棹。夜裡休息，有在廈相識者，我們很起頸在這時候源源而來啦！把今天的工作現在盡要報告報告，談笑的……，又繼續到睡鄉去作甜夢，簡直我到仙境去呀！

廿三日　熱忱心神拋盡　如今到廈島已逾四日，中間雖遊些地方。但都是過眼雲煙，我們大家又是缺少了真心鑑賞之可能性，無精打睬的溜過，更留不下印象。只是在那集美小小鄉村裡，竟有那麼巍峨偉大的學校值得人家遊覽。最有意思，最可回憶，過去的盡是過去，絕無潤澤這枯燥無味的心田，不能得來多大的感慨。溶洽在一起無端的黯然，希望快就飛身便到的集美，期待著的心弦緊張得快要爆了。在半意識中，K師鐵板不易發出要行了的號令，這是想像中的幸福。一同行到美人宮搭電車去，那時候大家坐得很舒服，高山峭壁不及一注，而過得不可思索唷！汽笛一鳴又是和開始要行同種的音調，可是這報告已到了，到的是高崎。要到集美還有必經之水路，我們就整陣到第二次坐的電船去，直到集美處處都缺不少人家的招待，因為到處都有同鄉們在那裡。現在自然要讓TS君去預備開水，給我們試試集美的水質，而且可以止渴，就不客氣飲著。這是清注先生從集美校中菜館叫來的菜，又要請我們一試，我們也就帶謝而不及道謝飽。開始便到音樂亭照像，整陣到博物院，裡面有一時說難盡的動物，有虎、鹿、猴、狗、貓、鼠、鳥……同類而異者。一出博物院，不回顧到女師中學參觀，裡面有許多人看書。因為我們去的是星期日，所以他們都依例停課，各各自修去。參觀完畢，時候還是早，大家仍到T君的宿舍，那時有二位的先生，買旺梨、柚，給我們吃，休息大約一時久。大家再到渡船頭搭電船，不多一回，仍到高崎，這時那裡有一輛電車，我們快要包車式全體一致坐著。行不多久，前邊也有一輛車子，很得意似的五十五飛駛而去，我們要望他們的後塵。那時候勝負就是我們自己也覺得非常好笑，激勵中又不住高呼拍掌鼓舞起來。司車員給我們掌聲鼓吹起來竟有放到五十八度，要決個前後，在不當意之中，已經到車站，汽笛報了，一轉彎便停止。給我一幅熱沉沉的心神為之一拋而盡矣！

廿四日　最後的一天　噯唷，此行的目的；莫非是為著眼光如豆之我們，教師常在上課的時候，講了些課外的事情，結果還是一無所得，那麼才知道閱歷之缺乏，眼光縮小，而且生活過得像鐵板印；絕無生機，全然相同一日忽然過去一日，無彈性似的。L師常要告訴我們說：「你們到學校來不但是專事於識字」，於是有旅廈之舉，也就到這比較金門繁華的廈島來。嚇！真是人山人海，無時無地不在嘈雜中過活的廈島。我知道好靜不好動的人家不重贅而定感糟糕，到頭暈目眩，可是遊興勃勃之同級們，在今天又是異口同聲爭求到久已聞名之同文書院參觀底細云。K師也因為要成全希望，而答應我們最後的要求，同行之中真是感得分外暢快，但在同伴講個不休之間，我仍無所表示，者反對還是讚成。經S開了你「去不去」的叫聲，叫回這霎時墜入五里霧中什亂的思想，我便索性回個「去」的反應。祇是眼珠又似乎沒感覺，又好像在注視什麼東西，澈真又在賣呆，可是同伴已俱著熱熱心腸腳步踏緊碰碰到樓下去了。我有意無意跟在後面走，上崎下崎也就到了不斷讀書聲的同文，和那碧綠的海水澎湃聲合拍著，呈著莊嚴的現象。門房代我們傳遞名刺，接著後邊跟了個葉先生來了，往下立即打電話到第一宿舍的辦公室，告訴第二校舍有人來參觀。從此加了我們的威風，連三接四來了個臉部已有黑白參半老教師，後來經過名刺上介紹得來的葉先生介紹了，知道是周校長。現在校長因為有事要他去辦公，也就道歉似的，請葉、張二位先生領導我們到會客所來。大抵早就知道我們要到，所以茶點已整備了，又是我們剛吃飯出來，也就不能夠一嘗，領意就是。談起兩校詳情，我們注意集中聽著，知道辦的中學部，又是行三三制，而兼附設高小二年。一會兒到教室參觀去，各級都有分組，因為人數過多，在一堂，不但教師之不夠，而且教室等等的關係，這可就一觸目便知道他們辦來卅年久的成績，尚有可觀，學生竟有五百左右。就是在上課的體式，又是絕不動彈，很注意在教師之講授中目不轉睛，我們一出客室外來，便有一陣喉底聲跟我們腳邊來，大抵是交頭接耳的互談，也有探頭探腦到門外，學生的真面目從那裡覺察出來，到底還是學生時代要好奇的定了他。裡面參觀到化學室、動植物室可要完結了，就表示著一種說不出的歡悅便回來。明天不慌不忙要回家，有要預備回來，弟弟妹妹要手舞足蹈等我的姊姊來有糖果吃的東西。

廿五日　早晨我們又齊整了十三個不大不小的皮箱，一面向著這深藍色的海浬來了，小船撥著水波一起一落又到大船上了。汽笛報告我們在啟行，從此漸漸的不見繁華的廈島，到孤輪的海中，又是一時飛來不快之感，大抵船中過於雜亂罷。又是回到落寂的浯島來了，心中為之悵然，一切都過去了。留印在我的腦海中的，也就是三元零三占的代價。

P.S. 文中的李先生為珠小教員李晴嵐女士，卒業于鼓浪嶼毓德女子中學；薛永乾亦珠小教員，畢業於福州英華書院，曾執教宿務中華中學及鼓浪嶼養正小學，為《顯影月刊》創辦人之一，顯影二字即由其命名；薛永黍先生係金門第一位出國留學生，榮獲美國密西根大學歷史碩士學位，學成歸國後即任教廈門大學多年，並兼任附設高中部主任，於一九三六年十二月接受星洲華僑中學之聘，出任校長一職。

薛彩蓮係薛永浪先生之千金，遊記寫於七十七年前，發表於珠山《顯影》第一卷第一期。

呂宋龜起大厝，且看下回分解。

第四十四回　珠山大夫第，薛氏五兄弟

大夫第建造的時間迄今至少有一個世紀以上，房子的主人兄弟五個年輕時渡海遠至菲律濱之呂宋島經商致富。衣錦返鄉後啟建豪宅，並在清代捐納銀兩，取得「大夫」官銜，但是，在清朝官制中，大夫並非實授官職，係無職無權之散官，鄉人乃稱其住宅為大夫第。此宅與村中「將軍第」之營建有所不同，將軍第之主人薛師儀少年時從軍，投入清代金門鎮水師，於咸豐年間，西元一八六一年，累升至金門總鎮，為金門人唯一出任過金門鎮總兵者。薛總鎮為官清廉，剛正不阿，兩袖清風，誥封「武功將軍」，賜建宅第，其大門外的門口埕立有一副旗竿座，用來升掛官旗。

大夫第五位兄弟屬於薛氏宗族第五房，父親為薛允二先生，兄弟分別是紹集、紹鑽、紹德、紹悅及紹禮，五人先後在珠山創建大夫第、下三落、大展部、三蓋廊及涼亭仔等六棟巨宅。涼亭仔為珠山六十九號，位於宮橋潭邊，依潭而建，為坐北朝南的二落大厝，正好與坐南朝北的大道宮隔潭相望。傳統民居一般都很忌諱「宮前祖厝後」，不願意蓋在宮廟前面或宗祠家廟後面。因此，這所住宅的大門便改向朝東，並在門口埕加蓋一座涼亭，可以乘涼，也可以垂釣，此種住宅加蓋涼亭於大門口的型式，為珠山所僅見，即使在金門古厝中也是極為罕見。屋內大房闢建一間地下室，出口在院子，這地下室究竟是原始建築所設，抑或是後來增設？不得而知。但是，可以確知的是在一九五〇年代就已經在使用中。

大夫第係由老二薛紹鑽起造的，其規格是前後二落大厝加左右二手護龍，真正為一幢巨宅，如此規模的房子在珠山還不多見。此外，在左手護龍裡設有一口水井，泉水清澈一向源源不絕，當自來水尚未裝設之前，水井提供住戶良好的生活機能。這幢宅第並在左鄰空地上，另闢書齋和花園作為招待貴賓之所在，巨宅歷經上百年的風吹日曬雨淋，漸漸顯現破漏和老化，不適居住，現今屋主乃就近建造一棟新式水泥洋樓居住。直到金門國家公園管理處於一九九五年十月十八日成立後，開始大力推動古厝修建工作，除了補助居民照原貌修建經費外，更直接斥資進行修建古厝，只需屋主同意轉移使用權三十年予國家公園即可。國家公園在珠山看中的首選建物乃八十二號之「薛永南兄弟大樓」，惜因產權問題而擱置。過後才相中大夫第，所有人薛永燦在毫無前例可循的情況下，毅然決然地簽下契約，將屋子交由國家公園修建，完工後脫胎換骨，煥然一新，美侖美奐，重現昔日風華。鄉人看後讚不絕口，更因此引起見賢思齊焉，接著，第二棟、第三棟皆循此模式交給國家公園修建完成，恢復原貌，古厝因而獲得重生，堪以告慰先人創建的心血結晶。

下三落為老三薛紹德所建，結構宏大，其格局安排係採取廈門禾山奄兜村某位薛氏宗親之住宅模型。此宅坐落「大社」和「小社」之間，完成後使珠山住宅因而連成一氣，改變了全村的景觀，薛氏家廟更在無形中成為「四水歸塘」格局，讓珠山變成浯島慕名前來觀賞之村落。

大展部則係老五薛紹禮建造，四周以紅磚築起圍牆環繞，自成一獨立天地，僅在東側中間開一道門戶。所謂大展部，乃傳統建築語彙，將二落及雙護龍加大尺寸之意，也就是把房子放大展開來。

三蓋廊及涼亭仔應為老四薛紹悅所造，由於下三落和大展部完成後剩餘之土方，都堆積在下三落後面之低地上。為了壓實土方之地質，除了使用石輾滾壓外，屋主想出一招用人的體重去踩壓，安排「擲炮塔」遊戲，利用眾人踐踏紮實土方，可以說是寓建設於娛樂中，真是高明。擲炮塔遊戲的規則，凡是參加者，如能點燃鞭炮擲往炮塔上之鞭炮將其引爆者，即可得到一份紅包。經過眾人不斷的踐踏結實後，便在此地上建好二幢三蓋廊及一幢涼亭仔，就是今天的六十七號、六十八號及六十九號。金門留學第一人，且看下回說分明。

第四十五回　愛國教育家，珠山薛永黍

——金門出國留學的第一人

珠山早年由於旅外華僑供應故鄉的僑匯源源不絕，造就珠山的富庶和繁榮，在民國初年即贏得浯島「模範村」的美譽，至今仍為村中長老們所津津樂道，並深深引以為傲。珠山因為經濟富裕，進而重視教育，培養人才，文風鼎盛，最傑出的文化事業，首推《顯影月刊》之發行。

一九三三年元月《顯影》第七卷第七期「我們所希望於未來的珠山」專欄中，薛永黍君撰文如下：「珠山建社係在明朝，至今當有四、五百年之歷史。人材輩出，物質興盛，以及文化之發展代代不替，幾為國內之鄉村所罕見，是以在金門島中享有模範村之令名，可謂幸矣。惟來日方長，吾等應繼續努力奮發，以達到止於至善之目標，欲達此一目標，最低限度鄉中當具有下列之顯績，一、教育方面，全體鄉人包括男女在內，皆應受過高等小學之教育。二、民生方面，男子受過教育後，便須有職業。三、衛生方面，鄉中常駐一名醫生，對於公共及個人衛生時加注意及指導，道路逐月清掃，路旁種植花木，建設一座小公園。四、自治方面，鄉中設立一自治團體之組織，該機關負有調處鄉人爭執之任務與權力」。

薛永黍先生為金門出國留學的第一人，出生於一八八九年七月三十一日，永黍先生榮獲美國密西根大學歷史碩士學位，學成歸國後即在一九二四年出任廈門大學教授多年，時廈大創辦尚未及三載，並兼任附設高中部主任。薛永黍於一九三六年十二月接受星洲華僑中學之聘，出任校長一職，堪稱是一名傑出的愛國教育家。新加坡華僑中學係由陳嘉庚先生於一九一九年創辦，迨蘆溝橋事變發生後，陳嘉庚先生號召愛國華僑掀起抗日救國的熱潮，薛校長亦發動華僑學生愛國家和愛民族的精神，支持祖國人民抗日救亡。

日軍侵略新加坡，薛校長不顧個人生命安危，冒險為華僑中學教職員工四處奔波，向董事會爭取若干遣散費用來安頓教職人員的生活。在奔走途中，幾乎被流彈擊中，這種臨危不懼、堅持負責、捨己為人的情操是何等高貴，所以贏得全校師生的欽佩和敬愛。日本投降後，薛校長又肩負起學校重建的重責大任，在百廢待興、困難重重當中，著手進行已經停辦數年的復校工作。華中校舍受到日軍毀損於前，此時又被英軍佔用於後，薛校長因此四出借用教室安排學生上課，歷經二年的慘澹經營，終於收復校舍和漸復舊觀，就讀學生人數迅速由三、四百人增加到七、八百人。印尼及馬來西亞的青年學生，也紛紛前來就學，華中已儼然成為南洋最高的華文學府。

薛校長在治學上，採取開明和開放的教育方針，著眼於啟發學生的自動自發和自治，廢除消極的管制和懲罰。在用人上，採取知人善任，兼容並蓄。成立學生自治會和學生宿舍及膳食委員會，由學生自己管理生活。此外，為了提高學生的寫作能力，活絡學生的思想文化，還鼓勵各班學生踴躍編寫壁報。因此，大幅提高華中學生的文化水準和思考精神，尤其難能可貴的是，培養了學生熱愛祖國、熱愛中華文化的愛國精神。經過十年的辛勤灌溉和經營，校務蒸蒸日上，邁入全盛時期，誰知，禍從天降，一場災難隨之而來，改變了薛校長一生的命運。

一九四八年五月，華僑中學和南洋女中二校的學生自治會聯合向薛校長申請，於五月四日在華中大禮堂舉辦紀念大會獲准。此項五四紀念會，參加的二校同學非常踴躍，大家都願意向祖國的同學看齊，學習他們的精神。孰料，此一學生熱愛祖國的表現，卻引起新加坡英國殖民政府對華中董事會施以極大的壓力，迫使董事會負責人不得不出面要求薛校長制止學生活動。但是，薛校長答以：「先生倘若不滿意我的辦學作風，我可以立即辭職」。充分表現了薛校長剛正不阿、大義凜然的氣慨，無所畏懼地辭去校長一職。薛校長辭職後，一家人生活立即陷入困境，隔年，更慘的是又陷入牢獄之災，在華中五四紀念會和一些莫須有的罪名下，竟然被捕下獄。在獄中引起數症併發，延誤就醫，及至後來病情轉重送醫，已經藥石罔效，至次年十一月十日遽然撒手人寰，享年六十三歲。一代和藹慈祥、愛護學生如同己出的愛國教育家，甘為發展中華教育而至鞠躬盡瘁的殞落星洲，豈非令人浩嘆不止，嗚呼痛哉！

永黍先生即顯影月刊主編之一薛永麥（施伍）之令兄，係薛如崗長子；薛如崗于清朝末年渡菲，發軔於衣里岸，然後發展至宿務，創設芳成行，經營土產及航業，一九一〇年病逝家鄉。打虎親兄弟，看下回分解。

第四十六回　薛永南兄弟，同心又合力

珠山薛氏族人第二房薛景宣先生育有三子：國楚、福緣、永浪，國楚又名永南，福緣又名永棟；二女：含忍、玉柳。兄弟三人早年（一八八九年）依隨親戚遠渡菲律濱謀生，在衣里岸創立「永昌公司」，另在蘭佬市設「永隆分行」，繼在宿務市設立「協記公司」以及在馬里拉設「泰計分行」，兄弟開創事業有成。於一九二八年榮歸故里，興建歐式風格洋樓一棟，自三月中旬開工，至九月下旬完工，命名為「薛永南兄弟大樓」，永南先生自二十一歲出外，歷經三十九年奮鬥，衣錦返鄉時已整整六十歲。考其特加此兄弟　詞在內，藉以表明兄弟三人遠赴千山萬水之外的異鄉奮鬥，成就非凡，端在於兄弟三人兄友弟恭，同心協力，其利斷金之故也。洋樓竣工後，並在石碑上刻下建築工程師：石匠莊來生、木匠陳來生及土匠鄭古余的姓名，用資紀念，與大樓共存共榮，可見起造人對於匠師們的充分尊重和禮遇，以及對建物充滿了人文關懷。

新廈落成喬遷時，景宣夫人尚且健在，享壽八十七歲高齡，四代同堂，子孫五十餘人承歡膝下，為家族全盛時期。外事概由永南主持，一派和平，內務由妯娌三人輪流掌理，一家相處和諧，未曾有過任何爭執發生，殊屬不易。每日三餐依長幼次序就座，男先女後，分次分批上桌，由於人口眾多，為全村之最，呼叫困難，故在屋簷下懸掛一口銅鐘，到了吃飯前敲鐘數響，聲聞全村，家人自動陸續返回進餐，有如古人所稱「鐘鼎之家」，同時村人亦以此鐘聲來推測早晚時光，稱洋樓為「番仔樓」。

越五年（一九三三年六月），薛永南兄弟因感於年來四處盜匪如麻，為防患於未來，更求防禦之牢固計，特就圍牆地面上，改造一座三層之瞭望樓，稱為更樓。四周牆壁均以舂牆方法築成，質地十分堅固，施工費時二十多天完成。

薛永南擅長外科醫術，凡經調治後，無不根除，堪稱國手。又自行練製「英仔膏」，專治癰疔及無名腫毒，具有特殊療效，遠近知名，而且，對於患者一概免費贈送。

根據《顯影月刊》十一卷三期於一九三四年十一月三十日所載：珠山鄉長薛永南，生性慷慨重義氣，任事負責又認真，歷年主持鄉事深得里人信任，生前連任珠山小學校董十二年，貢獻卓著。足見永南先生行事風格豪邁，對於鄉里公共事務及教育事業，盡職又負責任，廣受鄉人及教師的認同與肯定，為人處事具有國士風範。永南先生因病臥床不起，病中不喜服藥而無救，於二十四日晚終至與世永別，享年六十六歲。越二日出葬，各地親友涖鄉執紼者甚眾，珠小學生亦全體列隊至其墳前致禮，並獻花圈以表達其生前對珠山小學之功績。

薛永棟先生於一九四三年二月十二日逝世，享年七十二歲，當他六十六歲時，特地將其一生行誼寫成「六六自述」，寫完後正逢對日抗戰，日軍登陸金門，即閉門撰述「八年滄桑錄」未竟；次年，令弟薛永浪先生亦與世長辭，得年七十二歲。時為中日戰爭爆發，日軍鐵蹄佔領金門期間，一切喪事從簡。遺憾的是，菲島永昌和協記公司，經營垂四十餘載，不幸毀於第二次世界大戰中，日本所發動的太平洋戰爭，破壞殆盡。

光陰似箭，日月如梭，轉眼時序已到一九五八年，浯島經過日軍佔領光復後，好不容易再度恢復寧靜的村落，又掀起一陣狂風暴雨和驚濤駭浪，幾乎把土地都掀翻了。那便是在八月二十三日這一天，震驚全球的八二三砲戰爆發，當天村人起初以為是國軍在進行演習，不以為意，誰知突然幾枚砲彈掉落村裡，方才恍然大悟，知道是真的打砲。村人即刻公議在雞奄山腳下挖掘二處土洞躲避，挖洞工作進行數日完成，可在洞中燒水煮飯。然而，在一周之內房屋中彈數棟，死亡七人，恐懼之心和悽慘之情襲上人人心頭，村中觸目盡是斷垣殘壁，滿目瘡痍，昔日模範村之風貌已不復見矣！入夜漆黑人靜，寂寥無聲，只聞狗嚎，宛如鬼城一般恐怖。

此場砲戰持續轟擊不歇，直到十月八日，金門當局決定准許民眾疏遷至台灣避難。是日接受登記，次日在料羅灣搭乘二一七號軍艦，於雙十節早晨駛抵高雄港，全島共計六千餘災民遷台。這場砲戰在短短四十五日之內，面積只有區區一百五十餘平方公里的彈丸小島金門落彈四十二萬多發，死傷無數，倖存人口無不慶幸自己九死一生。

斯時，洋樓主人薛崇武一家二十幾口亦在此波大疏遷中赴台，並輾轉定居於台北縣中和鄉金門新村。崇武兄即永棟先生之令郎，丞祝先生之令弟也。獨留空樓冷對夕陽斜照，令人感慨無限，不勝滄桑和唏噓！空屋便委託留守村中族人就近看管，隨後由惠安籍石匠蘇景南一家居住代管了二十多年，蘇家離開之後，番仔樓從此人去樓空，轉瞬之間又過二十載矣！如今，洋樓在見証過日軍蹂躪八年、國軍轉進十萬大軍、共軍轟炸四十多萬發砲彈後，經過一番浴火鳳凰重生，再度展現昔日的獨特風華。手工線裝書，看下回分解。

第四十七回　大家來做線裝書，穿針引線好裝訂

歲末寒冬，時序已到新曆二〇〇四年的最後一周，正當金門全體縣民翹首期盼來自大陸和台灣的鄉親，以及南洋華僑返回故鄉的日子。也是四海歸鄉、八方雲集的時刻，將要共同參與原鄉浯島熱烈慶祝「金門建縣九十週年暨世界金門日」的盛會，預計蒞臨的嘉賓大約有一千人，實為金門難得一見的盛舉。

就在此時，金門縣宗族文化研究協會也跟著動員起來，以歡欣鼓舞和參加喜事的心情，於十二月二十六日晚上假蕭永奇家裡召開一項座談會，出席人員有蕭永奇、吳秀嬌、黃美玲、王建成、葉鈞培及薛芳千等六人。會中，除了敲定製作「金門宗族文化通訊」、「尋根、尋親問卷表」及「刊登金門日報廣告」文稿之外，重頭戲便是以手工線裝書方式裝訂由協會所撰寫出版的專刊《金門宗族文化》一書，總共有二千冊，第一批書剛剛進貨三百本在蕭家，其餘的亦將於次日進貨完畢。散

會後，六個人立即投入學習和裝訂；蕭家四位公子與千金已經學會這門手藝，實地加緊裝訂中。蕭太太吳秀嬌擔任指導老師，現場講解並演練起來，她說這手絕活是得自協會黃奕展理事長傾囊相授，今天權且代師授藝，不敢藏私或預留一手，相信各位學會之後必能推陳出新，發揚光大。邊說邊作，她一會兒工夫就訂好二本，我們也跟著動手比劃比劃，得到一些概念，只因時候不早，眾人均需打道回府安歇。

第二天晚飯之後，我又獨自一人到蕭府練習線裝書之裝訂法，一手拿起針線穿梭起來，前穿後穿加上左穿右穿卻是無法完成。無奈何，只好拜託在一旁裝訂的蕭家千金排行老四，年僅十歲，就讀湖埔國小三年級的蕭柏涵來充當我的小老師，現場指導一遍，果然美女出手，不同凡響，我也一學就會。之後，我便帶了十本回家繼續練習，一邊看電視「李敖有話說」的節目，一邊穿針引線裝訂書本，同時計算所需的時間，裝好三本費時三十六分鐘，自認還不錯嘛！第三天早上我自動升格當教官囉，我教莊素娥裝訂法，沒想到，她反倒過來教我穿針法。原來這線徑比針眼還大，很難穿進去，光是穿線的時間就花掉一、二分鐘，她教我只需用兩根手指頭把線一捏，將針眼一套就能進洞，費時不過三秒鐘，真箇高招。子曰：雖小道亦有可觀焉。我再裝訂一本，只用掉七分鐘，自覺很滿意。回頭看她穿線和裝訂的手腳俐落，不到一個鐘頭，就把剩餘的五本通通訂好了，不愧是名師出高徒呀！第四天早上，我想起莊素娥的令堂做家事、做針線都是一等一的好手，特別是頭腦靈活、手腳敏捷、耐力十足，雖然高齡八十歲，但是，如果請得動她老人家幫忙，一天裝五、六十本不成問題，而且，她媳婦在家裡也能幫著做。便請她打電話問媽媽肯不肯幫忙？媽媽很爽快的答應，說是學學看，加減做。我們就到蕭家載了一百本送過去，當場作示範跟講解，看完老人家裝訂二本很結實又牢靠後，我們才離開。到下午五點正，老人家來電說一百本全部裝好，可以載回去了。速度真是驚人，令人又佩服又欣喜，待吃過晚飯後，我們驅車到蕭家準備再送一百本去裝訂，未料到，永奇嫂說線缺貨，祇剩一把四十條而已。並且，告訴我們這幾天的進度非常快速，大家對族譜展十分認同，紛紛前來幫忙，不到一周的時間，約有四、五十位以上朋友，已裝訂一千三百多本，足夠二〇〇五年元旦「世界金門日」族譜展使用了。深深的感謝上自八十歲，下至十歲的大小朋友們，因為大家的用心用力，使這本專刊與族譜展增添了更多美麗和芬芳的氣息。

線裝書裝訂法如左，以書面高二十五公分，右測上、下四孔為例：

一、裝訂線長一百七十五公分一條，為書本高度的七倍，粗長針一根，首先，用左手拇指和食指夾住線頭壓扁，右手將針眼套進線頭，輕而易舉完成穿線，兩邊長短大約相差五十公分。再來，針由右下方第一孔正面穿到背面，線的尾巴留長約十公分，用左手壓緊線尾，針線經過右下側回到第一孔正面再穿到背面拉緊，繞過右側回到正面穿過背面拉緊，再經過右下側回到正面穿過背面，將線拉緊，即成平行雙線，不可交叉。

二、針拉往第二孔由背面穿到正面拉緊，左手便可放開，改按書背部位，針線繞過右側由背面穿到正面拉緊；針拉往第三孔由正面穿到背面，繞過右側由正面穿到背面拉緊；針拉往第四孔由背面穿到正面，繞過右側由正面穿到背面拉緊，經過右上側由背面穿到正面，再經過右上側由背面穿到正面一次後拉緊，行成雙線，不可交叉。針線繞過右側，由背面穿到正面形成雙線。

三、針拉往第三孔由正面穿到背面，折回第四孔由背面穿到正面，形成雙線；針再拉往第三孔由正面穿到背面形成雙線，繞過右側由正面穿到背面形成雙線；針拉往第二孔由背面穿到正面，再折回第三孔形成雙線，由正面穿到背面，再拉往第二孔形成雙線，由背面穿到正面，繞過右側形成雙線，由背面穿到正面；針拉往第一孔由正面穿到背面，再折回第二孔形成雙線，由背面穿到正面，再拉往第一孔形成雙線，由正面穿到背面，繞過右側形成雙線，由正面穿到背面後，同時將線頭和線尾用力拉緊各打一個小結，穿針引線裝訂至此告一段落。

以上所述為基本穿法，穿線順序仍可調整加快。海外同鄉返國，且看下回分解。

第四十八回　舉辦世界金門日，華僑返鄉樂尋根

新曆二〇〇五年元旦早上，將近八點，我就到達金門縣文化中心大廳左側的「世界金門日族譜展」會場，放眼一瞧，服務人員大多數已經在場。金門縣宗族文化協會黃奕展理事長，在忙著擺設各家姓氏的數位版族譜，吳秀嬌總幹事在排列各姓的舊譜，蕭永奇、王建成、葉鈞培、黃美玲、莊素娥以及蕭永平伉儷都各就各位，檢視著各項資料，大致齊全。

元旦是一年新的開始，一元復始，萬象更新。好的開始為成功的一半，眼見大夥兒大清早，個個精神抖擻，人人神采奕奕，準備為遠道返鄉的鄉親們提供尋根與尋親的最佳服務，相信上天不會辜負有心人。據金門日報所載：此次參加慶祝大會的大陸金門同胞聯誼會有七團，台灣的金門同鄉會有十一團，南洋華僑的僑社有十六團，總計三十四團近千人。南洋的僑社包括香港、菲律濱、新加坡、馬來西亞、

印尼等五個地區和國家，金門華僑一向都是在前述國度裡開創和發展事業，卓然有成者不乏其人。往昔，一百多年以來，舉凡原鄉金門有所建設或需要時，遠在千山萬水之外異鄉打拚的鄉親們總能不吝踴躍捐輸，回饋故鄉，人人向前，不落人後，例如：編修族譜、修建家廟、興建學堂。今日，難得家鄉有此盛會，八方歸鄉，共襄盛舉，旅外鄉親再度踏上自己故鄉的土地，共同慶賀。作為原鄉的唐山子民無以為報，特藉此會場一角做各姓氏之族譜展覽，並協助提供尋根及尋親之服務，讓我們海內、外的兄弟姊妹叔姪手牽手，心連心，互相擁抱鄉親與鄉心，一起見証血濃於水的宗族之情。

九點整，文化中心大廳中央響起一陣悠揚的國樂聲迎賓入場，但見旅外鄉親們個個身披紅綾，在引導人員舉牌帶領下魚貫進入大廳，分別由左右兩側及登上階梯由兩邊進入演藝廳就座，聆聽大會報告及觀賞各項表演節目。十點過後，返鄉的嘉賓們逐漸有人離開座位，走到族譜展覽場地參觀，我們立即趨前招呼與問候，請問貴姓和祖居何地，告以我們樂意提供族譜查閱並協助尋根和尋親。起初，嘉賓們將信將疑，試探性地告知自己姓名、父親名字和祖居地村落後，我們迅速翻查該地之姓氏族譜，果然一下子就找到四、五位僑親的名字列在族譜中的世系表，喜得他們眉開眼笑，直呼意外，竟然能在此處達成尋根的願望，喜不自勝。然後，他們才說有很多同伴剛踏上金門的土地時，就一直念念不忘著回到故鄉要尋找自己的根在哪裡？老家在哪裡？才算不虛此行，只是不知道從何處著手？原來從族譜查閱即能尋根，真是太高興了，又愉快、又安慰，他們要去把這些同伴找來此處尋根。過了一會兒，旅外鄉親們就同時湧進數十人來查詢本姓的族譜中有無自己或父親的名字，一直到下午一點正散會前，人潮絡繹不絕，至少有四、五百人蒞臨展場。其中，以黃姓的鄉親最多，其次是李姓、王姓、葉姓、蕭姓及邵姓等，可就是沒有咱姓薛的。

直到有一位印尼的邵堯大華僑，在邵氏族譜中查到自己的大名時，笑得合不攏嘴，我即趁便請教他印尼僑團裡可有薛氏華僑回來嗎？他說怎麼沒有！坐在他旁邊的就有一位薛先生，要不要去請他出來？我說當然要，就拜託你請他出來見面談談最好。過沒多久，邵先生陪著一位戴眼鏡的高個子先生進來，對我說他就是姓薛，我立即上前遞出名片，說我也姓薛，是珠山人，請問你老家是什麼地方？他說老家也是珠山，薛南昌是他的堂弟，他名叫薛昆明，說著，他就給我一張名片，住在印尼麻里巴板。我又請問他貴庚多少？他說今年七十五歲，我說自己小他二十五歲。我再請問他有沒有《金門薛氏族譜》這本書，他說沒有，我便說這裡有一本，我們來找找看你的名字有無列在族譜，他口中雖然說好，可是，看他的神情卻有幾許懷疑。我知道南昌兄跟我同輩，自小住在鄰居，一起種菜澆水好多年，屬於第四房，我是第一房，所以，我們便直接翻到第四房的世系表查找，翻過幾頁就看見昆明的名字，如假包換，還有他的父親和祖父的名字完全正確。他和南昌兄是同一個祖父的堂兄弟，又稱公兄弟，也跟我同輩份，他一看既開心又開懷。我再翻到族譜後幾頁的通訊錄中，也有他的名字和住址，他直說太高興了，問我能不能送一本族譜給他帶回印尼？我說不好意思，薛氏族譜目前已經沒有多餘的可送你，但是，我們協會有電腦建檔的數位版，我晚上將你本身的直系世系表及第四房的世系表列印出來，送到你住的旅館交給你，這樣子好嗎？他說好，好，我晚上會在旅社等你。接著，他又說他們這一團還有一位薛華群，祖先也是珠山人，是薛扶山叔的侄兒，跟我們輩份相同，他進去請華群來和我認識，我說能夠跟宗親相識真是高興，還請你幫忙介紹。過了不久，昆明兄就陪著華群兄到來，我趕緊遞上一張名片，說我是珠山人，他說父親是薛扶角，他是扶山叔的侄子，在印尼三馬林達出生長大。我請問他今年幾歲？他說六十三歲，但是外表看起來好像五十歲左右，我說自己小他十三歲。然後，我就拿起薛氏族譜翻閱，原來扶山叔也是第四房，翻了幾頁便找到華群兄的名字，以及他父親與祖父的名字，一字不差。他盯著自箇兒名字印在族譜中，非常高興，問我可不可以送他一本？我說很抱歉，薛氏族譜沒有剩餘，無法送你，但是，我可以把你的直系世系表，還有第四房的世系表由電腦印出來，晚上送到旅社交給你，好不好？他連說好，好，晚上會在旅館專等你來。我當面邀請他們二位兄長各自填寫一份尋根、尋親問卷表，填好後當場致贈一冊協會所出版的《金門宗族文化》專刊。到了晚上，我信守承諾，將世系表捲起來送達他們手中，他們展開觀看，長長的一頁足足有二、三公尺，當他們再度找到自己的名字後，都感覺很滿意。也說起這一趟返鄉，能夠得到這一份族譜，總算收穫最大，特別有意義。海外第二個故鄉，看下回細說分明。

第四十九回　珠山人海外故鄉，菲律濱衣里岸市

菲律濱南部衣里岸市，堪稱金門珠山人的第二故鄉，光是薛氏族人丁口即達數百人。在該市有幾戶薛氏華僑經營事業卓然有成，於當地商界及經濟地位舉足輕重，其中尤以薛祖安為佼佼者。祖安先生於一九三七年由珠山隨其令堂移居菲國，自一九六六年起至一九八二年止，連續擔任衣里岸市菲華商會會長一職達十六年之久。隨後又出任衣市金門同鄉會理事長，卸任後獲選為該會終身名譽理事長。

祖安先生旅居菲國已是第五代了，其高祖父薛學翰先生始於一八六五年，年方十八歲隨同廈門禾山奄兜村薛氏宗親抵達馬尼拉，即轉往宿務市，旋返回故鄉珠山結婚後再遠渡重洋，移居衣里岸市，經營土產和雜貨。當時菲島回教徒與天主教徒之間時常發生爭鬥，學翰先生以和善仁愛之態度，周旋於兩教，化解紛爭。以致後來兩教之間若有爭端發生，都會來要求金門人出面調停。學翰先生傳子如阜，三傳

永栽，四傳長安，第五代為祖安、祖彬兄弟六人，祖彬先生為現任衣市金門同鄉會理事長，薛家旅菲年代有史料記載者已有一百四十年之多。

薛碧玉先生為另一支薛氏家族，碧玉先生創辦聯芳公司，二傳芳熙、芳邑、芳城三人。但定居該市者僅有芳城之後裔，三傳永美、永策、永志、永利及永新五人，永美哲嗣承斌留學英美，獲頒企業管理碩士學位，克紹箕裘，經營聯芳公司。

薛芳城先生為人豪邁有膽氣，一九四七年十一月，返回珠山為其次子薛永美與周仙姝主持結婚典禮，這項婚禮最特別之處是，結婚不忘教育，建家等於興學，樽節開支國幣一千萬元，移充珠山小學建校基金，此舉不獨為珠山之幸，更是珠山之福！次年七月，芳城先生再為其長子薛永美與李摩梨女士主辦婚事，把親友賀禮四億五千萬元，並節約費用一億五千萬元，總共六億元，折合美金六百元，全部移充珠小建校基金，紀錄之高，令人振奮。同月，里人薛承爵又名丞祝，曾與薛永麥—又名施伍同任《顯影月刊》主編多年，遠在菲律濱衣里岸主持勸募珠山小學建築基金捐款事宜，一呼百應，立得第一階段工程款美金一萬多元，建校工程因此形同箭在弦上，不得不發。然而，第二階段工程款尚無著落，本擬放棄。適薛芳城先生由宿務前往衣里岸，發揮臨門一腳，特為召集珠山同鄉會，決議第二階段工程繼續建築，所需款項由旅菲同鄉，依照第一階段的工程捐款追加五成認捐。至此，珠小新建校舍順利施工，並於一九四九年底完成大部分工程，新校舍巍峨壯觀，美侖美奐。

薛前渺先生為另一家繁盛之族，前渺先生少年時同其令堂定居菲國。於四七年返金結婚後，旋即攜眷定居衣里岸市，二傳芳規、芳獨、芳園、芳傑四人，三傳永德、永立及永文三人。

薛永南兄弟三人為另一家族，三人於一八八九年依隨親戚遠赴菲國謀生，其中老二永棟年方十八歲，越八年，在衣里岸市創立「永昌公司」，另在蘭佬市設「永隆分行」，繼在宿務市設立「協記公司」，另在馬里拉設「泰記分行」。老三永浪留在宿務市經營協記公司，二傳春樹、春田、春園、春滿、春河五人。兄弟在異鄉奮鬥期間，菲國歷經西班牙統治，繼由美國統治的殖民地時代，再到菲律濱獨立建國三個時期。經過三十九年的打拼，三兄弟於一九二八年榮歸故里，興建歐式風格洋樓一棟，自三月中旬開工，至九月下旬完工，命名為「薛永南兄弟大樓」。考其特加此兄弟一詞在內，藉以表明兄弟三人遠赴千山萬水之外的異鄉奮鬥，成就非凡，端在於兄弟三人兄友弟恭，同心協力，其利斷金之故也。洋樓竣工後，並在二樓陽台牆壁石碑上刻下工程建築師：石匠莊來生、木匠陳來生及土匠鄭古余的姓名，用資紀念，與大樓共存共榮，可見起造人對於匠師們的充分尊重和禮遇，以及對建物充滿了人文關懷。醫療問題不放心，且待下回說分明。

第五十回　金門的社會問題，醫療品質不理想

依照憲法皇皇明文所保障的諸多人權中，當以第十五條所稱之生存權、工作權及財產權為最基本人權。生存權乃生命存在的權利，也就是生命安全不會遭受任何侵害的權利；倘若生命不存仕，或是隨時都有遭受侵害的危險，那麼一切一切的人民權利，均將因無所附麗而跟著不能夠存在。然則，要確保生存權，則端賴擁有工作權及財產權才能夠維持生命的存在，沒有工作權，自然就沒有維持生命所需要的財產權，更沒有辦法累積個人的財產，以換取更好、更舒適、更優渥的生活水準及生命保障，因此三者之間形成一種互為因果的連鎖關係。

個人生存權的維持，除了一部分是依靠自已對工作權的取得，以及對財產權的支配外，另一部分則是來自政府對人民所提供的保障，也就是由政府對人民提供有關生命安全保障的公共財，這便是現代社會安全思想之所由來。準此，現代國家對

社會安全，無不亟思廣建保護網，藉以維護人民終其一生之生老病死，均能不虞匱乏，進而達到古聖先賢所追求「大同世界」的理想境地。我國政府首先推行強制性的社會保險，從勞工保險、到公教保險、從軍人保險、再到農漁民保險，最後整合到全民健康保險，把全國人民都納入國家的健保體系內。勞工保險開辦最早，迄今已有五十餘年歷史，全民健保最晚，也有前後達十年之久，此一社會保險已經充分發揮應有功能。一方面減少個人醫療費用的支出，另方面增加個人就診就醫的機會與能力。

由前述可知，現代政府最重要的職責和功能之一，就是要提供有保障、有水準的醫療設施，以保護國民的生命安全。假使醫療設備缺乏或不足，必將導致國民產生對生存權的嚴重危機，進而形成一種心理負擔，如此，政府的職能將會大打折扣。

醫療問題，正是當前金門地區民眾最關心、最不放心、更是最沒有信心的一項社會問題。民眾最關切的醫療問題，就是金門地區的醫療品質不良，許許多多高科技的先進醫療器材缺乏，醫師養成數量不夠，很多專業醫療科目無法看診，尤其是醫師素質及臨床經驗低落，造成醫病兩者之間的信心危機。往往患者及其家屬對醫師的醫療能力及看診態度產生極大的不信任感，因此近幾年來醫療糾紛不斷發生，最後，甚至要走上司法途徑解決，如此更造成醫病之間的惡性循環，對醫療士氣打擊甚大。

目前金門地區綜合醫院僅有二家，其一是金門縣政府所屬的縣立醫院，其二是國軍金門醫院。試從兩家醫院的硬體建設來比較，縣立醫院的院舍重建不久，建築物新穎美觀，病房空間寬敞，採光及空調設備均屬上等，醫療器材亦屬採購新品但非先進與高科技設備；而軍醫院係建築在山洞裡的坑道，屬於野戰醫院的性質，著眼於隱密及安全性，是故病房無法採用自然光，空間甚為狹窄，空調設備老舊，效果欠佳。但是從另一個軟體建設的角度比較，對於醫師的養成人力完整，醫師陣容齊全，臨床經驗的豐富，及操作醫療器材的嫻熟度上，毫無疑問地，軍醫院均屬上等。因此，在一般民眾的普遍觀念裡頭，總是認為小病或單純的疾病，會選擇縣立醫院就醫；相反的若是重病或複雜的病痛，便會挑選軍醫院就診。但是，軍醫院門診有一樣特別條款，規定民眾就醫萬一發生意外事故，必須自願放棄訴訟的權利，所以，軍醫院也就沒有出現過醫療糾紛，更未曾因此與病人對簿於公堂上。然而，縣立醫院並沒有此項特別條款，每年或多或少總會有醫療糾紛發生，所以，醫師在看診之際不唯戰戰兢兢，更為避免發生誤診及日後可能的麻煩，而不得不改採消極的態度或乾脆建議病人轉診後送到台灣的大醫院，一切省事省掉麻煩。因此，縣立醫院醫師的敬業精神便逐漸遠離「視病猶親」的境界，患者唯有自求多福了，不是改往軍醫院求診，便是遠赴台灣大型醫院求醫，保命要緊。

但是，國防部軍醫局在去年初已經宣布，國軍金門醫院及基隆醫院確定將於八月份開始停止門診，十一月正式裁撤該二所醫院。此一消息經過証實後，引起兩地的居民不安，以及民意代表紛紛表態勸阻，期期以為不可，可惜，仍然無法改變軍方的決策，收回成命。最後，只肯鬆口同意延至今年七月一日裁撤。所以，金門民眾在無可奈何之下，想起窮則變，變則通來，只好把醫療希望寄託在對岸的廈門市，就好像金門縣政府把水資源寄望在接通大陸輸水管上一樣，這也就不足為奇了。可是，這樣的情形對金門人民公平嗎？合理嗎？能夠接受嗎？恐怕答案都會是否定的，如果不相信，不妨就此一醫療的社會問題作一次公民投票，以探究人民的真正意向。

到了今年年中，一旦軍醫院確實裁撤，縣立醫院在醫師陣容人力缺乏，醫師養成及臨床經驗不足，操作醫療器材能力不夠專業，以及看診態度消極之下，要一肩承擔起全縣民眾生命安全的守護神，居民對其信心和信任恐怕不夠。像以往，縣立醫院一方面可以從軍醫院借調來自台灣三軍總醫院源源不絕的各專科醫師來支援，另方面也曾獲得台北市立各醫院支援的長期駐金專科醫師，以補充縣立醫院本身不足的醫師陣容。當時金門住民總感覺醫療夠水準，生病就醫有保障，而如今此一信心即將逐漸消失不見。而且，縣立醫院目前又要忙著改制為衛生署署立醫院，美其名為升格。難道醫院升格，醫療品質就會自動跟著提升嗎？這幾年來我們也曾親眼看見高雄科技應用大學專科部金門分部升格為國立金門技術學院後，它有開始過著幸福和美滿的日子嗎？君不見，它現在每年都要仰仗金門縣政府編列預算一千八百多萬元的補助款。國立金門高級農工職業學校，今年不也是在叫窮嗎？是不是該比照金門技術學院由金門縣政府編列補助預算呢？縣立醫院升格為署立醫院後，如果到時候預算不夠，是不是也要比照技術學院回過頭來要求縣政府編列預算補助呢？

似此今日，又何必當初呢？誰人不知生命無價最可貴，安全更有免於恐懼的權利，這更是現代福利政府對於社會安全施政的重心所在。民之所愛愛之，民之所惡惡之，期待金門執政當局應當致力於提升金門縣立醫院醫療水準、醫療士氣及擴大專業醫療科目，用以確保縣民生命健康及安全，使居民再沒有後顧之憂。道路殺手，下回分解。

第五十一回 金門道路陷阱處處，機車族的無形殺手

一九九六年，我專程到澎湖西嶼鄉的內垵村拜訪薛氏宗親，內垵居民以薛氏族人為最多，是由金門珠山第十三世族人遷居繁衍而成。我帶去金門薛氏族譜與當地薛氏族譜相對照，只見起始源頭那幾篇文章及昭穆輩份完全相同，足証二百年前確是一家人。

從飛機上或汽車上，看到澎湖的地理景觀是那樣地單調乏味，我才深深感覺到生長在金門真是幸福與快樂。澎湖沒有樹木蒼翠，沒有林蔭大道，更沒有綠意盎然。澎湖所缺乏的，在金門都擁有，他山之石，可以攻錯，他島之景，可以自得。

車子由馬公市出發，從白沙鄉經「澎湖跨海大橋」到西嶼鄉的內垵村。從馬公市到白沙鄉的道路上都看不到樹木和綠色，但卻有一幅令我驚訝的景象是，整條道路是那麼地平坦、寬闊，車行路上是無比的順暢舒適，絕無顛簸搖晃的情形。我立

即注視道路上的路面，瞧不見任何人孔或手孔鐵蓋，更沒有任何的坑洞，道路是清一色用柏油封層得結結實實，猶如一體成型似的。所以，在澎湖的路上行車是那麼的平穩和舒服，可以充分享受到駕車的那份快感，這一點可是金門所無法相比的。

回到金門，騎乘機車不到三公里總會碰到坑或撞到洞，明明是在陸上開車，卻像在水上行舟一般，直教人以為是到了貴州省境內，蓋因地無三里平嘛！開汽車遇到了坑洞，經過避震器消震一下，乘客所受影響不大；但是，機車騎士遇上了坑洞影響可就不小囉，前輪碰的一聲，行車不穩，坐位也不穩，騎士的情緒也跟著懊惱起來。更有甚者，輕者機車陷在坑洞中破胎，重者人員摔出車外，跌落地上受傷。此種因道路陷阱而致機車及人員受傷者，依據「公路法」規定，道路主管機關負有善良管理人責任，又依「國家賠償法」所定，主管道路機關負有國家賠償之義務，豈能等閒視之！

金門的道路到處充滿坑坑洞洞，凹凸不平，如同馬路殺手，耳聞目睹親朋好友騎車摔傷者，大有人在，沒有成千也有上百，令人一掬同情之淚。現任陳縣長主政長達十年，屢屢指示所屬必須做到「路要平，燈要亮」，只可惜言者諄諄，聽者邈邈，金門道路依舊陷阱處處，無奈何之下，縣民只有自求多福了。金門的路面鋪滿無數的人孔及手孔鐵蓋，三步一孔，五步一蓋，鐵蓋又與路面接軌不準，不是高於路面就是低於路面。機車經過鐵蓋不是下沉，就是上騰，險象環生。道路的景色更像是小朋友的彩畫，五顏六色，同一條道路的同一段，有水泥路面，也有柏油路面，就像是在貼狗皮膏藥，左一塊右一塊的，醜陋無比。又說要做到「今日新金門，明日新加坡」，新加坡以觀光、渡假、旅遊聞名全球，觀光客絡繹不絕，請問她有如此破破爛爛的道路嗎？須知畫餅是不能充飢的耶！

千禧年的六月四日晚上，我騎著機車往慈湖兜風，六、七分鐘抵達後即掉頭回程，詎料，回頭不到五百公尺便莫名其妙的連人帶車摔倒在馬路上，直摔得四腳朝天，七竅生煙，死死暈暈去。幸虧，跟在我後面的一部轎車，見狀立刻停車下來一位帥哥林嘉翔、一位美女陳玫霖，將我扶上車專程送到花崗石醫院掛急診，全身傷痕累累多達二十餘處擦傷，擦完藥他們又專車送我回到金城住家，真是感激不盡。第二天，我重回現場觀察摔車原因，機車還倒在原地，只見由金城往慈湖的車道乾乾淨淨，毫無異常；但是，另一側由慈湖往金城的車道卻是滿佈砂子，長約二、三十公尺的帶狀，這些砂子就是元兇，難怪機車會滑倒路上。此種道路陷阱又不同於坑坑洞洞或鐵蓋的陷阱，叫人防不勝防！我循著砂子的痕跡從左車道的缺口往前查看，原來位於前方三百公尺的海邊正在施作湖下海堤第一期工程，大批的工程車和砂石車在忙著施工和載運砂石。我再回到馬路上推敲緣故，為什麼道路的右車道沒有砂子，而左車道卻會舖滿砂子呢？原因就在砂石車皆是從右車道左轉進入工地，卡車上滿載的砂子因而向左傾斜，溢出車斗瀉向左車道。然後，砂子越積越多，可是，砂石車司機不理會，工地人員不管理，工程發包單位不監督，因此形成三不管地帶。變成機車騎士活該倒楣，真是冤哉枉也！垃圾鎮長，下回分解。

第五十二回　金城鎮垃圾何處去？轉了一圈重回原處

曾經聽得有人這麼說過：「幹鎮長說難不難，不難的地方是凡事憑公事公辦嘛！辦公者，辦理公文也；公文自有承辦人簽報上來，經由課長、秘書核稿後，鎮長只管批示可否就好，批完後再交由承辦人據以執行，這樣子的鎮長豈不是好幹得很？難的地方是必須負責處埋全鎮的垃圾，而金門目前沒有焚化爐可以燃燒垃圾，也沒有衛生掩埋場使用。因此，處理垃圾需要利用土地來傾倒，雖然，經過大自然的日曬雨淋之後會分解一部份垃圾，但是，此種露天傾倒方式卻會將垃圾越倒越高，當垃圾場堆積如山高，機器和工具操作達到極限時，垃圾場的使用壽命也就完蛋大吉，必須另行覓地用來傾倒垃圾。　個露天垃圾場的使用年限短促，頂多不過三、五年而已，除非採取放火燃燒始能減低垃圾山的高度。可是土地資源有限，而且難得，一旦缺乏土地處理垃圾，鎮民的垃圾堆放在家裡一個禮拜沒有地方丟棄，哪裡能夠忍受得了？到時候光是打電話來罵人，就足夠把鎮長罵到臭頭，搞不好載幾車垃圾來丟到鎮公所大門口，那些個惡臭薰天，就能夠讓鎮公所關門大吉，員工還會有誰敢來上班呢？這並非玩笑話，也不是危言聳聽，君不見前幾年電視上播出台灣各縣市、各鄉鎮都曾經爆發過垃圾大戰，從電視畫面上每個人均能親眼目睹垃圾戰爭所帶來的痛苦和慘烈。現在民主意識抬頭，民意高漲，在有樣學樣之下，難保哪天金門不會跟著爆發垃圾大戰！所以說，幹鎮長最難的是垃圾的處理，也可以說是垃圾場地能否取得？如果能夠取得，便可穩坐泰山，高枕無憂；否則，不但會被罵慘，還會被頭家拉下寶座，你說厲害不厲害？由此可見，垃圾關係著鎮長的前途，既深且遠，因此說垃圾鎮長一詞就足夠說明了垃圾跟鎮長之間密不可分的關係囉」！是耶！非耶！且看以下細說分明。

每當我們把家裡的垃圾袋拋向垃圾車，自己家裡就是一片乾淨極了。但是，垃圾真的不見了嗎？沒有，垃圾離開我們家以後，它並沒有消失，只是被清運到垃圾場去而已，它還必須經過人員、器具、土地做終端處理。處理垃圾的方式有數種，近年最流行的是焚化爐，還有衛生掩埋場，以及傳統的露天傾倒場。數年前，行政院環保署編列九億元預算要全額補助金門設立二座大型，每天能夠處理一百公噸垃圾的焚化爐，地點選在金寧鄉的賈村。卻因金門縣政府沒有能力執行該項計畫，延宕二年多最後落得龐大預算被收回之命運，徒然令人浩嘆不止。

一九九四年四月起，金城鎮垃圾場移往古崗赤山無償傾倒二年多。碰巧，金門縣地政所辦理金城鎮未登錄土地補登記，鎮公所異想天開竟然出面去申請補登記，然而，申請登記必須經該未登錄土地東西南北四全的鄰地簽章作証。該筆土地地號為金城鎮珠山段一四〇四附一號，四周鄰地均屬古崗居民所有，哪會有人願意簽証呢？同時，居民們指責金城鎮手段惡劣，不應該「借荊州，奪荊州」，引起村民同仇敵愾，乃群起阻擋垃圾車進入赤山掩埋場，斷了垃圾去處，真是偷雞不著失把米。

鎮公所不得已，只好在浯江溪口傾倒了二年左右。可是，這二年的垃圾對南門海邊的海洋生態破壞極為嚴重，首先是，垃圾堆積所產生的惡臭和沼氣遠播，使得金門縣立游泳池、網球場、運動場的運動人口無法忍受，頻頻抱怨不已。其次是，使得浯江溪口的寶貴植物——紅樹林大量死亡，僅剩二成左右存活，實在是紅樹林的浩劫。再次是，更造成「南門海仔」採蚵人家心中的最痛，本來南門的蠔是一年四季採擷不盡，能夠養活多少在當地海耕的蚵民。但是，自從垃圾場的廢水排放入海中，污染海域的生態環境，形同生物殺手，非但不利於蠔石上蚵類的生長，反而會加速其死亡，因此，斷送了多少蚵民的生計，此所以南門海仔蠔埕遭受浩劫之所由來！其罪魁禍首所造成的罪過，可真是擢髮難數矣！

在一片天怒人怨，人神共憤和罵聲載道中，金城鎮公所只得重回赤山處理垃圾，不過，星換斗移，時空變遷，該筆土地的所有權已登記為財團法人董氏公益基金會，不是無主土地，不再有無償使用的可能。於是改採有償租賃方式，並訂定採用衛生掩埋場方式，每年租金將近三百萬元，第一期租約已到期，目前再續約簽訂第二期。這豈不是正應了耳熟能詳的一句話「決策的錯誤比貪污更可怕」嗎？

金城鎮垃圾的去處，由赤山到浯江溪口，自浯江溪口繞一圈再重回到赤山，從無償變成有償，金城鎮當局的決策是不是有錯誤？是不是有值得我們檢討與深思的地方？里長伯幫大忙，且看下回分解。

第五十三回　開挖巷道地主不肯，許天順里長幫大忙

自從民國七十年起，台灣股市狂飆，房市也緊跟著發燒，房價一日三市，節節攀升，令人可望而不可及，無自有房屋者深切感受到購屋之難難以上青天。以當時一個受薪家庭，儘管節衣縮食，終其一生，所積存之儲蓄永遠也無法追得上屋價的飛漲，大嘆購屋之難和無殼之苦，形成嚴重的社會問題。房市繼股市之後淪為少數人炒作暴利的工具，但是痛苦卻由多數人來承擔，政府當局視若無睹，束手無策。於是乎，民間自發性的社會運動力量勃然興起，由台北縣國小教師李幸長等人因此而發起成立「無住屋者團結組織」，簡稱為無殼蝸牛。連續演出一齣又一齣的行動劇，提出各項主張，要求政府制定為政策，並且控訴炒作者之牟取暴利，嘲諷執政者之顢頇無能。

七十七年八月二十六日，無住屋者團結組織號召無殼蝸牛挺身而出，參與「八

二六夜宿忠孝東路活動」。個人一家妻小六口，賃屋居住多年，深知無殼之苦，常有愧對家小之憾，所以，我毅然專程遠赴台北投入夜宿忠孝東路活動。當天晚上六時起實施道路淨空，參加人員聚集在頂好商圈，由召集人李幸長安排各人位置，並接待記者採訪，提出「住者有其屋」、「住宅為基本人權」等各項訴求，答復記者朋友所提林林總總的問題。另外，國立台灣大學城鄉研究所夏鑄九教授，也帶來許多位研究生到場聲援和提供各項學術資訊，助益頗大，計有張景森、陳冠甫等人。我們大夥就在馬路上各自舖上草蓆，直到次日早晨六點宣佈活動結束，方才解散回家。一夜裡媒體記者訪問、拍照不斷，人來人往不停，我也沒有睡著，只是假寐而已，週遭的訪客和伙伴我都看在眼裡。其中，最特別的一個人，就是坐在我附近的台北市議員謝長廷先生，他陪著我們一夜坐到天亮方才離開。並且，詳細詢問各項主張和解決方案，不像其他政治人物只是來亮個相，拍個照就走人，令我印象十分深刻，記憶猶新。

遙想當年，集會遊行法尚未制定施行，但是，此次夜宿活動自發自制，秩序良好，充分表達訴求，和平落幕，廣受社會各界所肯定，足為社會運動之典範。

八十一年，我終於能在金城鎮鳳翔新莊購置土地，建築一棟三層樓房子，並於次年中秋節完工喬遷新居，安頓一家大小，深感欣慰又有成就感。在我的新房子附近也陸續興建了四、五十棟嶄新的房屋，美輪美奐。唯一美中不足的是，出入巷道均為泥巴路，晴天還好，遇到下雨天則泥濘不堪，住戶們深以為苦。居民不斷向金城鎮公所反映，要求儘速鋪設水泥道路，改善社區行的便利，歷經多年的爭取，金城鎮公所方於八十六年同意發包施工整建社區二條道路。一條是珠埔西路五十巷，為縱向，另一條是珠埔西路五十巷三弄，為橫向，長約各二百公尺，寬十公尺，形成垂直交叉。

只可惜，整建道路工程進行到一半就遭遇阻礙停擺了，其故何在呢？原因在於道路用地未經徵收仍為私人土地，而其中有一名住在該處的地主出面阻止，不同意其私有土地供公眾鋪設道路使用，全體新住戶無可奈何，為之扼腕不已！我們這群新住戶組織了一個聯誼會，選出十位代表，平時經常聚會討論社區公共事務，為了此項工程停頓，立即在召集人陳水芳老師家中開會，集思廣益，尋求解決之道。會中，人家紛紛發表意見，惋惜之聲不絕於耳，眾人皆表無可奈何，實在無能為力。

最後，金門高中王先正老師問我說：「薛先生，你擔任過電信工會及薛氏宗親會負責人，嫻熟公共事務，經驗豐富，如今此項難題可有解決之法」？我說：「我了解問題的關鍵，就在那位地主的身上。我們中華電信去年也在這裡挖路要埋設管線，工程做到一半，遭受該地主的阻撓，以致無法完成，只好半途而廢，回填了事，前功盡棄。如今歷史重演，結局可能相同，解決之道唯有好言疏通這位地主了，可我們都是外地遷來的住戶，和地主並無交情與關係，使不上力，即使請縣長來也無效，請鎮長來也沒有用，依我看只有一個人幫得上忙」。

眾人均問是何人？我說是西門里長許天順先生，又問何故？我說其一，地主與里長同是許姓宗親，其次，里長也是西門里老住戶，熟悉各家各戶的人物動靜。但是，大家都說我們和里長不熟又沒有交情呀！我說我也不熟，從未和他吃過飯或喝過酒，不過，我猜他可能認識我，不妨試試看。當場，我就打電話予里長，說我是電信局的薛某某，有件事要請里長出面幫個忙，疏通這位地主能高抬貴手，同意讓我們使用他的土地，完成該項道路整建工程。里長聽到我的姓名和請託的事情後，一口就答應明天會去登門拜託，欲知結果如何？且看明日給你回電。次日晚上，許里長果然來電告知好消息，說地主已經答應不再杯葛，你們儘管去施工吧！感謝許天順里長的鼎力協助，社區道路終究如期順利完工，大大改善居民行的便利，造福鄉親，真是功德無量，令人銘感五內。祭文千篇一律，且待下回分解。

第五十四回　祭文還在用文言文，騙過死人又騙活人

自從長大成年踏入社會後，每年需要出席往生者之告別式，越來越多，我發現小小的一個金門縣，各鄉鎮的風俗習慣和殯葬禮儀也有不同，我很願意尊重當地的風俗禮儀，要跪要拜我都照辦，只因死者為大嘛！可是在所有不同之中，卻有一項相同的，那就是宣讀祭文時，祭文的文體和內容竟然具有全島性的一致，文體是文言文中的駢體文，內容是千篇一律，只換過死者的姓名而已，也不管他生前是士農工商哪一行，對社會和人群有何貢獻？貢獻有何不同？別說聽的人不懂祭文說的是啥？就連讀的人也沒有幾個曉得祭文在說啥？

歷史上所讀過最著名的祭文，非韓愈的「祭十二郎文」和袁枚所寫的「祭妹文」莫屬。這二篇祭文用的文體均是散文體而非駢體文，內容更是有血有肉，感人肺腑至深，流傳千古而不朽。取法乎上，今月曾經照過古人，今人為何不能師法古

人？所以，我常在想如果有機會讓我宣讀祭文時，我絕不使用時下通用的文言文，而要改用現代白話文，簡單明瞭，不但讀的人懂，而且聽的人也懂，更能符合死者的身分地位，配合死者的社會貢獻。後來，在一九九九年及二〇〇一年，我就有兩次機會使用現代話的祭文如下：

祭葉榮華伯父文

惟一九九九年七月七日，晚輩薛某某謹以鮮花素果，致祭於　葉府榮華伯父之靈前曰：

嗚呼！晚輩在一九七四年春天，隨令郎葉漢談到金門城貴府拜會，承蒙惠賜飯菜及酒食，把酒言歡，不勝愉快。此後，我便經常和葉漢談、蔡海塔、許志新四人一起到府上，陪您共飲好酒，並請教誨，令我們受益匪淺。

一九八四年的某一天，我一如往常，獨自一人前往貴府，把酒聊天之際，向您提出詢問一件事及一個人——那是有關於三十年前的人與事。不料，您不答反問我說：「你所問的這件事和這個人，是不是你自己」？我大吃一驚，不敢隱瞞，從實招來，我說：「真人面前不說假話，我所要問的正是我自己，這件事情擱在我心裡已經有二十多年了」。然後，您便告訴我這件事情的大概情形，也安排我見到我思念了二十幾年的「那個人」，我非常感激。

這些年以來，我也經常到府上去探望和請安，並將您獨居的近況通知遠在台北的令郎葉漢談。每每看到您的身體和健康越來越差的情形，令我時常惦記在心頭，憂心不已。

嗚呼哀哉！伏惟尚饗！

祭薛承宙宗親文

惟二〇〇一年四月十九日，同宗薛某某謹以素果水酒不腆之儀，致祭於薛府承宙君之靈前曰：

嗚呼！時序入夏，萬物滋長，草木欣欣向榮，那堪惡耗驚聞！痛君之逝，合族同悲，靈前舉哀，倍增感傷。

君來山外，棄農從商四十載，養育子女有六人。我生珠山，自幼見愛賢伉儷，年年饋贈鞋一雙。

二十年前，珠山大道宮重建落成奠安，全村盛大慶賀，薛氏族人不分浯島台灣，齊聚珠山歡騰。奠安所需經費龐大，除依各家戶人口數定額捐獻外，尚差一大截，主事者只好再發起自由樂捐，君聞訊慷慨解囊，立捐新台幣十萬元，為全村、全族之最，奠安大典終能圓滿完成。君功成不居，二十年來更無德色，然而，凡是曾經走過，必然留下痕跡。至於珠山村中其他公共事務或修橋鋪路，君向來不落人後，出錢出力唯恐不多，往事歷歷，如影如繪，盡在眾人心中及口中。今後吾鄉珠山，盛舉與誰共襄？

魂歸來兮，幽冥永隔，但願天堂自在行，此情悠悠無止期。勤儉奮鬥過一生，雁過留聲人留名。

嗚呼哀哉！伏惟尚饗！金門喪葬風俗，且看下回分解。

第五十五回　族長身後葬禮，遵循金門風俗

那一年的冬天某一日，我突然接獲珠山宗親打來電話說：「芳成落仔停止進食一周，快要去世了，各地的親同都紛紛趕回珠山來探望他，你要趕快回來看他最後一面，要不然就沒有機會了」。哇！這麼一道生離死別的信息，直教人膽顫心驚不已。掛上電話之後，我立刻騎上機車飛也似的衝回珠山七十三號，進門後到大廳，就看見芳成嫂及其媳婦、女兒、內外孫兒都是一臉哀傷，滿臉肅穆的坐在廳裡，卻看不到芳成兄。我便輕輕地問：「芳成嫂，芳成兄人在哪裡」？她抬頭瞧我一眼後說：「你回來了，芳成在櫸頭，我帶你去看他」。說完，她就站起來領我到大廳右前方的櫸頭仔，只見芳成兄仰躺在一張小床上，身上蓋著棉被，雙眼緊閉，神態安詳。毫無一絲病容，更不像是生命即將走到盡頭的模樣，跟我在春天與他見面時殊無兩樣！芳成嫂對著他說：「芳成呀！芳成，你張開眼睛看看，是誰來看你

了」？我馬上趨前站在床沿，凝視著芳成兄，但他並沒有睜開眼來。芳成嫂又再重復說了一遍，不久，芳成兄才緩緩張開眼睛，靜靜躺著望向我，我趕緊說：「芳成兄，是我啦，我來看你，你要卡保重」。他輕輕的說：「喔！是你喔！咱倆個是好厝邊喔」！我隨即接著說：「是呀！是呀！我們是幾十年的好厝邊」。他聽我說完後又安靜地閉上雙眼，我看了不敢打擾他，就跟芳成嫂說：「讓他休息，我們出去吧」。

回到大廳，我才請問芳成嫂：「芳成兄身體一向都很健朗，精神很好的，今年春天我還和他一起站在珠山大潭圍牆邊聊天談過話，怎麼會一下子就變壞了呢」？她說：「他在秋天開始感覺身體不舒服，精神便越來越差，到了冬天更是走下坡，他又不喜歡看醫生和吃藥，直到上周起更拒絕所有的飲食，每天只肯喝一、二口水而已，眼看著再也捱不過幾天光景了」。我又問她有什麼事情需要我幫忙的嗎？她說那倒沒有什麼要麻煩的，凡事每日都有村裡的族人前來看望和幫忙，只是芳成在前幾天已經交代如何料理他的後事，不曉得到時候要不要照他的意思辦理？我立即問她如何交代。她說：「他交代喪事不要鋪張，一切以簡單為要，第一、壽板選用普通木材即可，不需要用上等的檜木。第二、出殯時不要搭設靈堂，只擺祭桌和供品。第三、家祭和公祭完畢，壽板不要遶行鄉社，直接將壽板扛出社上車，送到公墓去。第四、下葬時不用點主，填好砂土便把神主牌請回家」。我說，呀！這幾點在我們村裡一般都會按照往例辦理的，如今他卻吩咐全部要取消，倒是以後需要大家合議和商量才是。

在人生的每一個年齡階層中，對於同一件事情往往會有相同或不同的看法及做法，但是對於重大事務如生命者，居然也會有不同看法，令人驚訝不已。一般常以每十年為一階，十年前或二十年前，看待生活上或生命中某一事項，有些時候跟今天並不盡相同，甚至剛好相反。俗話不是說：風水輪流轉，三十年河東，三十年河西嗎？芳成兄是典型的農夫，從小務農維生六、七十年，勤儉勞動一生，過了八十歲仍然身體硬朗，身材頎長，精神奕奕，絕無中年人發福發胖之現象，更無任何老年人常見的疾病，長命百歲應是理所當然。不料，一場小小病痛，竟生厭世之念，究其故，端在於芳成兄對於生命的看法淡薄，毫不眷戀！

過了二天的下午，我又接到電話來說：「芳成落仔今日老去了」。我一看日曆，是新曆一九八九年十二月十四日（星期四），舊曆十一月十七日，已經靠近冬至。芳成兄辭別人世，壽終正寢，享年八十三歲，已經進入耄耋之年的高壽了。我立刻騎機車奔回珠山，只見大門已懸掛白布條，院子和大廳站滿了家屬及親同在忙碌著，遺體還沒有入殮。隨後，我看見芳成嫂被宗親們請到院子裡開始討論喪事如何辦理？芳成嫂便將芳成兄所交代的後事辦理原則覆述一遍，雖然大家事前都已經曉得，但是依照常理和慣例，實在不能夠接受。有人說芳成落仔是村中鄉長，也是薛氏族人的族長，喪禮不能太隨便，更不能太簡陋。何況，他生前主持村中公共事務長達五十餘年，排難解紛，一言九鼎，年高德邵，無人能望其項背，正應該在喪禮中表現出他的份量和對他的尊敬才對呀！眾人說詞均趨一致，再三強調喪事必須符合他的身份、肅穆隆重與備極哀榮的精神。無如芳成嫂再四要求尊重死者的意思，不要為難生者。大家壓低聲音商量了半天，最後，在芳成嫂同意棺材改用檜木之外，其餘均遵照囑咐辦理。

說起薛氏族人的宗法組織和族規，在一九三七年對日抗戰以前是存在的，自從日軍佔領金門後，珠山人口逃亡過半，輾轉逃往南洋，迨抗戰勝利後，組織及族規均告瓦解。原本薛氏族人區分五房，每房各推選一名德高望重者出任房長，遇有重大事故時召開房長會議決定之，採集體合議制。因此，五位房長有時稱鄉長，亦有稱為族長。芳成兄即使不是一族之族長，至少亦是一房之房長。雖無族長之名，卻有族長之實，舉足輕重的影響力，並能普遍贏得珠山村人及薛氏族人的無比尊崇。

出殯那天中午，告別式設在薛氏家廟正前方的下三落埕，果然沒有搭建靈堂，也沒有那些琳瑯滿目的輓聯和祭幛，祭拜完畢，出殯隊伍也不遶行村莊，就直接把棺材扛出村外靈車上送往金山公墓。我是十六位抬棺者之一，必須跟著靈車到公墓，下葬時棺材放入壙中後即刻回填砂土，也沒有請任何人來點主。靈車返回村裡不過下午二點鐘左右，送葬親友吃過便餐後各自回家，至此整個喪禮圓滿結束。這是我有生以來，所參加過無數次葬禮的記憶中，最特殊、最簡單隆重、印象最深刻的一次。而且，事後回想起來，我認為這場葬禮也是最符合芳成兄一生做人處世的簡樸原則。還有，對於當前流行的喪葬禮儀，也能起著一種標竿和導正作用。近年來，告別式的式場文化大量引進來自台灣的殯葬文化，充斥著浮誇、花俏、低俗和商業化；反而把原來金門古樸儉約的喪葬文化排擠掉，差只差沒有電子花車和脫衣舞表演而已。台灣葬儀社操弄殯葬禮儀，主導喪家的一切喪禮儀式。並進而挾著其強勢文化，對金門的葬禮施行同化，頓使金門的式場文化失卻原貌和精神，頗令有識之士長懷心有戚戚焉之感。屢思對於當今喪禮有所改變和改進，卻苦於無從下手，無能為力，坐視台灣文化的入侵和氾濫。如今，芳成兄的這一場葬禮正是重新樹立典範，讓它回到原來質樸的道路上，豈不聞「社會風俗之厚薄繫乎一、二人之間耳」！旨哉斯言！

芳成兄主持珠山各項紅、白事務長達五十年，熟知各種禮節和喪葬事宜，一切遵循慣例辦理。所謂：新例無設，舊例無除。凡事大都依循舊例，依樣畫葫蘆，即使某些成例已經變質或失去原有精神，也極少會加以更動。想不到，他對於別人的葬禮均如往常料理，但是，對於自己的後事，卻堅持預先作出安排和指示，絕不舖張，而且，又是大異于當前的常例，回歸到更早期的淳樸葬禮習俗上。讓我們在詫異之外，不得不有所省思當下的喪禮，是否有值得檢討和改進的地方？這一場葬禮打破現今的四不像喪葬文化，回復到原來簡單隆重、肅穆莊嚴的告別式，誰曰不宜？芳成兄以身作則，為世人行不言之教，當然會具有一定程度的啟發作用。

芳成兄年長我四十八歲，等於是兩代人的差距了，好比是分屬於兩個世代的人。他家的正前面六十八號是薛芳世兄，我家六十九號在芳世兄左側，位於芳成兄左前方，正是左鄰右舍的厝邊頭尾。從十歲起，我就開始跟著雙親下田幫忙農事，才知道有些田和芳成兄的田地相鄰，阡陌相望，所以，田頭田尾我們也會在一起鋤草耕種、挑水澆菜。因此，不論在村子裡或田埂邊，我們經常會碰面問好打招呼，只不過因為他的年紀比我父親還大，而我又那麼年小，所以都是我先開口問早，問吃飽了沒有？他總是點個頭或者簡短的回答一聲，從來不再多說一句。漸漸的，我就知道這便是他的個性，然後，我又發現到村人之間若有爭執發生，雙方爭得臉紅脖子粗之後仍然無法解決時，便會有人提議到芳成兄家去調解，有時候二個人去，有時候三、五個人進去。每一次出來後，雙方即使不是握手言歡，至少也是心平氣和接受調處方案，絕不再惡言相向或繼續爭吵。原來，沉默寡言、謙沖為懷的芳成兄，竟然具有這麼神奇的調和能力，能夠讓兩隻鐵公雞變成和平鴿，實在了不起。只可惜，我從來沒有機會在現場觀察或聆聽過，真是引為一大憾事！

珠山是一個薛氏單姓聚落的鄉下農村，居民之間雞犬相聞，守望相助固多。但因細故爭吵而生嫌隙，也是在所難免，爭執雙方訴諸官府，勞民傷財，常見落得各打五十大板之結局，難平兩造之怨恨。所以，珠山自開莊以來，即設置房長會議的組織，擁有調解族人糾紛的任務和權力。並且，立有族規嚴格施行，如有觸犯時亦交由房長會議進行聽取說明後予以制裁，如驅逐出鄉，不許居住本鄉。直到抗日戰爭勝利金門光復後，原有宗法組織的權力不復存在，族規亦廢棄不用。自此遇有爭端，僅能尋求個人進行調處，因此，調處者人格、品德、見識和公正性，自然必須要能獲得雙方之信賴，調解方案才會有效果可言。芳成兄就是在此種背景下，一件一件的妥善調解，深受雙方當事人的信任不疑，日積月累，逐漸建立其公認的處事品牌和個人聲望，進而成為珠山人一股安定的力量，歷經五十多年來，達到巔峰境地。除了芳成兄之外，珠山再無第二人具有如此崇高能力和地位，非但無人能夠取代，甚至無人能夠比美。此外，從他的生活作息當中，我們亦深知他勤於農田耕作，儉於飲食享受。凡有事到后浦辦理，他必定安步當車，不論夏天馬路有多熱，也不管冬天馬路有多冷，一概打赤腳徒步從珠山走到金城。辦完事再走路回家，從來不騎腳踏車或搭乘公車，每趟來回路程大約需時九十分鐘，幾十年來未曾改變過。目睹他的起居規律，勞動有時，身體健康得很，精神矍鑠。加上他的個性惜言如金，當他站在你面前，未開口便自然形成一股威嚴和懾人的氣勢，任何人都不敢在他面前隨意放肆。可是，當他開口說話時，語氣卻是非常溫和，態度也是十分親切，從不曾見過他疾言厲色或暴躁發怒，這不正是望之嚴然，即之也溫嗎！想當年，「大埕仔」在村中橫行霸道，對村人動輒破口大罵、拳腳相加，目無尊長。人人畏之如虎，避而遠之，珠山被他蹧蹋得一塌糊塗，一片「臭青荒」之景象。芳成兄遇之不稍加任何詞色，更無須閃避，渠亦不敢張牙舞爪。

在農業時代，鄉村與鄉村之間各有界址分隔；但是村內人與人之間因生活起居和耕種謀生的因素，常有重疊交錯之處，人我之間的界線模糊不清，爭端因此而起。即使在單一姓氏的珠山，鄉親既是宗親，村人便是族人，多了一層昭穆輩份的關係，然因細故致起衝突者，勢所難免。有衝突就有化解之必要，倘若尋求官方解決，曠日費時又費錢財，況且難得公允合理之調處方案。所以，當事人雙方乃因合意而共推村內一適當人選作為調解人，歷經三、五次調解成功後，累積相當口碑和信任，此位調解人在族群中便自然而然具有其特定功能及地位，甚至成為族人中的自然領袖，芳成兄即是此一模式形塑出來的。

十四歲那年（西元一九六八年），我就讀愛華國小六年級，我家正對面那座被八二三砲彈擊中後破損不堪的「大道宮」進行修建。可是，二位負責人疑因收取承包商之回扣，竟將宮中龍虎井一併用水泥灌漿灌成樓板，導致宮內黯淡無光，不但失卻原貌，而且不堪使用。更因監督不週，被包商艾某人偷工減料，草草完結。鄉人薛永化憤而赴內政部福建省調查處舉報不法，後經族長芳成兄出面勸解，才又撤回舉發而落幕，但還是難杜眾人悠悠之口的指責及議論紛紛。此次修建工程失敗，仍然耗費新台幣十一萬八千餘元，其捐款來源如下：一、旅菲宗親六萬二千六百元。二、旅星宗親一萬五千二百元。三、旅台宗親一萬八千四百元。四、金門宗親二萬八百元，合計募得十一萬七千元，盡付流水，該二位主辦人實在難辭其咎。俗話說：近廟欺神。原來並非僅指居住位置而已，還包括參與寺廟事務在內，彼等仗著信眾對神明的信賴，膽大妄為，遂行其個人之私慾，令人不齒，真是欺神太甚矣！所以，對於從事寺廟公共事務的人員必須加以適當的監督，以斷絕不肖人員藉著神明上下其手，中飽私囊的機會。

次年，我唸金城國中，為了求學方便移住到金城北門玄天大帝宮口（北鎮廟）大姐夫萬國汽車修理廠暨住家。因為上學，整天穿著學生制服及膠鞋，跟在老家讀國小時成天打赤腳的生活習慣不同，因此不到半年，雙腳就患香港腳病。兩隻腳底和十跟腳趾頭都浮腫、潰爛，疼痛難當，深受舉步維艱之苦。有一天我回珠山碰到芳成嫂，她看我走路一腳高一腳低的怪模樣，問是何故？我答以醫生說是香港腳，給我藥膏擦也沒有用呀！想不到，她居然說得比醫生還靈光，她告訴我：「你十幾年來在家裡都沒有害過什麼香港腳，怎麼人去了后浦，腳卻跑到香港去了。依我看，一定是跟你每天穿鞋子有關，那種橡膠鞋密不透風，汗水及腳氣無法散發，就會滲透到腳趾頭與腳底下。你最好是放學後就趕快脫掉鞋子，然後光著腳丫到泥土裡去踩踏一段時間，說不定便會自動好了」。我將信將疑，抱著姑且一試的心理按照芳成嫂的說法去做，沒想到一個月後，我的香港腳竟然不藥而癒，我又能夠活蹦亂跳的在籃球場上馳騁，真是不亦快哉！原來，芳成嫂是這麼富有生活智慧，令我好生敬佩。果然，事事留心皆學問，她從我生活習慣上的改變來觀察和判斷，就知道我的毛病是由何而來，以及如何去除這項毛病。從此以後，我輕易不再穿上鞋子，不論球鞋或皮鞋，也沒有再患過香港腳，我因此養成穿拖鞋的習慣，能不穿鞋子最好甭穿。

二十九歲那一年（西元一九八三年），再度重建「大道宮」，由族長芳成兄主持，將上次工程全部打掉，重新建築，依照原貌修建，費時二年完成，共計花費新台幣一百四十六萬多元。落成後並舉行奠安及開光慶典，開支八十九萬七千餘元，盛況空前，為珠山百年來之一大盛事，轟動全島。時任縣長伍桂林，應邀蒞臨觀禮，稱讚有「世家風範」，為鄰村所不及。芳成兄處理大道宮事宜，化解官司於前，又圓滿完成重建於後，功勞及苦勞廣受鄉人的讚揚。不過，他功成弗居，又絕無德色，從未以此驕人傲人或自得自負，一切都是那麼平淡、平常，理所當然，在平凡中顯得那麼真實和自在，這份修養多麼難得，多麼可貴呀！

一九八九年四月十六日，金門薛氏族人發起設立金門縣薛氏宗親會，我僥倖當選第一屆理事。可是，我發現到芳成兄並沒有進入理、監事會，也沒有獲聘為名譽理、監事或會務顧問，將是宗親會最大的一項損失。雖然，芳成兄年高德邵，德高望重，又素孚眾望，正是新誕生的宗親會最切切需要倚重的自然領袖。無如剛當選的負責人既無聲望，更無度量，不此之圖也！我就是在薛氏宗親會成立之後幾天回到珠山時，看見他獨自一人站立珠山大潭池邊，望著潭中波光粼粼，若有所思的樣子。我從他背後瞧到孤獨的身影，卻無從知道他的內心世界，因此，便走上前向他問候。我又請問他，我小時候在夏天有月光的晚上，一大群小孩子最喜歡在大潭邊嬉鬧，離開珠山搬到金城居住了二十年，不曉得現在的夜晚，是不是還會有小朋友在潭墘玩耍？他說：「才沒有呢！你看現在珠山村裡到處房屋倒塌，雜草叢生，一派荒涼破敗景象。到了夜晚，家家關門閉戶，個個足不出戶，哪有小孩子會出來玩耍？又沒有路燈，入夜後一片漆黑，伸手不見五指，更不見一個人影，人人躲在家裡守著電視看節目，比你小時候蕭條很多。看我們背後這棟七十號房子的右側那棵苦楝樹，長三、四公尺，比房子還高，樹根上面的泥土被雨水沖刷乾淨，一條條都裸露在路面，晚上走路經過那裡非常艱難，很容易被樹根絆倒，你說，怎麼會有人出來走動呢」？說完，不勝感嘆今昔之情，溢於言表！我說：「是呀！以前我們小孩子都愛在夏日晚上到池邊玩遊戲，看學堂頂（珠山大樓）的阿兵哥來七十號薛芳佳兄所開設的珠峰商店買東西，或者到前面六十一號下三落薛承立兄所經營的珠光商店吃冰。那時節，大人、軍人和小孩人聲鼎沸，好不熱鬧唷！要到十點鐘實施宵禁後，才會安靜下來，撫今追昔，的確讓人興起無限感慨」！這一次談話，是我一輩子所聽過芳成兄說話最多的一次，當時我不過才三十五歲，見識有限得很，無法充分領略他談話的含意。

回過頭來，藉由《顯影月刊》，我才知道芳成兄的一些早年事蹟如下：芳成兄出生於一九〇七年，為清朝末年，民國成立前五年。珠山小學創設於一九一七年秋天，從年紀上推算，他大約是珠小第一屆的學生。一九三一年，芳成兄擔任顯影月刊記者，斯時，年紀二十五歲。並於三二年及三三年獲選為珠山小學校友會第八屆和第九屆書記之職務。一九三三年四月十八日出版之《顯影》第六卷第二期，里中訊刊載「南洋去」云：薛芳成君任本刊新聞記者有年，最近覺以久鬱家鄉，甚感寂廖，故有南遊之意。自月前提出辭職，經于本月九號乘芝巴德輪渡往荷屬把力吧板矣（現在印尼厤里巴板）。又載：薛芳成由荷屬高低埠返鄉（當今印尼三馬林達），順道經過馬尼拉，與里人薛春樹不期而遇，乃聯袂歸來，於一九三六年五月十一日回到故鄉溫暖的家，去國整整四年。旋於七月獲選為珠小校友會幹事，再選為副幹事長。十月上旬，幹事長薛長安決議重渡菲島，請辭校友會職務，幹事長則由副長薛芳成鼎代。顯影自一九二七年二月二十八日印行十五卷六期後，遭逢對日戰爭爆發，日軍侵佔金門八年，顯影因此停刊。珠小讀完最後一課，校友會解散，書刊焚毀，里中人口原本二百多戶，逃亡過半，經由大嶝、小嶝避入大陸，再輾轉前往南洋謀生，珠山自此過著冬眠現象，一切沈寂有如死谷。日軍佔領金門後，在軍部之下成立維持會，起用本地人治理一切民政事務，採取以金治金之手段。

迨抗戰勝利後，《顯影》於一九四六年四月在海外同鄉的督促下復刊，是為十六卷一期，又稱為重光第一期。旅菲衣里岸珠山同鄉會來函勉勵，指顯影重光即珠山新生。珠小復校籌備會委員有薛芳成等五人，預估復校所需費用為國幣一百萬元，呼籲旅外同鄉踴躍捐輸，共襄盛舉。隨後得到菲島衣里岸薛丞祝等發起募捐，珠山同鄉及金門同鄉反映熱烈，旋於同年八月間滙來一百萬元作為開辦費，另外尚有一百萬元寄來作珠小校務基金。而菲島宿務另一同鄉薛芳城亦發起勸募，據悉其成績相當美好。珠小則於秋天九月二日復校上課，學生八十一人。人外有人，下回分解。

第五十六回　校內年年掄元，校外名落孫山

有人說：小時了了，大未必佳。旨哉斯言，深中我心矣！話說很久以前，我唸愛華國小三年級時第一次參加全校一年一度的查字典比賽，因著啟蒙師傅是六年級的薛素萍學姐指導有方，初試啼聲，一鳴驚人，新秀與老將並駕其驅，我和六年級的一位畢業生同分並列冠軍。從此四年級到六年級連續三年蟬連冠軍寶座，非但成績年年成長，由八十幾分進步到九十多分，而且獨佔冠軍，無人能出其右，每年包辦一打鉛筆的獎品，易如反掌，好比探囊取物。亞軍的獎品減半為六支，季軍的獎品再減半為三支，學校此種名次之間的獎勵採倍數分配，深具誘因和鼓勵奪標的作用，參賽者無不以挑戰冠軍榮譽跟拖走最高獎品為目標，人人摩拳擦掌，等待一年一度的盛會，有備而來。無如我下的功夫更大，每次公佈成績，大家都可看到冠軍領先亞軍的差距越來越大，真是難望項背矣！正如貝蒙障礙一樣，無人能夠超越，

我也因此變成了查字典障礙。

正當我在不斷加強練習，鞏固冠軍寶座無人能敵時，到了六年級的某一日，忽然，趙悔今老師走來班上告訴我過二天要派我代表本校到金城國小參加校際查字典比賽，叫我多加油、多努力，為校爭光。金城國小就是現在金城鎮中正國小的前身，趙老師是全校師生中唯一的胖子，所以，學生們私下都稱他為「大肥趙仔」。到了比賽那天早上，趙老師來我們教室帶我離開學校，步行往馬路邊候車亭等候公車，搭上公車很快就抵達金城車站，下車後徒步走了幾分鐘就到金城國小的大門口。只見校門外矗立著幾株好大的老榕樹，連成一大片的樹蔭，此時正是初夏，站在榕樹底下，享受那清風徐來，無比涼快，頓覺惱人的暑氣全消。進入大門內只見學校是前後二排教室，左右也有二排教室，就好像閩南式傳統建築的四合院模式。

趙老師帶我到後排一間教室坐定，告訴我他會在大門口等我後，他就離開教室。我看見已經有一些其他學校的同學就座了，抬頭望著窗外，教室外面是更大一片的百年榕樹，樹根是盤根錯節，樹幹巨大，枝葉茂盛，樹底下好多學生在嬉戲玩耍，個個笑口盈盈，玩得不亦樂乎！稍後，搖鈴聲響起，老師進場看看座無虛席，宣佈比賽時間為三十分鐘，然後就發下比賽格紙，各人埋頭苦幹。左手捧著字典，右手用大拇指掀著書緣快速地翻查，查到後立即用右手拿起鉛筆抄下頁碼及注音符號。每個人都是重復著翻查字典和振筆疾書，奮戰不懈，眼看我還剩下最一行時，突然看到有人起身上前繳卷，教我吃了一驚，一會兒陸陸續續也跟著有人繳卷，當我看見只剩十個字時，搖鈴聲再度響起，時間到。老師說不許動，未查完者全部繳卷，我嘆了一口氣，曉得大勢已去，靜靜地上前繳卷。離開教室到大門口見到趙老師，向他報告說比賽的字數比我們學校多出不少，我查不完，但是有十來個人卻能查完提前繳卷，這場比賽我輸了，實在很慚愧。他說比賽完就好，只要盡力了就可以，讓你嚐嚐失敗也未嘗不好，須知人外有人，強中更有強中手。我聽他這話固然是安慰我，但同時也告誡我不要自大自滿。老師講完，便帶我到「南門街仔」一家麵線糊店吃午飯，除了有香噴噴的白米飯外，還有麵線糊、腸仔湯、海蚵湯，難得有這麼好料的可以吃，又是老師出錢，平常哪曾吃過這麼豐盛的飯菜，我不禁敞開胸懷飽餐一頓，也不枉今天到金城來一趟，算是不虛此行。把桌上的菜一掃而光，吃撐了肚子才到金城車站，搭乘公車回到學校上課。

放學回家後，深感沮喪，悶悶不樂，想我四年來在本校一戰成名，連戰皆捷，又曾自己下過功夫苦練。沒想到校外比賽卻是如此不堪一擊，一敗塗地，讓我心裡五味雜陳，自我檢討一番，才知道天外有天，一山更比一山高哪！運氣真的很好，且看下回分解。

第五十七回　我的運氣雖好，可是從未自滿

年滿十九歲，我終於高中畢業，長大成人了，必須自尋出路，自謀生活及奉養雙親。當年的大學聯考錄取率只有百分之三十而已，要想擠進「窄門」可不是一件容易的事，我自知無此能力，虛應一下故事也就罷了，自然是名落孫山外。但是，趁著年紀輕輕，我的心裡已有二項打算，一是投考軍校聯招，鐵定能夠考取，因此填寫志願時只填一項「陸軍官校」。二是報考台灣北區大學夜間部聯招，因為我唸的是理組，也篤定可以上榜，然後自食其力、半工半讀完成夜大學歷。但是，人算不如天算，偏偏老天不從人願，正當我在台南等候北上報考夜大的時候，突然接獲一封家書謂：金門電信局正在招考人員，已替我辦妥報名手續，機會難得，須即速返回應考。面對突如其來的變化，不得已，只好取消自己原來的計畫束裝返鄉投入電信局招考。這一梯次用人需求是為了開辦金門地區市內自動電話業務，招收男生

十五人，女生四人，考試放榜後，運氣真好，我也榜上題名。想不到，高中畢業後便失業半年的我，竟然意外獲得生平第一份工作，喜出望外，就此踏入職業市場。

讀高三時，我們有四個要好的同學，經常聚在一塊唸書、討論畢業後的前途和打算。除了我的功課欠佳外，他們三位可是好得很，聯考放榜，我高高的落榜，他們個個都是金榜題名耶！一位考上世新大學，一位考取國立成功大學，還有一位更是高中國立台灣師範大學，而且，均為日間部！我一看自箇兒慚愧，但更為他們高興，一一登門向他們道賀恭喜，曉得他們經過四年大學生的教育完成後，個個學有專精，畢業後前途無量，將來必是社會上的中堅份子。

雖然，在四個同學當中，我最不成材，是被大學聯考拒絕錄取的小子。不過，塞翁失馬，焉知非福，我反而是最先找到工作，得到穩定的、相當不錯的收入，並於工作一年半後結婚生子，養家活口。每年的寒假，同學們返鄉過年，總會到家裡來看我，也看看我的老婆和孩子。又過二年，知道他們的學業即將完成，前途不可限量，鵬程萬里。果然，他們大學畢業後，一位留在台北發展事業，業務蒸蒸日上，二位返金擔任國中教師，作育英才，百年樹人。我自忖雖然進入職場比較早了四年，起步早也起步高，但終究我曾受限於學歷和專長，將來頂多專任電信工人一職罷了，別無所長。所以，閒暇時又屢屢勾取當初唸夜大的構想，可惜，金門並無夜大的設立，除非舉家遷居台北方能如願，無奈，考慮到現實上種種的難題行不通，只好作罷論。

一九八四年起，我在妻子照顧我與四個孩子起居生活一切便利之下，便想立下志向，設定人生目標作為自己奮鬥的方向。因此，我預備參加公務人員高等考試，於是到郵局買了一份高、普考試的報名簡章，一看報名高考的資格必須具備其中三項之一，一是大學或專科以上學校畢業，二是高等檢定考試及格，三是普通考試及格滿三年。我想選擇第三項，以通過普考來取得參加高考的資格，因為參加普考的資格是高中畢業，恰好符合我的學歷。但是，普考的專業科目，如普通行政科的「經濟學」、「行政學」、「行政法」、「法學緒論」卻是大學修讀的科目，高中並沒有讀過這些書目。所以，我只好到書店去買書來自修，並請教大學畢業的同事吳劍鋒，以及鄰居高考及格的同學甯國平二位，如何修讀以及如何準備應考，承蒙他們細心給我講解，讓我摸索到一個正確的方向。然而，連續報考五年均未上榜，雖然考試成績已經非常接近錄取分數，只差一、二分而已。

八九年夏天，國立空中大學在金門成立學習指導中心，並舉辦新生入學招生考試，我立即報名參加，獲得錄取，於是展開為期七年的空大求學之旅。因此，我一邊參加普考，一邊修讀空大，雙管齊下，齊頭並進。我的讀書計畫是，從每年四月一日起開始專心準備普考，謝絕一切應酬，連續四個多月，到八月二十日赴台考試。讀書時間是，每天下午下班後吃過晚飯，六點鐘上床小睡三個小時，九點正起床泡茶、打赤膊、穿短褲，吹著電風扇，開始一個晚上的夜讀，直到深夜三點以後，更深人靜，萬籟俱寂方才上床睡覺。每晚讀書時間至少六個小時，如此四個多月期間，沒有一日中斷過。

第二年夏天，我首度參加金門電信工會理事選舉，更進一步當選常務理事，決心要在前任的基礎上，以建立工會應有品牌為職志。因而，確立勞資和諧與勞資對等為兩大主軸，工會參與局務會議，了解事業單位運作機能並提供建言，參與人評會傳達人事升遷之基層意見。任滿一屆三年後不再連任，把機會讓給別人，任內大大擴展工會運作空間，宣告工會自主時代來臨，不再是擺在桌子上點綴的花瓶而已，更不是任人擺佈的傀儡，此可參考拙文「電信工人與工會」。

九二年初，我正在鳳翔新莊忙著建造新房子，竟日陪著師傅李甘樹先生吃飯、喝酒、唱歌，到了八月中旬，房子順利完成了百分之八十。我告訴他我要去一趟台灣參加考試，他一口就說，看你今年的氣勢很旺一考必中，到時中榜可要記得請我喝杯喜酒哦！我說只要能託你的福考上，巴不得連夜請你去喝酒，怎麼會忘了你呢！果然如他所言，我連續第九年參加普考，皇天不負苦心人，終於考上了，自然，也在餐廳擺了一桌酒席，和師傅暢飲一番。當年，我報考普通行政科，要錄取二百人，光是報名人數就有四千三百多人，應考者不是大學畢業生，就是大學本科系的在學生，像我這般以高中學歷應考者，恐怕不多見吧！在錄取率只有百分之五，以及我又忙著蓋房子的情況下，居然也能金榜題名，豈不是正應了俗話所說的：「火到豬頭爛」嗎！

翌年底，我意外地以三十八歲之年紀獲選為薛氏宗親會理事長，因而立下一項中心思想：「建設珠山，光耀薛氏」。推動會務公開化，決策民主化，財務健全化，將全部現金存入土地銀行，百分之七十採定存，百分之二十活存，百分之十為支票存款，以支票作為支付工具，如此一來，出納便無需保管任何週轉金。我一上任就誓言自己絕不舞弊，同時也不會給任何人有舞弊的機會。任滿四年証明，宗親會的財務完全達到透明化。除了引進金門國家公園進入珠山，協助其大力投資建設公共設施，並由國家公園補助珠山居民修建古厝的經費，使得珠山村落的面貌為之煥然一新。又接受金門縣政府的指導與補助，於九七年元宵節創辦第一屆「珠山燈節」活動，吸引全縣民眾扶老攜幼蒞臨觀賞，廣受好評。接著第二年及第三年又連續舉辦二屆珠山燈節，由於人潮洶湧，造成周邊道路為之大塞車，此可參閱拙著「金門薛氏宗親會與我」。

九六年春天，我在空大修滿一百二十八個學分，以社會科學系畢業，獲得空大授予學士學位。

我能夠進入金門電信局工作，真的是運氣很好，因為成績好的人都去唸大學了，考不上大學的人反而考進電信局。可是，我從來沒有以現況為滿足，而是取法乎上，以我的同學讀完大學為榜樣，自我學習，自我成長，畢竟也能走出一條自己的路，西諺說：條條大路通羅馬，不是嗎？九七及九八年夏天，我兩度參加高等考試，成績遠遠的落後，方才發現我的記憶力、毅力及鬥志已經大不如前，只好放棄這項十幾年來奮鬥的目標。檢討原因，我在工會三年學習領導能力，在薛氏宗親會四年發揮領導能力，俗務纏身，交際應酬頻繁，耗費掉太多的時間及精力，因此，心神無法集中，心有餘而力不足矣！走上寫作之路，且看下回分解。

第五十八回　讀書是我的嗜好，寫作卻不是興趣

二〇〇〇年六月四日晚上十點鐘，我終於看完一本費時二天整的書籍，多少也從書中得到一些啟示與領悟，誠所謂「開卷有益，完卷有得」，心裡為之豁達開朗不少，身心好比洗過一場森林浴一般舒暢。因此，便懷著輕鬆和愉快的心情，騎著摩托車從金城往慈湖去兜風，享受一下涼快及寧靜的夜晚，抒發一會兒情緒，所以車速並不快，都維持在時速三、四十公里而已，慈湖距離金城大約四公里，只需花費八、七分鐘車程。去程約花了七分鐘抵達慈堤，旋即掉轉車頭回程，孰料，回頭不到五百公尺的一個向左側小轉彎處，突然機車輪胎打滑，憑著幾十年的騎車經驗心知不妙了，說時遲，那時快，我已經連人帶車摔倒在馬路上。更慘的是，害我從機車上摔下來，臉部、胸部及手腳貼著馬路摩擦滑行了二十幾公尺，造成全身鮮血淋漓。幸虧，我有戴好安全帽，頭部毫髮無傷，當我橫躺在馬路上，一時之間有點

茫茫然，不知所措。幸好，緊跟在我身後的一部轎車，見狀立刻停車下來一位帥哥姓林、一位美女姓陳，趕緊扶我起來專程送我到花崗石醫院就診，才知道全身傷痕累累，總計有二十多處擦傷，擦完藥之後他們又專車送我回到金城家裡。

第一周，傷口撕裂疼痛難挨，第二周，傷口表皮結痂，第三周，傷口內皮結合，肌肉拉扯，最為痛苦難過。所以，在這療傷止痛的當口，除了每周二、四晚上到空大學習電腦初級班外，我坐立難安，什麼都不能做，什麼都動不了。我們電腦班的教師是鍾台武先生，班長是許惜治小姐，上完九周的電腦課，我的傷也好了。受傷的第一周起，我因著無事可做，便想起要寫四篇文章來打發時間，文章題目分別是：金門道路陷阱處處、電信工人與工會、薛氏宗親會與我、顯影月刊重見世人。

好笑的是，我想要寫的第一篇文章「金門道路陷阱處處」迄今尚未開筆，文章的題目有了，文章的綱要及段落心裡也有譜，就是下不了心思去寫作，真教不亦怪哉！到底什麼時候動筆，阮嘛莫宰羊！

一年來，我夾七夾八寫下長短不一的三、四十篇文章，包括第二篇到第四篇，實非本意。也無意附庸風雅，欲求廁身文人雅士之列，實在無意插柳，誤打誤撞而已。因著一場車禍無事能做，只好胡亂寫些前塵往事聊述記憶罷了！踏上寫作之路，好似陰錯陽差，也像鬼使神差，都是摔車惹來的禍。

由於小學一年級開始練習寫毛筆字，因著書寫順序自右往左，會弄得紙面沾滿墨汁，字跡模糊難看。為了免除此一缺點，我便事先計算好字數和位置，改從左往右寫起，因此，手掌不會沾上墨水，紙張上也非常乾淨清爽，自以為是一項創意和改進，頗為自得。料不到，被老師看見後，卻換來一頓「竹甲魚」，兩隻手掌被藤條狠狠地各抽打三下。挨打雖然痛還不在意，但是否定創見，我非常不服氣，把老師暗幹在心裡，發誓以後絕不會再寫書方，一概交給同學代筆，從小學到高中畢業，前後十二年我就不曾再寫過毛筆了。可是，上了國中以後，我發現賭氣的結果，自己倒霉，不但毛筆字寫不好，連鉛筆字和鋼筆字也寫不好，從此，我就視寫字、寫作業和寫作文為畏途。

一九九六年清明節，我在薛氏宗親會任內主持薛氏祖墓之發掘與修建工程，至冬節前完工，薛氏祖墓因而重見天日，美侖美奐。薛氏祖墓原本深埋土中三、四百年，只見一片荒煙蔓草，雜樹叢生，既無墳墓，又無墓碑可知位置，是故僅知其名，無人知其所在，此實有失慎終追遠之意義。結果，一件神聖使命，竟能在我們這一代手中完成，族人無不同感興奮萬分。次年，族老薛崇武要求某位長老將此一工程始末寫成文字記述，以備未來薛氏族譜修譜時記載之用，雖然該名長老信口承諾，但無下文。隔年春天，族老再度要求長老須趁早動手寫成，才能翔實可靠，該位長老依舊爽快答應，只是仍然不見下文而已。這二次談話，我都在場聆聽，並沒有人叫我寫，不過，我很同意也相信有寫出這項工程經過的必要，而且，由於我的主持和參與，我還應該是最適當的人選才對，不作第二人想。因此，到了秋天，我忍不住問過那位長老，祖墓的文章寫好了沒有？他說沒有。我當下就決定自己來動筆，也沒有告訴任何人，因為，我不曉得自己究竟會不會寫？想不到，我一向視之畏途的寫文章一事，居然膽敢輕易一試。當我開筆後，專心投入去回憶和構思，費時逾三個月之久，終於理出一個頭緒來，于一九九八年十二月二十日，寫出一篇二千四百字左右的「薛氏祖墓之發掘與修建」手稿，寫完後筋疲力盡，腦中一片空白。然後，將稿子拿到金門縣政府研考股，請老同學吳世榮股長幫我打成電腦檔後列印出來，因為他不但是一名快打高手，更是一名電腦高手，並且，拜託他順便幫我校對一下和惠加修正。他二話不說，就把那份手稿接過去，第二天便撥電話叫我過去拿。總共印了五份，每份五頁，我一看，哇！瞧那電腦字標楷體多麼漂亮，教我如何不喜歡！讀過一遍，發現比原稿更通順，我知道作了局部修正，大約佔百分之五，可是效果奇佳，幾近完美無瑕的地步，我馬上當面向他道謝。他便告訴我修改了哪幾個字，調整了哪幾個句子的前後順序，我說經過你修飾之後，真是太棒了，就這樣子拍版定稿，感謝你。這就是我所寫的第一篇文章，費時既長，文句又不夠成熟。

第二篇文章「珠山大樓還珠記」是在第二年的十月二十日寫好，篇幅在八百字左右，歷時一個月，自個兒打好字，仍然送請世榮兄惠予指正，他毫無推辭，立即看完一遍，當場作了一部份修改，約佔百分之三的比例，真的很理想，我就完全照辦。之後，我所寫過的文章，總會印一份送給他過目和請教，但是，他並沒有再幫我修正。二、三年後，他跟我說：「你現在所寫的文章，速度越來越快，篇幅越來越長，句子越來越流暢；不過，我還是最喜歡你的第一篇寫祖墓的文章」。我問那是為什麼？他說：「第一篇文章最大的特色是感染力最強，尤其是對於像我們這種年代背景相同的人來講，看了文章，就會情不自禁地回想起自己的童年時光」。冤枉學生，下回分解。

第五十九回　老師冤枉好人，學生欲訴無門

一九八九年秋天，我考取國立空中大學，開學後第一學期選修三科，其中一科是英文文選。第一次面授上課的女老師姓胡，年紀大約二十五歲，既年輕又漂亮，同學們上課和學習的情緒都很高昂。下課前，老師勾了四道作業題目都是問答題，要我們在半個月內將作業寄交她的住址批改，等一個月後第二次上面授課時以便發回作業。

只一瞬間，第二次面授時間已到，胡師一上課就將全班四、五十位同學的作業擺在她面前的講台上，一臉肅穆、語氣鏗鏘地說：「各位同學，你們寫的作業實在太隨便、太不用心了，老師改一份作業才幾塊錢而已，一般頂多只花十分鐘批改。可是，因為你們回答得太差了，不是錯誤百出，就是文不對題，什麼樣的缺點都有，而且，好多份作業的答案一模一樣，可見得連抄答案都抄錯了！我改一份作業

起碼都要花三十分鐘以上，一題一題的幫你們修正，不僅是沒有一份答對的，甚至沒有一道題目是答對的。我每份作業給六十分，實在是違背自己良心，勉強打給你們的；即使最多的六十五分，那根本也是同情分和鼓勵分數。拜託你們看在老師這麼辛苦，要比別的老師多花三倍時間批改的份上，下次認真一點、專心一點寫作業吧！希望下一次的作業，你們能夠得到七十分，我再怎麼辛苦也值得，就算是你們對我最大的報答」。一席話說得全班同學面面相覷、鴉雀無聲、自責無地自容。

然後，老師逐一點名上台領取作業，又逐個分別提示缺點所在，批評得每位同學無一倖免，我剛好坐在第一排，對胡師的每言每句都聽在耳裡。可是，我心想所有同學們被指出的錯誤，我都沒有犯相同的錯呀！我的作業寫得很用心，每道題目都認真看過和找過答案，沒有什麼缺點啊！隨著老師一串長篇大論的指責和發放作業的指正，教室裡一片肅靜無語，我也在等著領取我的作業。終於，眼看講台上只剩下最後一份作業，我猜想那應該是我的，可是，就在即將點名最後一位同學時，下課鐘聲響起。老師嘆了一口氣，顯現出她再也沒有多餘的力氣，去指正最後那份作業的缺失，就隨口說了一句：「還有哪位同學沒有領到作業的，自己上來領回去吧」！

下了課她立即離開教室，回到教師休息室去。我靜靜地立起身跨前一步，拿起作業一瞧，果然是自己的，只見作業上並沒有批改過的紅字，分數非但不是六十，也不是六十五，而是九十分耶！並且，在分數下面還加一個批註GOOD！我的天呀！我的老師！我真冤枉，我陪同學整整挨罵了一個小時，輪到我時，不一樣的作業和不一樣的分數，居然被吾師給遺忘了，一棒打進冰宮去，真是冤枉無處訴啊！吾愛吾師，吾更愛真理！等到第二節上課時，胡師發洩過後，興致勃勃忙著講解課本，我心灰意冷也無意就作業提出疑問了，還是專心聽講要緊。

我將以上空大上課發作業的經過打電話告訴美娟，當我說到看見的分數不是六十，也不是六十五的時候。她突然打岔說是九十分，真給她料中了。我又說加了一個批註，她一口就說是GOOD，又給她答對了，真是神準！簡直就像是我肚子裡的蛔蟲一般，要不然怎會如此了解我的腸腸肚肚呢！如何邂逅，下回分解。

第六十回　撞出一場緣份，真是始料未及

話說我和美娟兩人的第一次邂逅正好發生在一九九九年的十二月份，當時我拿了一份自己寫好的文章，到美娟的公司，要交給林老闆的千金，因為相識要請她參考與指教。可是，抬頭一看卻不是林小姐，頓感孟浪，趕緊說明原故，順便就把文章遞給她，歡迎她惠賜高見，誤打誤撞，真是一場撞出來的緣份。

後來，我邀請她一塊吃午飯，她說要有她的兩位同事作伴才答應，我也請了一位好同事張君作陪，在榕門小館共享美食和啤酒，我和張君同時發現到她喝酒時端酒杯的手勢穩定而優雅，曉得她很會喝酒，她才說在家裡常陪家人小酌，所以酒量還不錯。第二次聚餐在小野牛吃牛排，成員跟上次一樣，我就提到聽說金門有個村落的居民，綽號叫作牛，她說沒錯，她也知道是哪一個村莊，逗得大家哈哈大笑，盡興又開懷。

自從上次兩人單獨在湖下一起共進午餐，把酒言歡，其樂融融，一頓飯談話中共有四次獲得交集握手，我倆可真又投機、又投緣、又有默契，談心無比快樂。所以一周之後，我又邀請她同吃午飯，她二話不說就首肯，並說中午只有她一個人來，我就開車去接她到后豐港海鮮餐廳，坐下後我請她先點菜，沒料到她一開口就說：「前幾次人多全是你請客，今天人少改由我做東好嗎？總不能每次都讓你破費呀」！我說那有何不可，只要妳喜歡就好，以後反正有的是機會，沒什麼好計較的嘛！吃飯中間聊得輕鬆愉快，又開懷又開胃。聊到一半，她突然跟我說：「前次你提到我的結拜姐妹中有一位姓蔡的經營服飾店，沒錯，她長得最漂亮，個子最高有一百七十公分，身材也最好，三圍更是凹凸有致，曲線玲瓏，男人見了，目光無不停駐在她的臉上和身上。所以，她很早就結婚，而且生過孩子後，身材越發成熟嫵媚，風韻十足，魅力男人無法擋，害我們幾個好姐妹都羨慕得要死。誰知去年卻發生一件那麼不可思議的事情，你可猜得到嗎」？我說我並不認識她，更不知道她的生活現況及背景，實在無從猜起，你是否願意告訴我？我保証絕對不會大嘴巴，去跟任何人提起。

她說：「好，只要你不跟別人講，我可以告訴你。事情是這樣子的：『她老公在金門酒廠上班，有一票好同事、好朋友經常相聚在一起吃個小飯、喝個小酒，倒也有幾分情誼存在，這群人大都已經娶妻生子，所以，常常三、四個家庭，就有大、小十幾口人在一起玩耍。其中，有一位年紀最大的王大哥，生肖跟她同樣屬龍，年長她十二歲，對她特別的溫柔體貼又親切，比對待他自己的老婆還要好。老婆小他兩歲，育有一對子女，兩個人站在一塊時很有夫妻臉的模樣。起初，她也有幾分排斥和反感，可她老公在旁觀看還頗為自得，毫不以為意。有時候在家裡或店裡，還會聽他誇獎王大哥，不但很照顧小老弟，也同樣的照顧弟妹，叮嚀她不要失禮才好。所以，她也就逐漸把王大哥的舉動視為理所當然，況且，在那麼一大群人面前，他也不能夠怎麼樣呀！誰想到，在半年後一次她老公同事的生日晚宴後，老公喝醉了，她自己也喝了五、六分酒意，頭重腳輕，四肢軟綿綿地不聽使喚。王大哥倒很清醒，便專程開車送她們回家，回到家老公就歪歪斜斜的走到二樓，進入臥室躺在床上呼呼大睡，她幫他脫下鞋子和襪子，把他扶在孩子身旁睡好。然後，再下來一樓客廳招呼王大哥喝茶，王大哥假意說他也醉了，需要躺一會兒等酒退了再走，問她還有沒有床鋪可以休息一下？她就帶他到一樓另一間空的客房去，詎料，剛一進門後他就反手把門鎖住，她一時間還反應不過來，只是轉過身來準備出去，他已經把她擁入懷裡，輕聲叫著她的名字，訴說他如何想念她整整有半年之久，終於讓他等到今天晚上這個機會，真是愛情感動天地。她聽完暗暗叫苦，原來這王大哥果然對她早有企圖心，可是如今老公喝醉睡著了，那就是打雷也不能夠把他驚醒的，自己雖然頭腦清楚，但是手腳毫無力氣反抗，無可奈何，空自掙扎了幾下，還是被他逼到床邊摔在床上。之後，他飛快地脫光身上衣物，馬上撲到她身上壓著她吻著她，一件一件脫下她上身的外衣及內衣，又吻住她的乳頭，吻得她全身酥麻無力，連開口拒絕他都乏力氣。他又立即褪去她下身的外褲及內褲，再來吻住她的嘴，不讓她開口說話，接著便撥開她的雙腿，用手摸著她的下體，挺搶上馬，一舉就進入她的身體搖動起來。她整個人處在半醉半醒之間，雖然心中也是千百個不願意，卻又體味到一股從來沒有過的經驗，雖不願意偏又喜歡，直到結束後，他迅速地穿好衣服後吻她一下就離開，她又躺了好一會兒才起來洗完澡回到自己的房間去睡覺。自從那一夜之後，王大哥三不五時就打她的手機或店裡的電話，假猩猩地問候，要求她繼續跟他幽會，否則，就威脅要在她老公面前抖出那一夜和那一幕，無奈何，她只好聽從他的話，接受他的安排。一個禮拜後，她老公晚上九點去上夜班後，他就打手機來說他晚上特地跟人換好班，十點左右他就會來，交代大門不要關，客廳小燈要打開。果然十點鐘過十分，他就開門進來，並把門反鎖起來，走近她就將她撲倒在沙發上一遍遍吻著她的嘴唇和臉頰，他今晚沒有一點酒味，一手伸進她的內衣撫摸她的乳頭。她也跟著迷迷茫茫，只顧著左閃右躲，卻無法開口說不要，也無力抗拒，於是乎，更引起他莫大的興趣和興奮，就拉她站起來，簇擁著她走進那一間客房的床上，再度重演那一幕，到十一點過後他才滿意的離開。如此，三個月來了五次，讓她一直忐忑不安，又期待又怕受傷害，猶豫著要不要告訴她老公？要如何啟齒？要不要拒絕他？要如何表示』？因為她跟我無話不談，才會告訴我這件事，說她有丈夫、有孩子，丈夫愛她、疼她、也愛孩子，她實在不想再跟王大哥繼續糾纏下去，她問我該怎麼辦才好呢？我就說，想不到朋友們都羨慕妳們夫妻是一對佳偶，郎才女貌，家庭美滿又幸福，哪裡會想到竟然發生這樣不可思議的事情呢？無怪俗話說：太陽底下沒有新鮮事。亞先，事到如今，依你看應當如何善後呢」？

聽完美娟這段談話，令我不勝驚訝和感慨，倘非出自她的閨中好友所親口述說，還真有點不敢置信。西諺有云：美麗與哀愁。我原本不知其意所何指，今天從蔡小姐的經歷中亦可稍知何解，原來是說一個女子擁有令人艷羡的美貌，固然難得，可是相對地，哀怨與悲愁的事情也會如影隨形加諸她的身上。不過，我還是這麼認為：「妳同學所受的遭遇到底並非正常的狀況，天底下大凡正常的事情才可長可久，不正常的事物則早晚會結束掉。只是如何妥善結束，使自己免於受到傷害，或儘量讓傷害降低到最小的程度，才是貴朋友處理此事的最佳原則，妳說是嗎」？

國家圖書館出版品預行編目

金門情深 / 方亞先著. -- 一版

臺北市 : 秀威資訊科技, 2005[民 94]

面； 公分. – 參考書目 : 面

ISBN 978-986-7263-40-7(平裝)

855 94009786

語言文學類 PG0059

金門情深

作　　者 / 方亞先
發 行 人 / 宋政坤
執行編輯 / 林秉慧
圖文排版 / 劉逸倩
封面設計 / 羅季芬
數位轉譯 / 徐真玉　沈裕閔
圖書銷售 / 林怡君
法律顧問 / 毛國樑　律師
出版印製 / 秀威資訊科技股份有限公司
台北市內湖區瑞光路 583 巷 25 號 1 樓
電話：02-2657-9211　　傳真：02-2657-9106
E-mail：service@showwe.com.tw
經 銷 商 / 紅螞蟻圖書有限公司
台北市內湖區舊宗路二段 121 巷 28、32 號 4 樓
電話：02-2795-3656　　傳真：02-2795-4100
http://www.e-redant.com

2005 年 6 月 BOD 一版
定價：450 元

讀　者　回　函　卡

感謝您購買本書，為提升服務品質，煩請填寫以下問卷，收到您的寶貴意見後，我們會仔細收藏記錄並回贈紀念品，謝謝！

1.您購買的書名：______________________

2.您從何得知本書的消息？

☐網路書店　☐部落格　☐資料庫搜尋　☐書訊　☐電子報　☐書店

☐平面媒體　☐ 朋友推薦　☐網站推薦　☐其他__________

3.您對本書的評價：(請填代號　1.非常滿意 2.滿意 3.尚可 4.再改進)

封面設計____　版面編排____　內容____　文/譯筆____　價格____

4.讀完書後您覺得：

☐很有收獲　☐有收獲　☐收獲不多　☐沒收獲

5.您會推薦本書給朋友嗎？

☐會　☐不會，為什麼？________________________________

6.其他寶貴的意見：________________________________

____

____

____

讀者基本資料

姓名：____________________　年齡：______　性別：☐女　☐男

聯絡電話：________________　E-mail：____________________

地址：____

學歷：☐高中(含)以下　☐高中　☐專科學校　☐大學

☐研究所(含)以上　☐其他_______________

職業：☐製造業　☐金融業　☐資訊業　☐軍警　☐傳播業　☐自由業

☐服務業　☐公務員　☐教職　☐學生　☐其他__________

請貼
郵票

To：114

台北市內湖區瑞光路 583 巷 25 號 1 樓

秀威資訊科技股份有限公司　　收

寄件人姓名：

寄件人地址：□□□

(請沿線對摺寄回,謝謝!)

秀威與 BOD

BOD（Books On Demand）是數位出版的大趨勢，秀威資訊率先運用 POD 數位印刷設備來生產書籍，並提供作者全程數位出版服務，致使書籍產銷零庫存，知識傳承不絕版，目前已開闢以下書系：

一、BOD 學術著作—專業論述的閱讀延伸
二、BOD 個人著作—分享生命的心路歷程
三、BOD 旅遊著作—個人深度旅遊文學創作
四、BOD 大陸學者—大陸專業學者學術出版
五、POD 獨家經銷—數位產製的代發行書籍

BOD 秀威網路書店：www.showwe.com.tw
政府出版品網路書店：www.govbooks.com.tw

永不絕版的故事・自己寫・永不休止的音符・自己唱